U0606460

南腔北调

王清淮 著

作家出版社

图书在版编目（CIP）数据

南腔北调 / 王清淮著 .—北京：作家出版社，2022.1

ISBN 978-7-5212-1713-1

Ⅰ.①南…　Ⅱ.①王…　Ⅲ.①杂文集—中国—当代　Ⅳ.①I267.1

中国版本图书馆 CIP 数据核字（2021）第 270630 号

南腔北调

作　　者：王清淮

责任编辑：史佳丽

封面设计：孙惟静

出版发行：作家出版社有限公司

社　　址：北京农展馆南里 10 号　　邮　　编：100125

电话传真：86-10-65067186（发行中心及邮购部）

　　　　　86-10-65004079（总编室）

E-mail:zuojia @ zuojia.net.cn

http://www.zuojiachubanshe.com

印　　刷：三河市紫恒印装有限公司

成品尺寸：142×210

字　　数：220 千

印　　张：11.125

版　　次：2022 年 1 月第 1 版

印　　次：2022 年 1 月第 1 次印刷

ISBN　978-7-5212-1713-1

定　　价：49.00 元

作家版图书，版权所有，侵权必究。

作家版图书，印装错误可随时退换。

自　序

　　鲁迅诞辰一百四十周年，借用鲁迅《南腔北调集》书名为题，纪念鲁迅先生。

　　南腔北调。早年做过徐霞客梦，后来发现这梦很荒诞，也就放弃了。这些年或公派或私行，每到一处，总有意外惊喜猝然相遇，但除了感慨，竟无处下笔。这里的几篇多是偶然而成，并未刻意要做游记，写完自己看，居然有再去游览一次的冲动，想起来阿凡提。阿凡提卖驴，说这驴懒惰脾气倔，旁边的人说，这样是卖不出的，替他夸奖这头毛驴："干活干净利索，吃饭还省钱，性格温良恭俭让！"阿凡提说："这么好的毛驴，我买了！"从此，阿凡提就有了那头著名的小毛驴。但这些景物不是阿凡提的小毛驴，这反而可以证明，景物好，我写得更好。

　　朝花夕拾。我善于遗忘，早年的事情七七八八，大致一片模糊，有一些小事倒还记得，那年月流行大批判，"南洼大学"校长谢家之宝树为一件我实在想不起来的什么事组织批判会，批判我。火药味那么强烈，我实在无聊，伏在桌子上睡着了，有人推推我，抬头看看人们都在往外走,"散会了?"没人理我,他们已经看出我愚笨得不可救药,大半夜的一群人与傻瓜论短长,很挫败。

花边风月。鲁迅自嘲不会谈风月,只能写点"准风月",不想谈"花边",文章只能算"准花边"。攀龙一回,我也搞点准风月、准花边。一般地,杂文会让读者不舒服、不愉快,因为杂,难免疙疙瘩瘩,总要猜度作者的真实想法,是不是正话反说啊,等等。鲁迅的《我们现在怎么做父亲》,是篇育儿经,内容就是说"我们现在怎样做父亲",如此而已。可因为是鲁迅写的,又是杂文,于是人们百般钩沉索引,琢磨鲁迅这话究竟什么意思。还有人猜测文章意在反对国民党专制独裁。读我这部分杂文尽管放心,"情况就是这么一个情况,事情就是这么一个事情",有些事情可笑,也只是我可笑,有几篇写的不是我,但也是我十分熟悉的人,可以叫"我们"。莫里哀说:"笑你们自己。"我谨遵这项教导:笑我们自己。

野草热风。既然纪念鲁迅,既然称"杂文","鲁迅牌"的嘲讽还应该有一些的。人们说到鲁迅,总要把他与一个词联系在一起:冷嘲热讽。其实,鲁迅从来横眉冷对,何曾有过"热讽",所以格式化的鲁迅是"冷嘲"。鲁迅冷嘲顾颉刚,叫他"红鼻",骂他"鸟头先生"。顾颉刚大怒,起诉到广州法院,鲁迅一走了之,说上海也是中华民国地界,法律与广州无异,来上海吧。人们能想见顾颉刚气急败坏的样子,恨不能将鲁迅食肉寝皮。2020年新冠肺炎疫情,被"禁足"在家八个月,蓄了胡须,头发也横逸斜出不遵条理,我妈看了很惊讶:"你怎么像鲁迅似的!"这么多年,只有我妈说我像鲁迅,尽管只是外观,但我也很满足了。"野草热风"诸篇，都写于"禁足"期间，冷嘲了一些人和现象，外国人也不放过。解"禁"之后，心思平和了许多，现在如果再写这些人和事，也许能加上一点"热"。

三闲二心。我在东北师大读本科，系主任冯克正先生鼓励本科生写论文，还开研讨会宣读他们的论文。1978级的学长，在我们眼中是神一样的存在，那次参加他们主打的研讨会，知道汉语的入声字在日语中标注得清清楚楚：凡促音字均为入声。不是它特意标注，日语引进汉语时的入声字本就一目了然。研讨会对我影响更大的是一位学长的论文题目《学术论文的文学表达》，他说有文采有趣味的学术论文才是好论文。所以，我的论文未必经得住推敲，但肯定经得起阅读。鲁迅写了许多杂文，但这不是他的主业，他在学术研究上花的力气更大，收获更多。《中国小说史略》《汉文学史纲要》及《摩罗诗力说》《文化偏至论》等许多文言学术论文，堪称时代翘楚，读来全都酣畅淋漓。《魏晋风度及文章与药及酒之关系》，从演讲稿到学术论文，一点不违和，因为它研究的就是魏晋文章、风度、药、酒。"三闲二心"是我在"禁足"期间写的"学术"文章，看着不像学术论文，但如果当它是学术论文，那它就是学术论文。

故事新编。王朔、王小波最接近鲁迅，但是王朔对鲁迅似乎不以为然，这很好理解，越是接近的人，越是不相能，鲁迅剥了人性的皮，王朔剥了人言的皮。自王朔，人们写文章做小说才尝试着说"普通话"：普通人民大众说的话。而从前，"请问，你要去哪里哦？我要去东四牌楼。你为什么要去东四牌楼？我的家住在那里哦。那么，你给八毛好喽。那是不可以的，我给你两毛好喽！这一点钱，我实在不能满足你的要求哦！"侯宝林讽刺民国时候人们说话拿腔拿调，在王朔之前也大抵如此，说出话来像朗诵歌词，大家都端着、努着，王朔说，你们累不累啊！比较王朔，王小波思想深刻和文风奇崛更接近鲁迅，但他几乎不提鲁迅，原因与王朔一样，都是太相似。不提鲁迅，但人们都能看出鲁迅对王小波的深刻影响，《红拂夜奔》中的李靖，与《故事新编》的风格何其相似乃尔，人物性格也可称"影像"。王朔坦言最喜欢《故事新编》，说这本书具备新、奇、特三个要素。"故事新编"大部分是我二十年前写成的，部分篇目在大连《新商报》上连载，既然王朔说《故事新编》很重要，现在召我自己的"故事新编"登陆本书。

王清淮

2021 年 12 月

目 录

CONTENTS

南 腔 北 调

朝 花 夕 拾

花 边 风 月

野草热风

三 闲 二 心

故 事 新 编

南 腔 北 调

"王二羊"煎饼

辽宁喀左县城关不大，却叫"大城子"，大城子镇有一家羊汤馆，卖羊汤和羊杂，名"王二羊杂馆"，可能风水所致，来来往往的人都叫它"王二羊"，省去"杂馆"，店主想方设法在招牌上做记号，强调自己是"王二"，不是"王二羊"，可是毫无效验，人们还是叫他王二羊，外地人到喀左，蒙古族地界，想喝碗羊汤暖和暖和，一抬头："嘿，王二羊？就它了！"紧着招呼："快来这里呀，王二羊！"

王二羊的羊汤才是真正的羊汤，以羊为主，汤做陪衬，"羊"又分羊肉羊杂羊内脏三大类，都是满满冒尖的一大碗，羊肉汤填缝，使羊肉羊杂更扎实。肉多汤少？没关系，汤任意添，一家三口一份"王二羊"，几张煎饼，就是可以吃到得意忘形的一顿早餐。在外地，我从不喝羊汤，外地的羊汤绝对不是羊汤，该叫"米汤"：一大碗浑浊的液体，羞涩地漂浮着几片羊肚羊肺。喀左不比凌源有"凌钢"，朝阳有"朝重"，北票有煤矿，喀左的优势项目是吃喝，喀左人到哪儿都不打怵，因为他们吃喝的底气足："陈醋、紫砂，王二羊！"外地人便灰溜溜，肯定比不过啊，陈醋、紫砂那么著名，王二羊，虽然没听说过，但是能跟陈醋、紫砂并列，也一定是厉害角色，也就不敢打听"王二羊"到底是啥。

给王二羊的食谱排座次，第一位的竟不是羊汤，而是煎饼，朝阳地区特有的煎饼，以喀左为代表。宋晓峰一伙山贼打劫饭店，劫到一盘饺子，宋晓峰一口咬下去，场上煽情的音乐响起，小宋脸上千变万化，张开大嘴喊道："好吃啊——"这情景我太熟悉了，那年我带儿子回喀左老家，在十二德堡镇上买煎饼卷小葱，儿子咬了一口，张开嘴大叫："好吃啊——"跟宋晓峰的表情一模一样，咬下的那一节煎饼掉在地下，也跟那饺子一个下场。

中国的煎饼分三派。山东煎饼干而硬，算原味煎饼，适合卷大葱，但煎饼硬大葱柴，紧慢咬不动，吃山东煎饼卷大葱的结果，往往是把煎饼卷重新展开，煎饼和大葱分别吃。临沂应该是原教旨的煎饼，绵软润甜，朝阳煎饼也正是继承了山东临沂的煎饼，才是今天的模样，可是当今临沂人有钱任性，改用白面摊煎饼了，这就违背了煎饼"粗粮细做"的原则。煎饼原材料应该是粗粮，高粱玉米小米等等，细粮是贵族，刚摊成时绵软柔润，稍一冷却就酥脆如薄冰，不是煎饼了。第二项原则是磨浆，磨浆的煎饼才更有韧性，小麦磨浆与白面打浆，是完全不同的概念，当今山东煎饼包括临沂的，都是打浆，味道口感都逊色了许多。第二派是直隶煎饼，以北京、天津煎饼为代表，这两地的煎饼跟北京人、天津人一样讲究排场，明明小市民填饱肚子的食物，却设计得跟姑娘出嫁一样隆重，主料三四种，辅料七八种，叮叮当当整得热闹。这种被誉为"中国麦当劳"的街头食品，过于瘫软，没咬头，薄脆完全失去本色，在软夯夯的煎饼里消失不见了，鸡蛋也吃不出鸡蛋的味道，被酱料等掩盖住。吃北京煎饼，总能听到周星驰的配音："碱水面没有过过冷水，所以面里面都是碱水味；鱼丸也没有鱼味，但是你为了掩饰，特别加上了咖喱汁，想把它做成咖喱鱼丸，但这么做太天真了！因为你煮的时间不够，咖喱的味道只留在表面上，完全没有进到里面去，泡进汤里又完全被冲淡了，好好的一颗咖喱鱼丸让你做得是既没有鱼味有没有咖喱味，失败！萝卜没挑过，筋太多，失败！猪皮煮得太烂没咬头，失败！猪血又烂稀稀的一夹就散，失败中的失败！最惨的就是大肠了……你有没有搞错啊你！"

北京煎饼，整个就是被周星驰批判的火鸡莫文蔚失败的杂碎面！

第三派就是朝阳煎饼，王二羊煎饼代表喀左，也代表朝阳煎饼，因为朝阳煎饼的发源地就在喀左大城子。其实，王二羊店面很小，只做羊汤，不摊煎饼，他的煎饼都是专门从煎饼店里趸来的，但是吃煎饼的才不管那些，从哪家吃，就认定是哪家煎饼，所以"喀左王二羊煎饼"横空出世，大的煎饼铺比如"和发煎饼"，名气反倒不如王二羊。

朝阳煎饼也叫热河煎饼，这里蒙汉杂居，饮食习惯融合，热河煎饼即喀左煎饼，以山东煎饼为底子，改革掉它的干硬，拒绝京津煎饼的瘫软，以平和的韧性为特长。原料小米或玉米，辅料黄豆，一定要用石磨磨成浆，然后半发酵。成品煎饼微酸，然后用小葱和香菜，蘸少许面酱中和，卷成黄绿相间的圆筒，煎饼的韧和小葱的脆自然交汇，半发酵饼的甜香和葱的微辣在空气中发生强烈的化学反应，不等入口，食客就会不由自主地感慨："真香！"感慨很可能就是一阵欢呼："好吃啊——"

喀左茶

喀喇沁左翼县的特产，还有另一种排序：紫砂、陈醋、茶。

喀左出产茶叶？茶业专家怯怯地问我："请问贵乡地理位置，北纬多少度？"我说："北纬42°！"专家很为刚才的谦卑懊恼，他说："纬度这么高，有茶？山东临沂，北纬35°，是茶分布的最北界吧？"疑问随他去，事实我坚持：这里就是有茶！喀左县城旧称利州，全城三五步一个茶庄，一条街几座茶馆，而且茶叶价格便宜，质量过硬！

喀左产茶的事等一会儿再说，先说喀左人喝茶。喀左虽然是蒙古族自治县，居民却九成是汉人，但这些汉人沾染了胡风，跟胡人一起喝粗犷豪迈的红茶，南方人钟爱的绿茶，北京人喜欢的茉莉花茶，文人气太重，蒙古人不喜欢，喀左的汉人也不喜欢。在喀左，喝红茶也能喝出小资情调。原来，只要喝红茶，不论穷富，都能成小资。

老爸上山割柴，第二天肩挑一担柴二百斤……哦，没那么重，那时候我年龄小，一捆柴在我看来就是一座山。老爸担柴一二百斤，走路十五公里，到县城去卖。那时候物价超级稳定，几十年不变，一担柴一定卖一块钱。忙活两天，收入一块。老爸喜滋滋，出了柴草市就奔酒馆，两角钱饭菜，两角钱烧酒，酒足饭饱，且不忙回家，出了酒馆奔茶馆，一盏红茶一壶水，再花两角钱，底气充足支使茶博士："老板，添水！"喝到日头偏西，怀揣四角钱回家，交给我老妈，老妈眉开眼笑：这么多钱哪！

喀左人爱茶，不管时代变迁，大饥荒年代，茶也未曾绝迹，原来小资是一种生活态度，也不拘贫富。我家居住偏僻，路远隔深辙，穷巷寡轮鞅，忽然一个年轻人造访：走路口渴，想进门喝茶。说完赶紧补充："我自己带着茶叶的。"进屋盘腿打坐炕上，打量简陋的屋舍，不像能够给他提供茶点摆几个果盘的样子，就算了，寡饮。水烧开了，他从背包里取出一个纸包，展开，是刚买的红茶，整整齐齐的红茶梗，他捏出一小撮，展开在桌子上，一五一十，十五二十，数了三十颗，余下的放回去，重新包好，又装回背包。古人说"称薪而爨，数米而炊"，这事就发生我的面前。更奇的是那三十颗茶梗，他喝完三壶水，茶汤依然浓烈如新烹。

喀左本地出产一种名贵茶：喀左岩茶。这种茶草本，对生长环境要求极为苛刻：背阴不见阳光没有足迹踏过的高耸岩石。这样的岩石原本不多，岩石上有土的更少，所以喀左岩茶市面上根本见不到，只有少数"小资"自采自制，晾晒揉炒。初时乐趣盎然，久之不免生惰，于是工艺渐渐失传。我曾经尝试制作喀左岩茶，汤色翠绿，明艳胜过龙井碧螺春，但味道苦涩。据说喀左岩茶的制作极为讲究，工序有一丝误差，味道就由清香突变为苦涩。

我每年春节回喀左老家，买几斤红茶备一年之用，价格，十几元到几十元，鲜有百元以上的。问商家茶的进货地，说是云南，具体云南哪里呢，嘻嘻哈哈不说了。不说，我自己去找，云南的朋友听说我喝的茶几十元，极为惊讶："那不是茶叶，那是树叶！"给我寄来七八种"滇红"，要培养我纯正的滇红口味，可是很遗憾，都不对。可能那些滇红太高尚，已经"大资"了。

刘军来我家做客，我用喀左茶招待他，喝一口，眼睛直了，胖脸蛋子挣得通红，宛如正月十五的红灯笼，嘴巴半天才张开："阿弥陀佛呀，这么好喝！"紧盯着我的茶叶罐，我准备从罐里倒出一些茶叶给他，他抢过去，倒出一点在桌上，"这么好的茶，必须珍重！"仔细地数茶叶的颗粒："一五一十，十五二十，二十五三十……"

低调的易县李家包子

在易县一家很小的餐馆，我指挥服务员：这四个菜，一样一份！服务员看看我和李君实，再看看那四样菜，看看菜，看看我，三看两看，我就有点不高兴："你瞅啥？"她慢条斯理地说："我觉得呢，你们两个人，吃不了这么多，两个菜合成一份，才好。"六个座的小公交，走街串巷爬山越岭十九公里到后山奶奶庙，每客才五块钱。见满山坡的红柿子，我不由得食指大动，小心问乡民："我可以摘一个柿子吃吗？"乡民大手一挥："摘！爱摘多少摘多少，开车没？装！能装多少装多少！"

易县汽车站很小，设施极为简单，车站往西不到一百米，一家包子店，店名"李家特制包子"。古语说，车船店脚牙，无罪也该杀。车站附近三教九流大杂烩，所谓"服务行业"大多不服务专劫财，我一般都避开车站一带的饭店。但这家包子店人头攒动，异乎寻常，去看一看。

店员忙得脚打后脑勺，却能看见我，"几个人？两个人哈，一笼包子，两碗粥是吧？"就这么替我作出决定。稀里哗啦，摆上桌子了。包子确实"特制",叫作"包子",却是饺子形状,表面凹凸不平,白灿灿的像是生面。但是,咬一口——眼前金星闪烁,星光中推出无数的光辉形象,张思德、董存瑞、黄继光、许云峰……同志们哪,你们没吃到这样的包子,怎么就牺牲了呢?张思德同志亲切地说:"我们牺牲,正是为了让你们大家都吃上李家包子啊!"张思德同志转身离去,我才缓过神来,张思德同志在安塞县山中烧炭,出差的机会极少的,身上也没有闲钱,再说他那陕北票子现在也不能用。我应该请他吃一顿李家包子才对。

李家特制包子是灌汤包,汤汁色淡味浓,味觉分层次,先是香,然后鲜,再后醇,各层悠远绵长,如饮上好佳酿,从口腔直达肚腹。春日载阳,温暖身与心。李君实看见还有素包子,要了两个,新鲜菜蔬,宛如菜畦新摘,采苹采绿,青翠欲滴,世上做得好的素包子成千累万,包括功德林全素包,与李家相比,却不在一个时代——李家特制包子完全保留着"大饥荒"之前二十世纪五十年代初期的味道——对,就是这个味道!

一笼哪儿够?再要一笼!两个素包子哪行?再要两个!李君实鲸吞一般,俩包子霎时入喉,抬头看看我:"我把你的也吃了?"一脸的茫然。

香港影星薛家燕偶然来到易县,更偶然来到李家包子店,咬一口包子就掉眼泪,一顿饭吧嗒吧嗒眼泪如珠,放下筷子还不走,忽然在大厅号啕大哭,后来竟打着滚哭,全不顾明星形象——以后吃不到这么好的包子,可怎么办哪!成龙也偶然来到易县,更偶然来到李家包子店,吃完包子就叫店家:"拿笔来!"飘飘洒洒写下一行大字："天下无包。"成龙的字实在不咋样，可是他名气大啊，李家包子这下该大火啦！

几年后成龙再过易县，想看看李家包子火成什么样子。门面还是那个门面，招牌还是那个招牌，里里外外，"天下无包"难觅踪迹。有点失望，询问店家，店家说："我不想出名。我不想火，我现在这样就挺好。"成龙忍不住问"为啥呢"，店家说："我们易县，从古到今，就没有出名的人。"成龙急忙说："荆轲！""荆轲是河南人，在易县只是暂住，骆宾王北京人，在这里也是暂住。他们就算半个易县人吧，结果，一个尸骨无存，一个下落不明，荆轲墓只是一座衣冠冢。易县人，不可以出名，出名了一定不祥。"

店家几句话道出大道理。易县低调，低调得令人绝望。易县城关镇有五座古塔，都是辽金时代文物。有五座古塔的县城，我不知道有没有第二个。正定县城有三座塔，外地人到正定，就很震撼于它深厚的文化内涵。易县荆轲塔，辽代建筑，八角实心密檐，须弥底座，莲花基盘，饰门束腰，叠涩出檐，整体保存完好，我觉得这座塔应该是文物保护单位，至少是保定市级，但大门、中门都没有一片说明，寻觅很久，才在一个小角落找到"光荣碑"：它果然是重点文物保护单位，而且竟然是国家级，更是 1962 年公布的，第一批！

忽然明白，易县后山"奶奶庙"，为什么那么难看，那么土气，那么不成样子，那么叫人连吐槽的力气都没有，那么……原来，那是易县人怕出名，在集体自行污损。

附　记

　　"车船店脚牙，无罪也该杀"，牙，有人写作衙，还作注解说，衙门里头没好人，挨个杀了不冤枉。衙门毕竟是维护社会正常运转的国家机构，是皇权的延伸，不能说衙门人全部该杀。牙，是旧时代一种不很光彩的行业，牙行，除了承担捐客的功能，更多是做贩卖人口的黑心买卖，拐卖人口是重罪，所以该杀。

徐州把子肉

把子肉，百度专家解释说，古人举行公祭之后，把祭祀用的肉切成长方块，分给参祭的众人，由于这种肉块分割时必须扎缚上青蒲草或马蔺草，形成"扎把"的形式，故称"把子肉"。古人公祭的确有肉，公祭的肉的确要分给参加祭祀的人，但是分的肉必须扎成把，却是专家望文生义。分祭肉，是国家大事，得由太宰亲自操刀，一块两块三块，斤两分毫不差，也正因为他分割得准确公平，才当上太宰的，宰，割也，后来称为宰相，还是割肉的意思。再后来叫总理，所谓国家总理，原始意义是红案高级厨师。肉都分完了，还在乎什么把不把？捧着抱着拎着，兴冲冲回家接着祭祀，这回是打牙祭。

把子肉没有这么复杂，说把子肉，一句话的事：拜把子时候吃的肉！

山东好汉秦叔宝，拉帮结派，与当时的好汉四十六人结拜为异姓兄弟，其中从老二到老六都是山东人：秦叔宝、徐世绩、程咬金、单雄信、王君可，还有老十一尤俊达。结拜地点贾家楼也在山东历城，就是现在的济南。古时候人们很难吃上肉，孟子说"五十衣帛七十食肉"，七十岁以下的人们，除非年节，平时沾不上荤腥，赶上坏年岁，不免于饿死填沟壑。平白无故地，忽然有人请你吃肉，天哪，是不是要地震！但是，主家说，要吃肉，还有那么一点小条件——什么条件？快说，快说！——结拜为异姓兄弟。——拜，拜，快点拜。你老大，我老二，他老三。拜完了，拿肉来！由于秦叔宝一伙人带头拜把子，山东这地界拜把子蔚然成风，紧跟着供应拜把子的猪肉馆也火起来，店家把猪的五花肉切成三寸长半寸厚的大块，加简单的香料和酱油，急火煮开，文火慢炖，三个时辰出锅，盛在碗里的把子肉，看上去亮晶晶，闻起来香喷喷，夹起来软乎乎，吃下去，香甜软糯。把子肉以香为主调。闻着香，吃着比闻着更香，吃完的回味比吃着尤其香，香得悠长辽远，三个月嘴里都是这道肉的滋味。山东人叫它"把子肉"，历经宋元明清，一直延续到当代。

我在山东济南，就职的部门没有食堂，我每天流连市井，"克岐克嶷，以就口食"，就发现了这山东把子肉，结果一吃定情，终生不渝，看见把子肉就挪不动脚步，一顿接着一顿，吃遍济南。把子肉虽然好，也有一点小缺点：能把人吃得肥胖，不出半年，我就愉快地迈入大胖子的行列。

二十年后，我再来济南，土狼扑食先找把子肉，出租车司机很是不屑："把子肉？谁吃那玩意儿！"把子肉式微，是他们每天都可以吃肉，吃肉和拜把子失去了必然联系，也就是不必拜把子才能吃肉啦！于是拜把子活动锐减，把子肉饭馆也跟着萧条，我跑遍济南，把子肉实在难找，而且，味道也大都不如从前，其中鲁能酒店旁边小胡同里有两家把子肉饭铺，卖的把子肉算是差强人意。

山东开门就是江苏，迈步就到徐州，在徐州高皇帝羊肉馆，一个本地汉对同桌的客人科普徐州美食，犹如冷子兴演说荣国府："想当年，汉高帝刘邦与项王决战，韩信、彭越、英布三支军队，在九里山摆下战场，项王战败南奔，高皇帝在徐州大宴群臣，这座羊肉馆，就是高皇帝当年开宴会的地方。但是你可能不知道，咱徐州最精彩的菜品是什么。""一定是高皇羊肉。""不不，羊肉哪都有，徐州美食一定是外地没有的东西。""那啥？""对对，就是那 sha 汤！""啥汤？""是啊，sha 汤！""啥汤，你倒是说呀！"我听得着急，对那个客人说："sha 汤，不是啥汤，那个字，字典里没有，电脑字库里也没有，食字旁，右边一个它字，读如'啥'，也借读做'蛇'。""冷子兴"以徐州美食行家自居，没想到半路跳出一个我，对我不免冷面相向，冷语相加："来了一位大明白。你听他说吧，我还有事。"悻悻而去。

这位徐州人说得不对，sha 汤是饮品，不是菜品，临沂写作"糁汤"，音 sa，也有历史了，孔子在陈蔡挨饿，"藜羹不糁十日"，就是连糁汤都没得喝。五省通衢的徐州，菜品当然要有五省的范儿，起范最帅的，冠军就是徐州把子肉。把子肉在山东静悄悄了，在江苏徐州却大火，这是因为徐州人务实，他们喜欢把子肉的味道，不管是不是拜把子时候才可以吃，秦叔宝程咬金，与我面前这碗把子肉有关系吗？既然没有，我吃肉，他们拜把子，十万八千里的事情。

徐州把子肉的制作，与山东的做法一致，但是更精致，一定选猪的肋五花肉，其他部位的五花肉或者软，或者硬，都不如肋五花富于弹性的柔软。也许是水土的关系，徐州把子肉更讲究入味，肉的香味从里向外扩展、释放，先入唇，过齿，到舌，然后是牙，再到喉，各层次鲜明，但又浑然成一体，不是一个"香"所能了得，比如齿的香是心里感觉，牙的香却是肌理，因为牙根深深嵌入，与髓相通，形成骨髓记忆，这种记忆将伴随他的终生。古人说"齿牙留香"，说这话的人一定是吃过徐州把子肉。

把子肉是徐州城的主打菜，全城有一百多家把子肉菜馆，任何一家肉馆，都有一大盆油亮软糯的把子肉含情脉脉向客人招手，一片分明在说："你可来了！"另一片跃跃欲试："我等了好久。"一碗大米捞饭，盖上这两片亲亲热热的把子肉，再浇上一两勺子同样亲亲热热的肉汤，这碗饭，给一个当朝宰相都不换！

我从徐州回到北京，带来一盒把子肉，盒子保温，到北京，还温热如刚出锅，把子肉上桌，香气弥漫整座饭店，吃饭的跑堂的甚至做饭的大师傅都尖起鼻子寻找香气的来源，我的同事却不给他们更多享受的机会，三下五除二，一盒把子肉霎时见底。最后一片，我急忙护住："大家别吃了，给郭图嘉留下。"郭图嘉不吃红肉，牛羊猪骆驼马的肉，都不吃，她说，吃草的动物牛羊肉膻，吃粮的动物猫狗肉臊，吃水草的鱼类肉腥，猪杂食，啥都吃，所以它的肉腥臊恶臭。她自己不吃红肉，看见别人吃红肉，她的眼睛里都闪着仇恨的光。今天大家在她面前大吹大擂把子肉，竟然把她当空气，而且，那肉的香味实在太诱人……试试探探地用筷子夹起那幸存的把子肉，尚未沾唇，目光的愤怒色彩消失大半，牙舌齿次第检阅，目光变得柔和灿烂，如三月艳阳，我非常担心她的脸上会像领袖一样闪烁起红色的光辉。忽然，大颗的眼泪顺着郭图嘉面颊流下，说话的音声带着几分懊恼："他们骗我！"

很小的时候，大人们告诉郭图嘉："吃草的动物牛羊肉膻，吃粮的动物猫狗肉腥，猪杂食……"

成都看"海"

在中国，哪个地方最适宜看海？大连、青岛、厦门、北海？恐怕都不是，最适宜看海的地方，在远离大海深入西南腹地的成都。成都的"海"才是真的海：花之海，景之海，美食之海，美人之海。

杜甫在关中的时候，是一个很无趣的人，无趣，是因为他的生存压力太大了，形而下的吃穿住三座大山压得他呼吸困难，可是一到成都，他的眉头立刻舒展开，人也突变为形而上审美爱美的专家，不管粮食和蔬菜了，只说花。成都满城的鲜花，大街上的花，家家户户门前次第开放的花，还有移动的花，是卖花人肩挑两座春山，挥洒着无边春色。夜里一场雨，晓来绿肥红更肥，岂止"千朵万朵压枝低"，全城都被花朵压得低下去几寸，所以他说"花重锦官城"。成都遍布河流沟渠，河岸水边无处不飞花，又岂止"黄四娘家花满蹊"。杜甫家住在百花潭边，临近万里桥，百花掩映，桥栏杆若隐若现，人在花中，花在画中，杜老夫子在梦中。花满城，城外郊、牧、野，更是花的世界，花的海洋，"步屈随春风，村村自花柳"，成都平原的花海绵延至西岭雪山，其间点缀着黄鹂和白鹭。几百年后，陆游时候的成都，依然是花之海："当年走马锦城西，曾为梅花醉似泥。二十里中香不断，青羊宫到浣花溪。"

锦江穿城而过，送来财富和运气，所以都江堰的名联说："锦江春色来天地，玉垒浮云变古今。"成都到都江堰，蚕丛、鱼凫古文明滋育的地方，风景自然带有神仙的气息。都江堰的无坝引水工程举世无双，无坝引水，这不神奇，一项工程使用两千五百年而常新，这才是都江堰的奇绝之处。工程伟大到不到眼前看不见，到了面前也看不着，因为你以为它原来就是那个样子，妥妥的大自然。巧夺天工，这个词只适用于都江堰。青城山、峨眉山、乐山大佛及三苏祠、银厂沟、三星堆、新都宝光寺、熊猫基地，每一处都像都江堰一样藏着惊喜。成都周边之后，市区的杜甫草堂、武侯祠、青羊宫、九眼桥、宽窄巷子、锦里、太古里、文殊院、金沙遗址、建设路、春熙路。每个景点都可以盘桓数日。各个景点有旅游专线车衔接，一站到底，方便快捷又便宜。李白是蜀人，爱成都如命，生怕成都拥入外地人，搅了成都人的好心情，作《蜀道难》恐吓外地人：这里不但山高路难走，还有猛虎毒蛇，等着吃你们呢，所以，"锦城虽云乐，不如早还家"。对成都人说成都，李白却有点得意忘形："日照锦城头，朝光散花楼。金窗夹绣户，珠箔悬银钩。飞梯绿云中，极目散我忧。暮雨向三峡，春江绕双流。今来一登望，如上九天游。"放眼望去，锦城、散花楼、金窗、绣户、珠箔、银钩，纸醉金迷吗？那是无聊人整的一座假屋子，成都却是整座城的珠光宝气，掩饰不住的富贵。他说，这哪里是成都啊，分明到了天堂，"今来一登望，如上九天游"。杭州也是"市列珠玑，户盈罗绮"，可杭州有意如此，争相夸耀富贵，在"竞豪奢"，成都却自然富贵。

旅游，食品袋是标配，景点的饭店太贵，小吃更贵，所以大包小包带着。这么干在成都要被笑掉门牙，因为成都就是美食的海洋，酒池肉林？ so easy，是酒海肉山！成都是食之海洋，抬头举手，都是美食。初到成都，人们对这里饮食很不习惯，不好吃？绝对不是，他们不习惯成都厨师近乎疯狂的下料，厨师好像跟材料有仇，逮住就往死里整，煎一个鸡蛋用一锅油才解恨。钟水饺吃完了，调料剩半碗，夫妻肺片吃完了，还跟没吃一样满满的，也都是调料。听说外地有小饭店把客人吃剩的菜重新折锅给别的客人端上来，成都人精神世界崩塌："这是人干的事吗？"成都最小最破最不起眼的"苍蝇馆子"，做的菜也货真价实，而且各有特色，叫人吃了还想再来吃，所以到成都找胡同里的苍蝇馆子，是一大乐事。成都人最能理解"民以食为天"这道古训，每顿饭都是天大的事情，对客人不糊弄，对自己也不将就，即使街边小摊主，即使生意最忙时候的中午，他也郑重其事摆一张桌子，四五样或七八样菜品，仔仔细细吃午饭。成都的小吃迷倒众生，多少游客专门为小吃而来，几家饭店揣摸住客的心思，为他们免费供应下午茶和宵夜，比如蓉城悦柳之采薇（好古雅的名号），供应的免费美食，集中了成都主要小吃，做工精致，味道醇厚，一点不减于专门店。

食前或食后有饮，饮，又是成都一绝：茶馆。成都的茶馆是成都人生活的一部分，它从饮食分出来成为独立的单元，不管食前食后。成都茶馆的老板好像不在乎赚钱不赚钱，只是开心做茶馆，给人感觉，他没别的要紧事做，开个茶馆玩玩罢了。成都茶馆与北京茶馆完全不同，北京茶馆叫"泡"，讲究个身份，三教九流，七拼八凑，皇城根下的人出门自带一份底气：老子头上有通天纹，正黄旗！长幼尊卑，一座茶馆就是一个社会。成都茶馆可以叫"品"，五行八作，闲汉萌娃，都能在这里落脚卖呆。卖呆，是成都茶馆的点睛之处，一杯茶，一本书，或一个耳机，懒懒散散一整天，看似无所事事，其实在自己制造的世界里风云鼓舞，战斗得不亦乐乎。也有看上去无所事事其实真的啥事没有的主，闭起眼睛凡人不理的样子，别人也不去打搅他。没事坐着发呆，会被人骂，说他懒惰；在茶馆里坐着发呆，就正大光明。从前"老板，掺茶！"的招呼声此起彼伏，老板忙不迭地奔走于茶桌之间。后来，茶馆老板和小伙计们也出怪卖萌起来，每个茶桌一个大暖水瓶，要掺茶自己来，主客都方便。茶馆的设备极简单，一个方桌，几把竹椅，桌子无所谓，竹椅极重要，如果没有竹椅，那就不算成都茶馆。后来快节奏，外乡人来成都大轰大嗡，悠闲的茶馆悄悄躲进小街，不与"有大志者"争世界，但是公园寺庙如大慈寺文殊院青羊宫，茶馆依旧，延续着慵懒然而亲切的老成都。

成都景色优美，物产丰富，历史厚重，这样优越的先天条件如果没有惊艳天下的美人，那很不科学，所以成都有美人海。成都美人首推薛涛。薛涛原是长安人，幼年移居成都，水土关系，薛涛越长越像成都人，脸庞柔而圆，眉毛细而弯，鼻头小而巧，嘴唇嫣而丹，薛涛的面相就是成都女孩的标准面相，也是唐代美人的"模特儿"。春熙路，成群结队的成都女孩，或风风火火，或袅袅娜娜，说笑的亲和，不说不笑的冷艳，边走边吃兔子脑壳的，如邻家妹子，啃玉米过马路的，也那么青春自然。她们不开口还罢了，开口则"哀鸿遍野"，北方男人乱了方寸，如中了蛊毒，南方男人抱住脑袋："救命啊！"岂独男人如此，离成都不远的重庆女孩，听了成都女孩的话也说："受不了你呀！"其实她说的话非常普通："二两馒头，一碗稀饭。"馒，发平声"嫚"的长音，饭，鲜明的齿唇音，音如上声的"反"，一个成都女生在普通食堂一句普通的打饭，就像超声波一样叫人骨断筋酥。韦庄说"游人只合江南老"，因为江南春水碧绿，水天一色，小资在画船优游闲适，春梦连连。但要说"游人只合成都老"，也贴切，江南的画船，就是成都的茶馆。

且看杜甫说成都之"海"。"东望少城花满烟"，花之海；"百花高楼更可怜"，景之海；"谁能载酒开金盏"，美食之海；最后，老杜终于按捺不住：在美人之海的成都，怎么可以没有美女歌吹管弦？于是，"唤取佳人舞绣筵"。韦庄说江南景色好，游人应该在江南老，不想在这里"老"也随便你，啥时候打起走。可是说到江南美女，韦庄的态度就坚决了：在这里老，直到死，必须地！"未老莫还乡，还乡须断肠"。只要胳膊腿还能使唤，就不要回家，回去就会死，想念而死，肠子都想断了那还不死？为什么想得这么残酷，是"垆边人似月，皓腕凝霜雪"，卖酒的女子太迷人。但是你品，越品越觉得他说的是成都美女：丰满圆润如月，洁白柔嫩如霜。霜，细腻到极致称霜，所以女人的护肤品统称为"霜"。更何况，曾经当垆卖酒的，就是薛涛之前成都第一美人卓文君啊！

大碗小面

嘉峪关富强市场，简单到简陋的程度，市场不小，却像徐妃的"半面妆"，只有半面街热闹，另外半面冷清清的鲜有人光顾。这半面为什么大热？因为这一侧有"大碗小面"。陕北面馆大碗小面只卖一种食物：抿节。抿节也叫"抿尖"，揉好的面放在带着密集小孔的铁皮板上，一只手掌用力向下擦，擦出两寸长的细面条，直接在锅里煮熟，捞出来，过水，撒上调料，浇卤，这就叫"抿节"。我的家乡把它叫"哥豆"，大概是蒙古语。另一种面条原料做法与抿节相似，但面条是机床压出来，不是擦出来的，北方杂粮区各地的叫法却出奇地一致：饸饹。饸饹，突厥语。突厥消失一千五百年了，饸饹一词却保留下来，算是对这个草原民族的纪念。抿节，却是匈奴语，比饸饹的资格还老一千多年。

富强市场这家"大碗小面"抿节，店面很小，七八张小桌子，一张桌子配两条小条凳，适合坐两个人，要坐四个人，也将就。店里面已经熙熙攘攘，门外还有人群拥进来，"满窑里挤得不透风，墙畔上还响着脚步声"，就因为抿节是陕北饮食，大家都跟着它

"回延安"吗？性子急的抱怨几句悻悻而去，没事的闲汉比如我，耐心等待叫号。店面实在小，而且出了店门就是大街，店家也就没有为等候顾客安排座位的条件，大家齐刷刷地站在过道，盯着捷足先登的食客的嘴巴，眼神传达着催促：快点吃啊，这都吃了七八碗了，还要吃？往下，各位候补食客的心思就有差别了，温和派的眼神是：差不多行了啊，你坐着我站着，你吃着我看着，你好意思这么放肆地狼吞虎咽？激进派的眼神就很恶毒：吃，吃，上辈子的饿死鬼，撑死你铁定不能托生！

至于我是怎么想的，这不重要，重要的是店家叫到我的号了，饭桌上好大的排场啊：十样配料，八样酱料，一盆浇卤，小伙子端着托盘，也是七八碗，煮好的抿节，"弱水三千，只取一瓢"，我拿来一碗，小伙子风一样转战下一桌。十六种配料酱料，拣几种，浇上一勺子汤卤，略一搅拌，奇异的香气扑面而来，猝不及防，冲击我的嗅觉味觉第六觉，家乡的味道！我家属于杂粮区，除了水稻小麦，各种豆，各种粟，各种黍，别的地方见不到的农作物，我家乡都种，但它们统统都叫"粗粮"，粗粮细做，于是有了"抿节"即"哥豆"。傍晚时分，家家生火做饭，炊烟袅袅，在村庄上空连成一片，越过山冈，飘过河流，接上天边的彩云。犬吠深巷，鸡鸣树梢，大人小孩，手捧一碗抿节，"唱山歌来——这边唱来那边和——"。

吃一口抿节——柔柔滑滑，似乎迫不及待，滑过口腔进入粗犷的胃，手和口配合默契，"太——好——吃——啦——"，手臂高高举起，筷子在空中飞舞，宛如一面旗帜。

鼎沸的饭厅，霎时清静了。

吃饭的，准备吃饭的，恶毒问候坐着吃饭的那些站着候补吃饭的，齐刷刷看着我的手臂和筷子，画面大约就是油画《自由引导人民》，群众看着克拉拉·莱辛高高举起的手臂，区别是，她手里是法兰西三色旗，我手里是一双普通的竹筷子。

我坐下来，前后左右地解释："台词，周星驰电影的台词。"低下头继续吃抿节。送面的小伙子穿梭于桌子之间，一碗一碗端给我，配料汤卤吃完了，又要来一套，吃！才不管那些站着的候补委员，骂我饿死鬼不托生？随便啦！

十八碗。我，一个人。

敦煌回锅肉

敦煌的酒店对住客很客气，饭厅门口一个中年大叔，收了餐券，每人发一个鸡蛋，突然感觉回到了物资匮乏的"文革"时代。敦煌是一个人工绿洲城市，瓜果蔬菜肉蛋禽全部依赖外运，所以鸡蛋很金贵。不但鸡蛋，我在这家酒店住了四天，每天早餐都是一粥一馒头，三样凉拌菜：圆白菜、豇豆角、芹菜。这就是早餐的全部。李逵说：这不把人淡出鸟来！

午餐？当然没有了，到街上自己找。牛肉、羊肉，羊肉、牛肉，家家的牛羊肉都不怎么新鲜，于是大把加调料和盐中和，敦煌人整天就吃这些东西？叨念《太后吉祥》"传膳"的台词：桂花——肘——子！冰糖——肘——子！红焖——肘——子！南焖——肘——子！水晶——肘——子！东坡——肘——子！虎皮——肘——子！太后——肘——子！太后斯琴高娃说："听着都腻得慌！"可是我不腻得慌，我很亲切，不要这么多的肘子，给我一个就谢天谢地谢亚龙！

说肘子想肘子，到底不见肘子，攻略说敦煌的沙州夜市很精彩，肯定能找到好吃的东西。沙州夜市的确很精彩，可肘子那是别想，因为，整个市场的店主全都姓马！为什么全都姓马呢，随着穆罕默德。穆罕默德，默哈迈德，马哈茂德，开头的音节差不多都是马。这事有先例，中国的佛教徒，全跟释迦牟尼姓释或姓僧。

姓马就姓马，不就是牛羊肉么，谁怕谁啊，"老板，上酒！"酒来啦，圆圆的玻璃柱子，龙头开关自如，"美酒加咖啡，一杯又一杯，想起了过去，又干了许多杯"。许多杯，可是他那酒啊，"浙右华亭，物价廉平，一道会买个三升，打开瓶后，滑辣光馨。教君霎时饮，霎时醉，霎时醒。听得渊明，说与刘伶，这一瓶约迭三斤。君还不信，把秤来称，有一斤酒，一斤水，一斤瓶。"那年我和李君实在开封夜市，也是这样的清真牛羊肉摊，呵呵，也是这样的酒，总也喝不醉，最后我说："不喝了！"平生第一次为喝不醉而恼火。

除了沙州夜市，还有敦煌夜市，而且，敦煌夜市的店主全都不姓马。可是，这里的店铺卖古玩工艺品，卖服装，卖干果，卖蔬菜，吃摊却很少，仅有的几处近似于饭店的铺子，内容与沙州夜市无甚差别：羊肉、牛肉，牛肉、羊肉。

踏破铁鞋无觅处，得来全不费功夫，猛抬头，峨眉山饭店，川菜，一定不再是牛羊肉，进门问老板："回锅肉有吧？""有有。""用什么肉？牛五花吗？""瞧你说的，回锅肉当然用大肉啦！"民风，西北地区把猪肉叫"大肉"，这话到山西陕西，就不很合适，因为这些地方把爸爸叫"大"，大肉，听着有点莫名其妙，怪怪的。

一袋烟的工夫，回锅肉端上来啦！猪肉的肋五花，爆炒得半焦，卷成黄金分割般的弧度，酱汁若有若无，如一道淡彩，与青蒜的翠绿构成柔和得近乎完美的组合色调，参与组合色调的还有嫩黄色的辣椒和乳白色的蒜片，后者点缀其间，有颜色过渡的效果，更像音乐的休止符，休止之后还有更精彩的乐音流淌而出。几样简单的食材，勾勒出繁复的画面和乐章，一切都是那么和谐畅快，畅快的还有我的胃口与喉咙，一阵风卷残云。最近"干饭"这个词差不多成了流量王，我一个东北人，在西北漫漫黄沙的敦煌当了一回西南川菜的"干饭人！""老板，结账！""三十四元。"果断支付一百元，别问为什么，问，就再支付一百！

第二天，我带着同行的几个小伙伴再来峨眉山，点菜之后，老板几分客气几分懊恼地对我们说："对不起啊，麻烦哪位先生先把账结一下？"奇怪了，昨天可不是先交钱再吃饭啊。"昨天，一个客人，要了一个回锅肉，三十四块钱，钱也不多啊，那人看着挺有趁头的，逃单了。"怎么可能？收款成功有滴的一声的！"这人可能放的录音，滴的一声，我以为是转给我的呢，查了半天，没见有三十四这笔钱进账。"

天哪，他只查找他那三十四，没发现我的一百元！

朔州鸡蛋

我读小学时，学校有一个常规节目，每逢一个特殊的日子，都要请一个老汉来做报告，叫"忆苦思甜"。这年请来一位老大爷，在民国时期给地主当长工的，据说苦大仇深。这位老人讲话很流畅，看讲稿却很费劲，那稿子有人替他写好了的，他大字认不了几个，磕磕巴巴的，我们都替他着急。写稿的卖弄学问，稿子写得文采斐然，老汉哪里读得出，干脆放下稿子给我们讲故事。

他说，那家地主很和善，和长工一块下地干活不说，还跟长工一起吃饭，说"一起"吃饭，其实也不准确，他是等到长工们吃完了，把剩饭剩菜折到一个大盆里，跟猪吃食似的一扫光。说到煮鸡蛋，我们全体同学眼睛都直了："每天都有煮鸡蛋，一煮一大盆哪！"眼睛直了不算，口水也流下来："我们啥时候也能随随便便吃鸡蛋啊，想吃几个吃几个！"

鸡蛋，对我们这些村娃子是稀缺物，每家养的鸡倒有七八只，可那是一家人日常开支的唯一来源，全部要卖给供销社的。谁家要是炒一盘鸡蛋，全村都香气袅袅，然后被全村人鄙视："败家玩意儿，他家有钱吃鸡蛋，不过日子了！"骂归骂，理解却是主要的，因为全村人都知道，他家这是来了贵客，比如新女婿上门啥的。

不但我们，更早的时候，皇上也是吃不起鸡蛋的。光绪皇帝（这个故事非常著名，人们把它安排给好几位皇上）早早在朝堂等候大臣，大臣陆续到达，皇帝问张之洞："香帅，早饭吃的啥啊？"也就是打个招呼，本来没有实际意义。可是香帅的回答却让光绪皇帝很难过："一个馒头，一碗稀饭……"皇帝想，这也没啥，跟我的早餐差不多么。可是香帅后边还有一句："还有两个鸡蛋。"皇帝又气又馋——他跟我们这些村娃子一样，只有端午节才能吃上一两个鸡蛋！

随便吃鸡蛋的日子到底还是盼到了。孙淳出演的袁世凯，早餐很讲究，七碟子八碗不算，还有一盘子煮鸡蛋，"袁世凯"伸手抓起三个，手压着鸡蛋，在饭桌上就那么一滚……壳碎了，老袁一口一个，哎呀看得我那个羡慕啊，立刻打开煤气灶，煮了一锅鸡蛋，抄起三个，在饭桌上一滚，壳碎了，一口咬下去——咦？长工的鸡蛋呢？光绪皇帝的鸡蛋、袁世凯的鸡蛋，还有我们这些村娃子盼端午的鸡蛋，哪里去了？我现在吃的是豆腐吗？不鲜；馒头？不韧；萝卜？不脆；面筋？不弹；蛋糕？不甜。除了蛋青和蛋黄的颜色，它们与"鸡蛋"没有一点相似处，牙齿木木的嗓子噎得慌，说它是蛋白质，我信，但要说它是鸡蛋，那肯定需要再研究。看鸡蛋的包装盒，大品牌，叫什么"哒"的，标注：农家土鸡蛋，绿色无添加。果然无添加，他在做减法，把鸡蛋所有的内容全都减掉了，只空洞地剩下鸡蛋的外观，让它看起来像是鸡蛋。

　　我出差到山西朔州，家在朔州的学生请我吃饭，一家晋西北的特色饭店。学生很用了一番心思，详细向我介绍各种菜品，他说一样，我说好，再说，还是好，总是好好好，学生有点扫兴，以为菜品不合我口味。晋西北和我的家乡，物产风俗很相近，在我看来，可不就一个字：好。参加高品质的宴会，要有优雅的仪表风度，才能体现菜品的价值，一顿饭，实际是唇牙舌齿喉组团大合唱，各个声部各司其职，起伏高低错落，产生美食的韵律，一次美好的宴会，本质却是一场美妙的音乐会，音乐会在每个人的口腔圆满完成。所以，美食需要"品"，而不是"评"。《食神》里的麻子脸，尝一口周星驰做的饭后甜点，杀猪似的喊："太好吃啦——"被周星驰狠揍一顿：谁都听出来有多假！

　　早七点的汽车回京，学生的父母觉得我没有吃早饭的时间，为我准备了简单的"便当"：香肠、面包、牛奶，还有几个煮鸡蛋。在车上的狭窄空间吃东西总是不雅，车到北京西站，已经中午，我在站前广场准备吃我的"早餐"，面包、香肠吃完了，"丰台群众"看也没看我一眼，牛奶喝完了，依然没群众对我表现一丝兴趣。

　　我为啥这么在意群众的反应？2014年台湾一档访谈节目，邀请艺人孟广美和学者高志斌专题谈大陆。孟广美以傻著称，傻到全部财产被"男朋友"骗走，所以这里就不说她的奇谈怪论了。看起来不那么傻的高志斌，说话也同样的荒诞离奇。说完大陆人吃不起茶叶蛋，又说起方便面。他说，几个台湾青年在深圳火车站吃泡面，五六十人围过来，问你们吃的是啥，咋这么香啊！因为大陆人没吃过方便面。几个青年一琢磨，就它了，于是就有了台湾"康师傅"。我在广场吃面包，如果有五六十人围过来说："你吃的是啥啊，这么香！"从此就有了中国汉堡，那我岂不就成了汉堡它爸爸？

　　刚才我吃那么多东西，没人理我，现在我刚剥开一个鸡蛋，忽然，一群人围在我的身边，多少？十几个，也许五六十，他们不看我，眼睛盯着鸡蛋。突然间被这么多的人重视，慌得我手足无措，手捏着鸡蛋进退维谷，一个中年人问我："同志，从哪来？""朔州。""这鸡蛋？"从我手里接过剥了壳的鸡蛋，边端详边叨咕："朔州鸡蛋！看这蛋青，这个晶莹，这个剔透，这个细腻，嗯，香，清香！这蛋黄，这个软绵绵，这个油汪汪，这个亮晶晶，嗯，香，浓香！"看了闻，闻了看，喉咙早已咕噜噜地响，胡屠夫似的紧紧攥着裸体鸡蛋："给你吧！"眼睛却紧盯着鸡蛋，万般地不舍。我说："你喜欢啊，给你了！"他巴不得这一句，收回拳头，深吸一口气，鸡蛋咕咚塞进大嘴，猪八戒吃下了人参果，但是清香浓香汇成强烈气团，冲击着他的顶层设计，使他方寸大乱，他扑过来夺我的便当盒："还有没有？还有没有？"我的反应更迅速，紧紧抱住便当盒子："没有了，一个也没有了！"看周围几十人的阵势，我不敢停留，马拉松速度奔回六二六办公室——不是我吝啬，我得让同志们尝尝孙淳风格的朔州鸡蛋！

高铁朝阳站

1966 年，北京城东北方位的货运兼客运站开通，车站位于北京朝阳区星火公社，根据地名就小不就大的原则，理所当然叫"星火站"。

可是不久，1970 年，星火公社改名为"六里屯公社"，其实不是改名啦，是恢复本名，它原来就叫六里屯。"文革"期间时兴改名，我们村就改名东风，邻村改名胜利，可是邻村的邻村又叫东风，邻村的邻村的邻村还叫胜利，全公社开大会，公社书记说："请胜利大队上台领奖！"呼啦啦会场站起一大半，书记眉头皱成通天纹：这可咋整？"请九神庙的胜利大队上台领奖！"好在一年后大家又都改回去啦：南洼、九神庙、顾杖子、平顶山、卧虎沟、水泉、磅石沟，没一个重名的。

北京地名曾经也改得面目全非，如西城区改为"红旗区"，东城区为"红日区"，崇文区为"红光区"，宣武区为"红星区"，海淀区因为有北大，是"文革"的发源地，改称"文革区"。全城一片红，北京市差一点就正式改名"东方红市"了。1971 年林某人"失脚",这些胡乱改的地名哗啦一下子又都改回去啦,唯独星火站抱残守缺,坚持自己的"文革"风名字,星火星火,这一坚持就是五十多年,2020年,星火站确定为京沈高铁的始发站,人大代表越看越恼火:哪个脑残取的名字?这哪像个站名啊!郑重其事地上书,写提案,要求星火站改名。因为是人大代表,他的意见就有点勒令的意思,星火站几分猥琐几分羞愧地研究自己的名字。

其实用不着研究,几乎众口一词,车站在朝阳区,那就叫朝阳站!朝阳,高端大气上档次,高调奢华有内涵,就是它了!给钢铁厂下订单,立刻制作"朝阳站"的大牌子——不急不行啊,京沈高铁立马就要开通了。

可是,非常偶然的情况,朝阳站遭遇了大尴尬:一个打字员制作京沈列车时刻表,突然发现从朝阳到沈阳经过的二十多个站点,京沈铁路的中间位置,在辽宁西部,也有一个朝阳站,而且这车站是大型高铁编组站,站场规模三台十线,一等一的大站!站长惊出一身冷汗,立马联系辽宁朝阳站:你们改名吧!

朝阳,一座没有存在感的城市,几乎全国人民都傻傻地分不清朝阳和辽阳,我的校长就顽强地分不清朝阳辽阳,每次见我都说你们辽阳如何如何,说的事情却都是朝阳的,更叫人迷惑的是辽宁人,尤其难以置信的是朝阳人,也混淆朝阳辽阳,说朝阳,事情却是辽阳的,说要去朝阳佟二堡看看貂,朝阳啥时候有个佟二堡?这个怪事被辽宁电视台发现了,觉得特有趣,春节晚会用这个梗演了一个小品:我是朝阳的,不是辽阳的。朝阳人和辽阳人都跟着笑。朝阳的古称"龙城",是燕国的首都,龙城人安禄山造反,也把自己家乡的燕国的名字带到北京,安禄山即位为"大燕国"皇帝，正式更名北京为"燕京"。现在北京又叫燕京，根源却在安禄山。四百年后，金国皇帝定都北京，叫"中都"，历元明清，北京终于坚实了皇都地位，甩开朝阳八百里了，至于北京为什么有"朝阳"区，是因为朝阳门，它所在地区就叫朝阳区。朝阳，朝阳，高端大气上档次……"文革"时候各区胡乱改名，光辉灿烂的"朝阳区"安然无恙。

京沈高铁通过朝阳站，朝阳站摩拳擦掌，要利用这个机会提高自己的知名度，与辽阳彻底剥离，听说北京朝阳要它改名，怒不可遏：凭啥？就凭你们家有余粮吗？

星火站不死心：你们可以叫凌河站、双塔站、龙城站，也可以叫赵尚志站、王尔烈站，叫安禄山站也不错啊！果然，北京的星火站也分不清辽阳朝阳，王尔烈，是辽阳人，不是朝阳的。

朝阳站说：鳖犊子！扯犊子！滚犊子！

星火站站长挓挲双手原地转圈圈，这可咋办，这可咋办？因为"朝阳站"的大铁牌子已经制作完成，就等起重机往上挂了。

这事被铁道总公司知道了，头头说：多简单的事情！星火站，叫北京朝阳站，朝阳站，加两个字，叫辽宁朝阳站！辽宁朝阳，你们还赚俩字呢，划算！

就这样，朝阳站稀里糊涂就被改了名，一条铁路线上并列两个"朝阳"，铁路史上的奇观。从此，人们不但辽阳朝阳分不清，北京朝阳和辽宁朝阳，也傻傻地分不清楚了。

大连站

大连市有全国最优雅且不张扬的火车站：大连站。大连站始建于 1923 年，它巧妙地利用地势，浑然天成二层楼，建筑学家无不为大连站的设计拍案叫绝。日本人在大连和长春经营多年，留下的建筑几乎都是精品，可以进入建筑学教科书的，比如，至今长春的主体建筑仍然是伪满洲国的"八大部"。中国人自己的建筑建了拆拆了建折腾几十年，伪满的建筑却屹立不倒。其实这些建筑的建造者也是中国人，但建造的方法有些特别：日本的工头手拿皮鞭，哪一道工序不合格，施工人在返工之前要挨一顿鞭子。上世纪二十年代，大连市区人口十几万，日本人设计这座车站却可以日输送旅客一万人，大连站的规模超过长春站，位居全中国第一。万人车站，可以适应一百五十万常住人口的大城市。到上世纪七十年代，大连市区人口果然达到一百五十万，火车站也达到最佳输送量。

大连站将上下车的乘客出入口立体性地分割开来，这项建筑理念和方式被中国国内的一些大车站模仿，大连站被称为上世纪三十年代现代主义建筑的代表作，它与附近的"关东州厅"（现大连市政府）一起被誉为大连现代主义建筑的双姝。大连市政府的三层楼可以傲视全国任何一座大城市的市政厅和官邸，不管它们有多高大看上去有多雄伟，在大连市政府的楼前却必须低下高傲的头——自惭形秽？差不多吧，上世纪九十年代，市政府左侧曾崛起一座折纸造型的大楼，很漂亮，在千篇一律的火柴盒造型中别具一格，每次走过，我都停下来看看它，欣赏。但是，"眼见他起高楼，眼见他宴宾客，眼见他楼塌了"，不到二十年，"折纸楼"悄悄引退，可能是站在"关东州厅"身边自觉碍眼，于是自废武功了。

二十一世纪，大连市人口激增，到 2015 年，市区人口已经达到二百五十三万，日出行人数一点六万，超出车站设计承载能力。早在上世纪九十年代初，大连市某些部门就盯上了火车站，要拆了旧站建新站。为什么大家对拆火车站那么感兴趣，是因为这项工程特别有搞头。比如一座北京西站，一个无底的黑洞。花最贵的钱，买来最劣质的建材；出天价的设计费，从北京建筑学院叫来几个专科生；用聘请外国工程师的薪资，招来一批农村泥瓦匠。其中奥妙，世上最丑陋、最不实用的北京西客站摆在那，即是明证。北京西站"平地抠饼"建起来，尚且如此，何况拆旧建新？济南站一拆一建，济南市的"有司"数钱一直数到退休，退休之后还接着数，估计这辈子他是数不完这笔钱了。有人说济南站是市长下令拆除的，二十年来全国人民痛骂济南市长不懂文化毁灭文物，那个"有司"躲在柳埠的私家花园里，沾一口唾沫点一张钞票，咧嘴笑那些骂市长的傻帽。

"大连站不堪重负，亟须拆掉旧站建新站！"近臣每天在总督耳边聒噪。这些家伙被人重金收买了，收买他的人很可能就是拆掉济南站的那个家伙，因为他说的拆除理由与济南站一模一样：旧车站不堪重负。总督架不住每天游说，亲自到大连站考查，果然，大连站拥堵不堪，寒风中旅客们居然在站前广场候车。总督转到车站后身，看见楼顶下若隐若现一条奇怪的缝隙，明白了："谁再说拆旧站建新站，他就是我孙子！"原来，他发现那条缝隙是车站预留的衔接口，日本设计师担心后人看不出来，就留一条醒目的标识。设计师不但为大连的人口增加筹划了五十年的缓冲期，还在车站的背面为旅客暴增预留了扩建接口。

上世纪九十年代初各地建造的火车站，有一个通病：试图打造"火车站商业圈"。北京西站位于西城、海淀、丰台交汇点，被认为是黄金地带，可以形成旅游购物娱乐餐饮住宿一条龙，外地人到北京，不出西客站，就能完成全部计划，打张车票就回程。设计者极力扩张车站的附属设施，同时极力压缩车站主体内容，于是主次颠倒，头重脚轻，候车室的高度被压迫成窘迫的电子游戏厅级，而人流更集中的出站甬道和大厅的高度比游戏厅还低几个等级。它还刻意加盖楼层，本该是候车室的地面，却建造了十几层的宾馆酒店写字楼，原来计划的车站北侧半圆形公交车站大广场，矗立起几座宾馆、商场、商务楼，公交车站被挤走，蜷缩在西南方位的一个小角落里，成了受气的童养媳。北京西站有样，长春站、沈阳北站等学样。可是，二十多年了，北京西站的"商业圈"一直是水中月，最惨的酒店宾馆入住率，不足一成。原本以为百鸟朝凤的南广场，三个区从争抢变为推脱，竟十五年空置，长春站和沈阳北站也尴尬地拆不得用不成。

　　根据总督的指示，大连站大张旗鼓改扩建，新站启用的当天我去看，车站主体模拟钢琴键盘，长条窗户连同它们的日影，象形黑白琴键。出站口南广场，广场呈五度向上的斜坡，顶端两侧与直达二楼的栈道引桥自然衔接，居然天衣无缝。回看主体候车室，呈长方体，正面中央是民国风的楷书"大连"二字，绿色，正好与大连的海洋蓝配伍。可是，越看越不对劲，它原来不就是这样子的吗？说好改扩建的大连新站呢？

　　转到后身，才发现这次改扩建的奥秘。原来是把通往站台的天桥大规模拓宽、延长，建造为高架候车室，候车室下面直接就是铁路和站台。利用预留的接口，高架候车室与接地候车室浑成一体，候车室的面积竟增加三倍！

　　谁说站台就是站台，铁轨就是铁轨，候车室就是候车室？大连站的改扩建，居然把三者综合为一体，而且外表根本看不出，也感觉不到，仍然是候车、检票、上车、出站，站台上旅客绝对想不到，头上已是一座庞大的熙熙攘攘的候车室，候车室的人们也想不到，脚下是川流不息的火车轨道！

　　2006 年，在北京永定门站原址建造北京南站，采用大连站的设计理念：车站唯一功能就是输送旅客，其他功能一律剔除。剔除得更坚决更彻底：它的造型是压扁的"天坛"，扣在铁路上，所有进出火车从候车室腹部穿行。北京南站以后，"站、室、台一体"成为火车站设计的共识，北京西站那样高耸而虚妄的火车站彻底绝迹，全国的高铁火车站，一个比一个漂亮、大气，中国要和西方比牛，第一位的一定是高铁站。

2009 年，饱受国人侧目的北京西站终于决定改扩建，羞答答派人到大连取经，抱残守缺多少年的西站人到大连才恍然大悟：车站原来还可以这么设计啊！真是奇怪了，这些"专家"十来年就没坐过火车没到过别的火车站吗？竟然不知道全国的火车站已经全都是这么设计的，看见大连站却像发现新大陆？专家回到北京照方抓药，设计出站台上的候车室，北京西站的丑陋的脸上这才算涂上了一点胭脂色。

狗世界

"环绕承德都是山，TMD！"如此粗俗的话出自宋代大文豪欧阳修，令人难以置信，可是"环滁皆山也"作证，较真的学者就说欧老粗俗。既然这话很著名，可以借用为"环承德皆山也"，于是理直气壮地断定，欧老说的，就是"环绕承德都是山，TMD！"

承德最著名的山是棒槌山，上粗下细四十六米高的一根大棒槌矗立在山顶，摇摇欲坠的样子，但是夹墙山比棒槌山更雄伟，夹墙山高一百米，长五百米，一道天然大石墙，这魔鬼一样的存在令人恐惧，不敢多停留。辗转钻出夹墙山的密林，落地到平川，心里踏实多了，不远处杏帘在望，一派粉墙红瓦，不意深山居然有如此桃花源。默念戏曲台词："讨碗水喝，口渴得很。""壶里有，要喝自己斟！""你好像不是这屋的主人。""喝完就走，何必多问！"我并不口渴，到村民家讨水，只是模仿古典，中国小说戏曲，都这么说的，书生到一户人家讨水喝，故事由此开始。一个怀春的村姑，站在矮墙后面，人面桃花相映红。或者门前一株马樱花，转过屋角，窗前一少女正在纺织。再或者一座小小院，花树满墙，一株海棠，半入窗棂，窗前一个爱笑的婴宁。我是北方人，北方人傻实在，认为书上说的都是真的，我的同事，一位姓张的大学教授曾经义正词严地质问我："难道书上说的还能是假的吗？"她不知道，书上说的不一定都真，比如金庸的十四部书，《明报》等着明天的稿子，金庸先生还在犹豫要不要给段誉安排一个格外的爹。

傻实在的我正为进村讨水喝想入非非，忽听一声犬吠，远远望见一只苏格兰牧羊犬正向我纵声大叫，一犬吠形，百犬吠声，全村的大大小小狗儿狗孙铺天盖地叫起来，我不管这些狗儿对我态度如何，仍然往村里走，可是这么多的狗狗们，把我讨碗水喝的桃花梦叫得破碎。书上没有说书生偶遇姑娘，还有一条大型犬在身边守着，《诗经》倒是说到了，"无使尨也吠"，一只大型犬，藏獒似的家伙做姑娘的保镖。可是往后，中国作家越来越文弱，姑娘的身边不再有狗：让伤春流泪的杜丽娘身边一只凶凶的藏獒或二二的哈士奇，成何体统？

带头大狗"苏牧"冲我叫，兴高采烈，一边往村里跑，跑一阵，看见我走得慢腾腾，就停下来，继续叫，看着近了，再跑。我忽然警觉：这狗东西是不是读过《孙子兵法》，在诱敌深入啊！

果然，前方出现一条岔路，苏牧拐进岔路，一溜烟地去了，我的面前出现一个浩浩荡荡的狗军队，狗儿狗孙们纷纷亮相，我走在狗群中，忽然有元首检阅陆海空三军仪仗队的崇高感觉。奇怪的是，刚才沸反盈天的狗叫突然改为静默，男狗女狗大狗小狗婴儿狗，齐刷刷向我行注目礼，我敢说，它们也跟我一样，有被元首检阅的崇高感。一只婴儿狗悄悄地汪了一声，周围的狗们都责备地看着它，看得它低下头，很惭愧的样子。

这些狗的奇，令人喷叹不已，我不知道它们为什么有这样的表现，其中最奇的是一只金毛犬，关在路边一个大笼子里，低吼高叫，使用各种手段引起我的注意，我从没有见过关在笼子里的金毛，也没有听到过金毛的吼叫，我印象中金毛它就不会叫。我走近笼子，金毛的尾巴摇啊摇，目光极其温顺，是我熟悉的金毛的样子。我说："你好啊，阿金！"金毛的嘴居然张了张，我敢断定，它真的想说话，想跟我打招呼："你好啊，老王！"

这座村庄虽然闭锁在深山，但它有一个很开放的名字：大店。大店村的狗儿们为什么对我用尽心机？我想，它们这是极度寂寞所致。小小村庄，每年见到的人，有数那么几个，它们很想见到外面的世界，看看外面的人或者狗。我偶然来到这里，对它们来说就是大节日。多少年以后，现在的狗儿变老了，对它们的儿孙讲自己的辉煌经历，接受我的检阅将是重头戏，它们不断重复地讲给没那些没见过大世面的狗少年："就在那一年，那是一个春天，有一个尊贵的老人在我们大店走了一个圈。老人姓王，王老先生红光满面，神采奕奕，步履矫健，身体非常健康。老人温柔亲切，挨个看着我们，我们身上涌起一股暖流，我们暗暗地下定决心：石可烂，海可干，忠于王老先生的决心永不变！"

狗世界的光荣传统正能量，就是这样一代一代培养传递下来的。

刘备战吕布

我不喜欢关羽，除了那把大胡子，其实一无所长。台湾人调侃"三英战吕布"，制作一部"弗拉士"。先是张飞跟吕布比体重，体重秤标记吕布比张飞重了零点五公斤，第一回合三英方输。台湾腔的国语听着特别逗，慢悠悠一字一顿，关羽说："比体重，那是女人的勾当，比就要比男人有女人没有的东西！"台湾国语没有轻声这一说，"的勾当""的东西"，三个字一本正经地说出来，不笑都不行。女人没有的东西，你一定想歪了，因为我当时就想歪了，人家关云长能那么下流吗？下一帧画面，关羽郑重其事地说："胡——砸！"大胡子的特写，还红太阳似的喷射着光芒。数据出来了：关羽，四十五厘米，已是长须过腰；吕布，零厘米。第二回合三英方胜，一比一战平。第三回合，刘备亲自出马，跟吕布掷骰子："六啊六啊我要六啊！"直到月亮爬上柳梢头，他们还在"六六六"。

刘备这么没溜吗？去涿州看看，也许他的邻居还在，能跟我透露一点刘备发迹前的丑闻啥的——我生性八卦，特别喜欢挖古人的隐私。

　　长途车把我载到涿州汽车站，汽车站小得转身都困难，先买好回程的车票安心些，卖票的大嫂打量我："干啥来了？""旅游。""涿州有啥可旅的？别买票了，一会儿有车，赶得上的话随时回去吧！"

　　没啥可旅的，可三义庙得去吧，张飞故居就在城南，郦道元故居也在，永济桥、海林禅寺，还有辽代双塔。

　　公交车，没有。出租车，没有。三蹦子，也没有。问当地人，说要搭长途车，捎一段路。忽然想起来，可以滴滴打车啊，打开，页面显示位置在涿州汽车站，但又有一行字：本市尚未开通此项业务。没有滴滴？眼前只有838路车不停穿梭，是北京来的公交车。忽然看见一辆市内公交停在那儿，几步赶上，车上只有三个人，司机、乘务员、一个乘客，看样子离开车还早。问："经过三义庙吗？""经过张飞故居吗？""经过博物馆吗？""经过胡良桥吗？"对这些询问，司机一律说："不。"态度懒散，不悲不喜，不怨不怒。

　　先吃饭。但是墨菲定律生效了：举目四望，一家饭店没有，以十字路口为原点，东西南北分别长征一公里，总耗时八十分钟，饭店看见两家，一家驴肉火烧，门口一个伙计，懒洋洋地睡觉，旁边一只猫，也懒洋洋地打瞌睡，火烧和驴肉上，一群苍蝇在跳舞。另外一家清真店，拉面啊馕啊。去年土耳其官方发布指令，允许穆斯林如厕使用卫生纸了。可土耳其管不到我国的穆斯林，所以我对清真店都躲开走。

　　我就不信了！一直走一直走，遇到饭店我就撑死，没有饭店我就饿死，或者在饿死之前累死，一路往北——看见一道岭，涿州在大平原上，我知道这个"岭"是城墙，城墙残破，但残墙至少五丈高，十七八米呢，古涿州城一定巍峨壮观，涿州也曾辉煌灿烂，可如今……

城墙下一座公园：华阳公园。这下我有救了，不至于饿死或累死，公园一定有吃的东西卖，比如面包。但是，涿州最豪华的公园，小摊卖的东西只有两样：烤肠、辣条。说四样也可以：辣条、烤肠。

苏灿惨到最惨了，饿得在树下捯气，一个老乞丐过来问："有吃的没有？"苏灿摇头，老乞丐说："嗯，幸亏我有！"从包袱里摸出一个馒头，却不给苏灿，自己吃起来了，"想当年在怡红楼……"

我急忙摸我的包……摸到了，饼干！竟然有两包！办公室谁放的一堆饼干，不知道怎么的，我的包里居然也出现两小包，说不清道不明，咋整进去的？张宝胜在成为超人之前带着女朋友逛本溪百货商店，女朋友盯着一双鞋看，张宝胜买不起，很尴尬，拉起女朋友就走，到门口被拦住了："这位女士，请让我们看看您的包！"那双鞋赫然在包里。张宝胜说："我没偷啊，不是我偷的，偷鞋的不是我，根本就没人偷鞋！"现在我终于相信张宝胜真的没偷鞋，皮鞋和饼干进包，那都是神秘力量，比如神秘力量知道我今天要挨饿，就安排饼干预先来到我的包里。

包里居然还有一罐"比尔"，真是太神奇了！上帝啊，阿弥陀大叔啊，还有观音姐姐，这么眷顾我么？

走出华阳公园，迎面一条大标语："扫黑除恶，还我蓝天。"涿州这地方，还好意思生产黑社会？黑社会还好意思在涿州黑？在这里混的黑社会还有脸把自己叫"黑社会"？如果黑社会开大会，涿州的黑社会只够摆桌子标签的资格，试试麦克风，"喂，喂。"毕恭毕敬把话筒推给廊坊固安高碑店的黑社会："大哥，您请。"

涿州这地方，下次请我也不来了！

忽然，天空中一阵轰鸣，好像是一架巨大的机器在调频。声音稳定了，一个厚重的男中音，字正腔圆，大汉朝的普通话："这次，也没人请你来！"

刘备刘玄德！他还活着，这下我死定了。调频之后，刘玄德的助手忘了关声音频道，刘玄德大人却不知道，换了涿州口音，跟对手吕布说："继续继续。六啊六啊我要六啊！"

狗不理包子与二十四桥

天津卫高家媳妇生了一个大胖小子，大胖小子叫啥名呢？孩子的爷爷握着旱烟袋吧嗒嘴，发话了："起个贱名吧，好养活！"儿子说："我他妈的就叫狗剩子，啥名比我的名还贱？"爷爷横了他一眼："狗剩子，狗还啃了你大半个身子呢，你儿子，应该狗都不稀的吃吧！"

因为狗都不理，阎王爷把他彻底忘了，老阎王要收小孩，取他们的心肝配制长生不老药，命令牛头马面按照名单找，"狗不理"这也不是个名，牛马二鬼走过他的身边看都不看他，福尔康啊、夏雨荷啊、紫薇啊，一把铁链子都牵走了。阎王爷已经长生不老，为啥还要配制长生不老药？大人物都有点变态，有事没事总要害几个人玩玩，配药，只是个借口。

狗不理小朋友平平安安长到十四岁，到一个饭馆做学徒，三年学徒一年效力，第五年头上，饭馆老师傅说："狗不理兄弟，你的手艺成了，自己开个店吧，也卖包子。"师父是做包子的，人很好，在饭馆周围给他物色一个小铺面，一切材料都是现成。开个店总要有店名招牌，师父握着旱烟袋吧嗒嘴，想："全聚德？不行，那是烤鸭子。内联升？做鞋的跟我们不熟。瑞蚨祥？人家卖绸缎。开封灌汤包子，嗯，挺对乎！可咱这是天津卫啊！"沉吟良久，说："咱们也没啥墨水，别瞎琢磨了，就用你的名，叫'狗不理包子'！"小伙子很兴奋，平生第一次，自己的名字可以做成店面招牌，我们高家的祖坟冒青烟啦！包子的生意红火，狗不理的名头也越叫越响亮。

但百年后，天津"狗不理包子"总店关于店名，这样介绍：

> 高贵友十四岁时，到天津南运河边上的刘家蒸吃铺做小伙计。因心灵手巧又勤学好问，加上师傅们的指点，高贵友做包子的手艺不断长进，练就一手好活。三年满师后，高贵友独自开了一家专营包子的小吃铺。由于高贵友手艺好，生意十分兴隆。来吃他包子的人越来越多，高贵友忙得顾不上跟顾客说话，这样一来，吃包子的人都戏称他"狗子卖包子，不理人"。久而久之，人们喊顺了嘴，都叫他"狗不理"，把他所经营的包子称作"狗不理包子"。

别扯了大哥，不是他不理人，是狗都不理他好么！

狗不理店这么胡说自己，他那包子我也不吃了（听人说，那包子的味道实在不咋样）！一股恼气我就奔了扬州，瘦西湖边消消气，回头再和狗都不理的"狗不理"理论理论。走啊走，就走到了二十四桥，惊喜，二十四桥就在瘦西湖？

"二十四桥明月夜，玉人何处教吹箫""二十四桥仍在，波心荡，冷月无声""二十四桥明月下，谁凭朱阑"。扬州运河故道，江北水乡，桥当然多，全城有大小桥梁近百座，准确说是二十四座。《马可·波罗游记》说扬州有桥一万二千座，可见他没到过扬州，这人就是个大骗子！一万二千座桥！他是咋想的？扬州人给这个大骗子塑的铜像却很漂亮，骑着阿拉伯马，志得意满的样子。中国城市雕塑喜欢搞"球"，清一色的球球雕塑，因为不搞球他们就不知道怎么搞了。但中国也有三处成功地不搞球的城市雕塑：一是北京复兴门外"少女与和平鸽"；二是眉山迎宾路"眉州三苏"；三就是这满嘴跑马车的"马可·波罗"，位于运河古渡口。

扬州桥多，命名却取巧：给它们编号，第一桥，第二桥……第二十四桥。唐人诗文中也有"第五桥""十七桥"等名称出现。但编号法也有问题，外地人容易蒙，本地人也可能糊涂。我在济南期间，住在经四纬六路，几年之后再问我住在哪里，我已经不能肯定这个地方，也许是经三纬五路？经五纬四也有可能。施肩吾作诗："官罢江南客恨遥，二年空被酒中消。不知暗数春游处，遍忆扬州第几桥。"我有点喜欢他，因为他跟我一样，也忘记了自己住的地方叫啥名。沈括《梦溪笔谈》说："扬州在唐时最为富盛……可纪者有二十四桥。今存者只有六桥及一处新桥。"到宋代，他说这些桥大都消失了，只有第六桥还在。不知道沈括为什么忘了第二十四桥，因为他之后的姜夔《扬州慢》说"二十四桥仍在，波心荡，冷月无声"。但我更相信沈括，姜夔是作词，说"二十四桥"可能在用唐朝旧典。

但是，请看瘦西湖二十四桥的介绍看板：

桥长 24 米，宽 2.4 米，两侧汉白玉栏杆共 24 根，上下各 24 级台阶，处处都与二十四对应。若在月明之夜，清辉笼罩，波涵月影，画舫拍波，有数十歌女。淡妆素裹，在台上吹箫弄笛，婉转悠扬，天上的月华，船内的灯影，水面的波光融在一起，使人觉得好像在银河中前行。

米，国际长度计量单位，来自欧洲。1790 年法国科学家他雷兰提出制定一个世界各国通用单位的建议，把地球子午线从北极到赤道的长度的一千万分之一作为一个计量单位，叫"Meter"，各国都同意这项建议，合作测量了七年，世界统一长度计量单位 Meter 诞生。Meter，汉译作"米达"或"米突"，1956 年统一译为"米"。"米"，诞生在十八世纪末，扬州大规模造桥是在唐朝，除非唐朝人能穿越到千年以后，才可能用二十四米、二点四米等数据建造这座"第二十四桥"。

扬州瘦西湖，图样图森破！

傻　庙

　　河北易县城关镇的后山，有一大片宫殿庙观，民间宗教底色，统称"后山奶奶庙"，清华大学民间建筑艺术研究院（它本身也是自发的民间组织）研究员徐腾专访奶奶庙，称"他奶奶的庙"，有戏谑，有惊讶，意在讽刺北方民间宗教的荒诞和漫不经心。

　　这种荒诞和漫不经心，千里迢迢蔓延到甘肃。冯胜，嘉峪关第一守将，今存嘉峪关的主体建筑都是冯胜创造，可是迎面的冯胜像却是石膏注模的。关城南面的文殊山，是祁连山的余脉，保留着第四纪冰川切割的痕迹，山上山下寸草不生，是建寺庙的好地方。果然，这里建了很多"寺庙"，但是远看是寺庙，近看似寺庙，近前仔细看——傻庙！

　　先看它的主体建筑"万佛塔"。外表看是藏传佛教的形制，绕塔一周，发现它原来与藏传佛教一毛钱关系没有。太上老君，元始天尊；释迦牟尼，二郎真神；紫阳先圣，剑客洞宾；伏羲斗（音抖）母，哪吒三昆。这谁跟谁都不挨着。不知道什么力量能把这些神佛仙怪聚拢在一座塔里。这还只是第一层，万佛塔啊，上面的几层还不知有什么更奇葩的东西呢。二郎神有三只眼睛，吕洞宾背后一把宝剑，哪吒脚踩风火轮，这几个辨识度较高，正统道观也都是这么塑的，可是你把迟重瑞、六小龄童、马德华、阎怀礼塑在这里，说他们是唐僧师徒四人西天取经，这也太世俗了吧？还有那个济颠和尚，明明就是喜剧演员游本昌么！

比较而言，这座塔里的神佛或传说人物，都有"模特儿"，它塑造的济颠和尚，谁看都知道这是游本昌。而易县，神佛到他们手里就算倒了大霉：一团合着乱草的泥，约莫着整出头颅和躯干四肢，连抹平的细功夫都省下了，就那么粗粗拉拉大大咧咧立起来当做"神像"，然后在所谓神像疑似的"头颅"上涂抹几道色彩，黑黑的眼睛红红的嘴唇，这就算塑造完成了。一座神像，两条腿的胶泥脱落，方木直愣愣地支撑着沉重的身躯。想知道是什么神什么佛？也简单，车神，手里握着方向盘，财神，手里捧着金元宝，当代人没见过金元宝咋办？制作者很暖心地做出标记，在财神的手上贴一张小纸条，写着"财神手"三个字。已经简慢得令人发指，他们还嫌麻烦，买来各种粗制滥造的神佛像，石膏的、陶瓷的，乱七八糟堆放在石板上，匾额也懒得弄，懒洋洋地挂一条横幅："全神全佛"。那意思，神佛全都在这里了，拜一尊等于拜千百尊，在我这个庙上供最划算。

从万佛塔再往山上攀登，层层叠叠的疑似庙，密密麻麻的疑似神：雷神、雨神、火神、风神、财神、寿神、福禄神、四海龙王、无生老母……应有尽有，数不胜数。一个看庙的老汉，应该叫"庙祝"，看有人来，高兴得脚底生风，拿钥匙打开一系列的庙门。这里很少有香客，所以庙门终年关闭。庙祝很兴奋，敲起铜磬唱起了佛经，佛经中夹杂着汉语，"平安四季""风调雨顺"等等，但基本都是不知所以的哼哼，就当它是梵语吧，不过，很好听。这人也实在缺少与外人说几句话的机会，好不容易来了几个人，逮住就唱。

徐腾震惊于易县"他奶奶的庙"的直白，举例"正殿"。一座豆腐渣风格的房子光明正大地把自己叫做"正殿"，而且广而告之，庞大的牌匾，上书电脑体打印的"正殿"二字，高挂于屋檐之上，顾盼自雄的样子。它叫自己正殿了，其他各个殿舍而求其次，分别命名为"前殿""中殿""后殿""引殿"，都有大匾额。什么叫引殿？别误会，不是"接引殿"，他们没那个知识点，他只是没有别的名词可说，就说自己是引殿，相当于公路的"引桥"。现在这文殊山，与易县后山八两对半斤，傻都有些可爱了。

走过林林总总的庙、殿、观，看了许多奇奇怪怪的神、佛、仙，忽然眼前一座小庙，匾额却非常大气："总土地庙"。土地庙见过不少，但都是简单朴素的"土地庙"，里面供着一对老头老太太，从没听过还有什么"总土地庙"。它"总"哪里呢？文殊山上除了它，没见有别的土地庙，可见它要"总"全国的土地庙，可是这个"总部"实在太寒酸，它是一个过街亭子，只是一个过道罢了。

中国民间，神的事情都如此草率瞎糊弄，其他事情，可想而知。

净 土

以敬畏心登嘉峪关的文殊山，上山却只见一群孤魂野鬼。中国民间宗教，大概也就是神界乞丐的命了吧。

沮丧中回到山下，却见一座恢弘的庙宇，来时怎么没看见？恍惚如同唐僧师徒进入魔幻境界，观世音菩萨点化一座庙宇考验这师徒四人。孙悟空火眼金睛打手一望，是"文殊寺"三个描金大字。哪里还用齐天大圣的火眼金睛，我们肉眼凡胎，也都看见了大庙的匾额：文殊寺。原来，因为有这座文殊寺，这座山才叫"文殊山"，刚才在山上乱转，那是拜错了庙门。

这里文殊寺不收门票，可是刚才山上野鬼们的大门口，却立起好大一块"门票42元"的大牌子。文殊寺的院子里，一个僧人和几个俗人，围坐石桌，有一搭没一搭地聊天，情景神态宛如《核舟记》的苏黄佛印泛舟，闲适悠然，令人暑气顿消。看见我们进门，僧俗不起身，不问话，不寒暄，任由我们徜徉于各个殿堂。菩萨座前没有功德箱，也没有记录本，一排排的酥油灯灯火荧荧，香气若有若无，果然是没有添加剂的上好酥油。大殿的一个角落，有几个箱子，敞开着，摆放着大大小小完好的酥油灯，箱子有标签，分别标注十元到五十元，二维码，自扫自取，自己点燃，供养菩萨。我们分别扫码，从箱子里取来对应的酥油灯，恭敬点燃，供在文殊菩萨座前。无神论者的我，对菩萨油然而生敬意，这份敬意，也对我自己，和同行的几位伙伴。

三大宗教，伊斯兰教的清真寺，门禁森严，拒绝"大教"人进入，它自划疆界，是一种自闭型的宗教。基督教的教堂，欢迎任何人造访，但进门就有牧师向你讲耶稣传奇，听得你云山雾罩，没工夫欣赏教堂的精美玻璃窗和创世纪壁画。只有佛教，和尚自念经，来人自上香，若要布施，随喜而已，三五文还是三五两，和尚低头做自己的事，并不理会。佛在各自的心中，你礼佛，你供佛，你得福报，与我和尚不相干；我礼佛，我供佛，我得救度，与你和尚不相干。如果和尚殷勤求布施，这就落了下道，求布施不得便心生怨恨，更进入饿鬼道，万劫不复的。寺庙的功德钱富裕些，和尚饮食便富足，有盈余，则用来济困扶贫；功德钱不继，僧人集体上街，逐户乞讨。僧人无儿无女，父母也交由世俗界赡养，是以无牵无挂，每日一饭而已，无需积累钱财，于是寺庙之门永远大开，显示佛家的普度众生和无限悲悯。那年，我到北京一所天主堂听布道，牧师讲一会儿，便有一个小厮举过来一个长杆，杆子上一个盒子，送到每个人的面前，示意人们往里投钱。漫长的布道，盒子伸过来无数次，家里没矿的话，还真不敢来这里听上帝的声音。

但佛家大门洞开的规矩，在上世纪八十年代被少林寺方丈释永信打破了，他首开寺庙卖门票的先例，从此拜佛必须先缴纳门槛费，佛门被利欲熏染，再不清净。香火旺盛的寺庙，释迦牟尼供前一张桌子，桌前排起长龙，香客们在这里登记交钱的数额，根据钱数领来相应的香烛，然后礼佛。拜佛，很虔诚的事情，在这里却成了菜市场的等价交换。少林寺的俗例一开，利益吸引，全国寺庙陆续跟进，根据寺庙的大小和名气高低，收取不菲的门票费。

　　远在边陲的嘉峪关文殊寺，却保留了佛教的一方净土，孔子说，"礼失而求诸野"，信然。仔细想一想，文殊寺的做法才符合佛教的"原教旨"。少林寺和其他收取门票，然后像防贼一样防备香客的寺院，为什么要专人记录香火钱？是怕香客们虚支冒领。他明明出一元钱，却取走十元钱的香烛，可是，这样的事可能发生吗？求神拜佛，谁会谎报？谁能谎报？谁又敢谎报？求佛，既然他相信佛祖万能，那么他在万能的佛祖面前说谎，还希望得到佛祖的庇佑，除非他是傻帽。他要真是傻帽，就不会来拜佛，他能来拜佛进香，就说明他肯定不是傻帽。说这么弯弯绕的话，我的意思，派人在香烛摊子前值守防备"傻帽"，这寺庙一定是一座"傻庙"。

跟我走，看济南！

二十年前，济南市长在就职典礼上郑重发誓："奋斗十年，把济南建成一座新农村！"

这是一则笑话，嘲笑当年济南拆除欧式火车站。可是，十年后，"市长誓言"竟然实现了：济南真的成为一个大"农村"，全新的大农村！农村城市化，是中国建设的目标，比如北京，合村并乡，动员郊区县的农民住进楼房，济南逆向进行，城市农村化。但是，对于济南的逆行，人们除了惊讶，更多的是羡慕：济南，中国最宜居城市，济南人，最幸福的城市居民。

第一站，大明湖

在上世纪八十年代中国城市大膨胀之前，济南主城区一分为二，一半城区，一半大明湖，契合那副著名的楹联："四面荷花三面柳，一城山色半城湖。"济南七十二泉，汹涌的泉水汇成烟波浩渺的大明湖，湖水北流，注入黄河，形成济南市完整的生态系统，它是一片活水，生机蓬勃。与其他城市的城中湖不同，大明湖四周很少建筑或名胜，湖就是湖，与湖水相伴的只是荷与柳。荷花比君子，细柳喻佳人，所以大明湖有许多美丽的传说。

2005 年，大明湖风景区改扩建。扩建后的大明湖，湖岸区的外延面积翻倍，花木道路分层次环绕大明湖，景色随步转换，于是大明湖四季有景，三季有花。2016 年始，大明湖二十四小时全面开放，取消全部收费项目，这里成了济南市民休憩的最佳去处。一对衣着分外华丽的男女走过来了，走过超然楼，来到北极阁，再过小沧浪亭，一个昂首阔步，一个袅袅婷婷，人在画中游，画随脚步生，猛一看是张铁林和林心如，再一看是乾隆皇帝和夏雨荷，此情此景，皇帝不由自主高歌一曲："我真的好想再活五百年！"

第二站，华山

华山是济南的奇迹，尖尖的、圆圆的山一座，拔地而起。说"拔地而起"，似乎很巍峨的样子，其实它是一座小小的山，海拔只有一百九十七米，相对高度一百四十米，二十分钟就登顶，隔着黄河可见鹊山。从黄台路方向看，华山是一个庞大的正圆锥体，投影为等边三角形，近似六十度斜坡。这样的山，而且生长在市里，不知道天下哪座城市有这样的殊荣。别跟我说广西贵州有的是，那里岩溶地貌，山区，济南却是大大的平原，孤零零一座正圆锥立在那里，惊不惊喜？意不意外？赵孟頫说："好意外啊！"惊喜的赵孟頫当场作画，叫做《鹊华秋色图》，这幅画现在台北故宫博物院，是镇馆之宝。《鹊华秋色图》把鹊山画得挺高，华山更高，还很陡峭，七十多度差不多快八十度了，明显艺术夸张，为什么夸张，它确实很叫人意外，赵孟頫只能用极度夸张表达这种意外。

华山也叫华不注，古代这里曾经发生一场战争，齐侯被晋国将军韩厥追赶，他的战车绕华山跑了三周，一匹战马精神溜号，走"岔劈"了，战车"系桑本焉"，齐侯被俘虏。千禧年，我和翟润平、张正一、李君实、张山越登上华山顶，遥想齐侯的战车绕华山跑三圈的窘态，结论是，那根本不可能。华山周边都是犬牙交错的村庄、麦田、乱石堆，三圈？能跑出三百米就是奇迹！现在我又来了，站在华山俯瞰环山公路，可以很自信地告诉齐侯：奔跑吧，老伯！您想跑几圈就几圈，韩厥那肯定追不上您，吴亦凡，你看这环湖路，多宽！

郑州书记雅号"吴一指"，东指西指，他一指，城中村消失一片，再一指，又一片，经过书记的"指"，郑州焕然一座现代化大都市，北上广到郑州，也得心甘情愿推郑州当老大。这天，"吴一指"书记愤怒了：我指了这么久，城中村咋还有这么多！就要骂人。秘书赔笑说："吴书记。这里是洛阳哎。"原来吴一指书记在车上睡着了，醒来却是洛阳。济南市长更豪气，他不指，他说。市长说："济南要建成一座大花园，从华山开始！"于是，以华山顶的真武庙为圆心，以三公里的黄台路为半径，画一个大大的圆，这就是大大大的华山湿地公园。大公园再加两个"大"，是因为全国没有第二个这么大的城中湿地公园，大大大公园又加"湿地"俩字，是因为它引黄河水封闭环绕华山，成一片大湖，华山俨然一座岛屿，要登华山必过桥或者划船。华山使外地人惊讶了几千年，现在华山忽然惊喜了济南人。

第三站，泺口百里黄河带

济南与开封的地理位置相似，城北不远就是黄河。各有佳妙，开封的黄河浩渺如海，济南的黄河蜿蜒如带，济南利用黄河"如带"的特点，建成百里黄河风景带。风景区全开放，人们随时可以亲近黄河，与黄河零距离，文艺青年对着黄河痴痴地发呆，好诗立刻喷薄了："黄河之水天上来，奔流到海不复回……"

百里黄河，最佳处在泺口，泺口浮桥上车水马龙，古老与现代完美地结合在一起，决然不违和。这里是赵孟頫作《鹊华秋色图》的取景地，远景华山、鹊山，中景黄河泺口，近景秋树扶疏。外地人来济南，游大明湖，看趵突泉，却很少有人登华山，更少有人来泺口，其实泺口把济南的历史凝结在一点，厚且重。若把泺口代表济南，其谁曰不然？

第四站，黑虎泉

第四站不应该是趵突泉吗？呵呵，趵突泉是专供外地人游玩的，济南人才不掺和。张宗昌写趵突泉诗，也是专门招揽外地人的广告，所以写得极为直白，率直童真："趵突泉，泉趵突，三个眼子一般粗。三股水，光咕嘟，咕嘟咕嘟再咕嘟。"外地人看这诗："这么有趣？看看去！"外地人来了，济南人就躲开，他们回家取水做饭，黑虎泉、白石泉、九女泉、汇波泉、对波泉、琵琶泉、任泉，随便什么泉，都是做饭的好泉。其中黑虎泉出水量最大，取水的济南市民也最集中。

黑虎泉群在解放阁附近，济南四大泉群之一群。这一带泉眼集中，其中黑虎泉出水量大流急，宽广如瀑布，汇集其他泉水成济南护城河。市政为了方便市民取水，从泉眼接出若干水龙头，从早到晚，取水的济南市民熙熙攘攘热闹如集市。比较小资的市民选择到白石泉、九女泉取水，一个小桶，一段小绳，慢悠悠地续下去，慢悠悠地提上来，从取水中获得文人的雅趣。

中国城市，还有谁，能在城里取到清凉的山泉水？我听到冯小刚挑衅式的吼叫："还——有——谁——？"

你们说想去趵突泉千佛山？哦，对呀对呀，你们是外地人哪！去吧去吧，手机导航，一会儿就到，我就不带领你们去了，我刚刚打来一钵白石泉水，朋友正好寄来明前绿茶，且烹茶去也！

藏在核桃林的大学

有人给百度百科写关于"长春"的条目:"长春,坐落在吉林大学校园里美丽的省会城市。"长春市只有朝阳、南关、宽城、二道河四区,吉林大学却有六个校区,当然吉林大学比长春大。外地人到长春问吉林大学在哪,当地人都是这一句:你身后就是。如果我给山海经大学写百度条目,也可以这样写:山海经大学,一所藏在核桃林里的学校。

核桃林形成于上世纪五十年代,那时候国家政策"以粮为纲",农田里除了稻麦粟玉米,啥都不让种。城里人爱跟风,说是我们也有两只手,不在城里吃闲饭,不吃闲饭怎么办?种树,听说核桃、板栗和大枣是"木本粮食",就在校园里遍栽这些"粮食",六十余年,粮食没见多少,树却早已成林,沾濡秦韵汉风,文雅中正和平,郁郁乎文哉起来了。

核桃树树形高大但不规则,很符合知识分子青年学生特立独行卓出于众的性格。树冠开阔,枝条疏朗,叶片巨大,而且饱含水分,青翠欲滴。炎炎夏日,沥青路面行人绝迹,牛羊走上去都龇牙咧嘴，牛蹄子多厚啊，都烫得受不了。可是人和牛走进这片核桃林，暑热顿消，浑身的热汗刷的一下无踪迹，脚下也清清凉直升上头顶。二十年前，北京市讨论"市树"，最后死气沉沉的"国槐"当选。后来人们才知道，京兆尹陈某家门口正有一株老槐树，多年相伴，他们爷俩感情深厚。后来京兆尹失势，病卒于大理寺，市树却没有更改，如今北京全城却到处是叶片稀薄永远日薄西山气息奄奄的槐树，即使它占了一个"中国"的名字，叫"中国槐"，也没用，改变不了它与京兆尹同样日薄西山"夕阳红"的面貌。

山海经大学本部是十栋俄式瓦房，房子很宽很大，长得也像俄国人那样夸张，通高九米多，平房整出三层楼的格局。不过核桃树更高更大更宽，高达二十多米，树冠也豪迈，隔梁漫寨地握起手，大房子倒成了小兄弟，幸福地躲藏在大哥伟岸身躯之下。

山海经大学祭酒程琳大兴土木，盯上了这片核桃林，指挥工人昼夜施工，拆了平房，建起怎么看怎么不得劲连名带楼都俗气满满的"预警楼"（哦，叫"育警楼"——好像也不是，大概是叫"育英楼"？）建成了，程祭酒怎么看怎么得意，又召集施工队：第二栋，拆！核桃树，砍！施工队在拆第一栋的时候，就委婉地说：这房子是民国时候的吧？现在要拆第二栋，更心虚，说它们可能是保护单位，不敢拆，何况这么好的核桃林……程祭酒大不耐烦："什么民国，五十年代苏联人建的。就算民国，该拆也得拆，至于核桃树——我们现在不缺粮食！"施工队磨磨蹭蹭不动手，山海经大学的一大帮退休教师拥进施工现场，手里举着各种各样的牌牌，其中一个牌子上写着："程琳，他们与你同年生同年长……"老先生们说话含蓄，省略号的内容应该是："树你砍了，你怎么不自裁？"程祭酒偃旗息鼓，已经受伤的核桃林得以免遭再次屠戮。

核桃树下绿草如茵，初春的翠绿，一直延续到深秋。草地上一对喜鹊，应该是夫妻，关关雎鸠的样子。因为房子的间隔，核桃林划区分片，一片小区里有一对喜鹊，是这里的主人。喜鹊们大模大样，一副凡人不理的派头，跟它们名字一点不像，并不讨喜。鸟雀们也知优劣，大概在它们眼里，这里就是"学区房"，于是就有外来的蛮横的家伙，企图霸占这片学区房。这对夫妻在山海经大学养尊处优惯了的，抵抗不住外单位流氓的挑衅，一连串凄厉的叫声，核桃林各小区的喜鹊都来助战，打得强盗满地找——不不，喜鹊，找什么牙呀。总之，山海经大学有文化的喜鹊们守望相助，战胜了入侵的杀马特亚库萨或竹联帮。

喜鹊对人很傲慢，松鼠却喜欢跟人打交道，在行人稀少的时候，松鼠几乎可以为所欲为。两个女生并肩走，没发现身后跟随一个气势汹汹的小东西，自己的存在被严重忽视，松鼠一个鱼跃，站在女生的前头，不走了，眼睛直瞪瞪地看着她俩，打劫吗？女生似乎听见松鼠像范伟一样磕巴嘴："打，打，打，打……"最后还是冯远征受不了："……打劫！"小小松鼠拦住路不让走，这是要无赖打劫呀，还是撒娇？但是两者还真是分不清，娇小的松鼠明明是打劫要无赖，女生却把这场打劫当做撒娇。可是出来散个步，没有携带"巨款"的道理，于是一个人留作"人质"，另一个回去筹措赎金。不一会儿回来了，赎金是一袋炒花生，松鼠剥开一颗花生，里面两个豆，小东西捡起其中一个，往嘴里一扔，爬上树飞走了！尼玛哪里是打劫，明明是黑社会耍流氓啊！

山海经大学的枣树，枝条虬龙纠结，六十年兢兢业业结枣不息，正宗的郎家园枣，甜似蜜。中文系的教师喜欢在树下讲学指导论文，成熟的枣子啪嗒啪嗒掉下来，学生捡起枣子，恭恭敬敬递给老师，老师一边吃枣，一边说："这个柳永，吃枣……哦，填词，很讲究格局，《望海潮》一阕，俯瞰杭州……"推想当年孔夫子也是这样边吃边说的，他把讲坛设在杏树下，就是等着杏子掉下来呢。

朝花夕拾

亲亲曲麻菜

曲麻菜，学名苣菜，菊科，可入药。药典说苣菜味苦性凉，可解毒生津。但这个说法不全面，曲麻菜并不全都味苦，味甘的曲麻菜才是正宗。

五十年代出生的人，一落生就与饥饿结伴。"大跃进"制造了全国范围的大饥馑，田地大半荒芜，人的求生本能使人尝试各种可能入口的动植物，但是，大自然总是很吝啬，满山满谷的绿色，大多不堪食用，或者食后呕吐。榆树皮最温良，所以最先遭灾，1959 年一年之内，成年的榆树几乎全部被剥皮。以为自己能活下来的剥皮者也为榆树留一条活路，留下细细的一条树皮，但多数剥皮者没这么多的考虑，光秃秃的榆树第二年就光秃秃地死掉了。杨树叶分两种，小叶杨经过煮泡可以吃，大叶的就不行；椴树叶味道比较平和，不苦不涩；至于榆钱，那是美味不可多得，况且榆钱的嫩果期太短，无法大面积采食；洋槐花期长，还能"量产"，但槐花有一种腐臭的味道，难以下咽。

这时，曲麻菜悄悄登场了。

挖曲麻菜是要挑拣的，直立宽大深紫色叶片的曲麻菜味道苦，不能生吃，制作菜饼子时候才选择它们。根茎极短，叶片贴在地上生长的那种，细长弯曲多褶皱，颜色浅绿或嫩黄，这种曲麻菜不但不苦，还有仿佛栀子花的甜香，特别是它的爽脆，任何人工培养的蔬菜都难以比拟，筷子夹起一团生曲麻菜，入口还带有与口唇接触的清脆的爆裂声，牙齿切断质感厚重的菜叶，上下齿啮合的一刹那，曲麻菜的清香扑地解放，满口都是清脆的芬芳，使人不忍咀嚼，希望口腔永久保留这神奇的味道。

上世纪五十年代，曲麻菜就在中国大地蓬勃旺盛地生长起来，与"大跃进"的爆发同时。据老人说，在"万恶的旧社会"，曲麻菜并没有这么多。老人说，是天老爷派曲麻菜下来救助穷苦人的。救助完了，它们是不是就要回去呢，老人却没有说。帮人度过灾荒的，确实是这漫山遍野的曲麻菜，四、五、六月份，正是北方青黄不接的时节，曲麻菜竟成为穷人的主食。我每天背着小篓，或者挎个筐，随便走到一处疑似耕地，曲麻菜就在脚下向远方延展，无边无际。回家去掉老根，开水焯过，就是上好的主食配料。所谓"配料"，是委婉的说法，由于粮食极度缺乏，配料总占据主席，一锅菜饼子，曲麻菜绝对主力，玉米面或高粱面往往只是点缀。区别也有，一般人家的饼子黄色多些，贫寒人家的饼子则一团翠绿。

七十年代末，饥荒已成过去，虽然生计依旧艰难，口腹却不再是大问题，榆树皮、柳树芽、洋槐花、小叶杨、椴树叶、山马莲等渐渐被人们遗忘，但是曲麻菜，却仍然是人们的最爱，这时的曲麻菜主要蘸酱生吃。这一天，我的邻居张家传出一阵杀猪似的嚎叫，我急忙赶过去劝架，张邻居手里一根大棒，做张做势地还要打，躺在地上哭的是他媳妇，他气恼得不行："你看看她的嘴！"媳妇嘴唇沾满了面酱，像极了这几年牛奶广告：小孩子大姑娘嘴唇边上均匀地涂上一圈牛奶，表示她们刚刚喝过伊利或者蒙牛甚至三鹿，这么喝牛奶很虚假，也有点恶心，但是张家媳妇嘴唇沾酱，是她狠命吃曲麻菜的缘故，看上去却那么亲切，很喜剧。

"有她那么吃曲麻菜的吗？不要命了！张着大嘴，猪一样往嘴里塞，一下子就塞进去半斤！"一下子半斤，这不是猪，分明是河马。他虽然比我年龄大，却是我的晚辈，我教导他说："你也是从苦难走过来的人，怎么不知道曲麻菜该怎样吃？吃曲麻菜，必须像河马一样张开大口粗枝大叶胡乱吞下，才够味道。你看我。"我用筷子从菜盆夹出曲麻菜，垒成一座微型小山，再夹起一棵，在酱碗轻轻一滚，就像女娲在泥水里滚藤条，拖泥带水的一株，垒在那一座小山的最上头，酱料渗进菜堆，自然均匀，然后，我举起叉子一般的筷子，上下合力，夹起曲麻菜金字塔，隆重推送进自己河马型的大嘴，这时我的嘴的确可以用"血盆大口"来形容，不过妖怪的血盆大口要吃人，我却是吃菜。

年岁渐长，曲麻菜的味道却始终留在齿角和心头，每到春来，我都踏遍原野，寻找曲麻菜的行踪，八十年代，九十年代，直至〇〇年代，曲麻菜一年年地飘忽不定，瞻之在前，忽焉在后，早些年在金星乡和大白楼、寿宝庄，都能挖到正宗的曲麻菜，渐渐地远郊区和外县也消失不见。更早几年还能找到甜味的，青绿嫩黄惹人喜爱，再往后，巨苦的曲麻菜也成了稀罕物。

五年前，我在海淀区前沙涧村发现一处曲麻菜的圣地，离我的居住地不算很远，曲麻菜却茂盛，而且品种齐全，直立生长的苦菜多见，匍匐叶片弯曲褶皱的甜味曲麻菜也不少。此后，每年五一节，北京植物园人流如织，无人不道看花回，我却约上冠者四五人，辗转到前沙涧，在一片半废弃的田地里约会亲亲曲麻菜。

今年五一，我再赴曲麻菜之约，乘车前往前沙涧。再熟悉不过的大杨树林，杨树下烂漫的二月兰，蜿蜒的京密引水渠，静悄悄一如既往，可是，熟悉的曲麻菜，却爽约了——偌大的一片半耕地，曲麻菜居然一株也见不到！

陪伴我大半个世纪，帮助我度过大饥荒的曲麻菜，在我衣食无忧，甚至有余力搞点形而上文化艺术的时候，却悄悄地走了，连个招呼也没打。我说它"走了"，意思是它们已经在世间消失。这时，我宁可相信老人家说的：上帝派曲麻菜来救助遭受"大跃进"祸乱的受害人，人活过来，曲麻菜就走了，挥一挥小手，带走了全部根茎叶。

曲麻菜，救苦救难，居功至伟，至少在我这里是这样。如果没有曲麻菜，六十年代的饿莩肯定会加上我一个！少年时，我每天都要唱关于"大救星"的歌，生活总是很艰难，没觉得谁曾经或正在拯救我。但仔细思量，大救星确实有，那就是亲亲曲麻菜。

青藤上的苦瓜

　　1958 年，华君武在人民画报发表一幅漫画，题名《热火朝天》："大跃进"修水库，昼夜连轴转，夜班的民工在工地烧起几堆火，然后，回家睡觉去了。领导来视察，说"来"视察，是站在工程指挥部的房顶上遥远地看。领导看到工地上的火堆，很高兴，说："嗬，热火朝天哪！"心满意足地也回去睡觉了。

　　这事我差不多是亲历，说"差不多"，是因为那时候的事情，全国都一个样，二十年不变样：集体的懒惰，然后，集体的挨饿。1967 年冬，"文革"高潮季节，公社书记号召社员们过一个"革命化的春节"，全体社员集中到一处工地"大会战"：挖一条新河，堵塞旧河道。理由是，旧河道宽，新河道窄，可以节省很多土地。

　　全公社的社员们认识不认识的，全都沾亲带故，平时见不到，见面就聊个没完，半上午还没开工，书记亲临指挥，几次三番地催："同志们，无产阶级战友们，河道就是阶级敌人，我们开始进攻吧！"社员们懒洋洋地动几下镢头，再聊，磨磨蹭蹭到下午两点半，一哄而散，这回倒痛快，偌大工地霎时一个人影不见。第二天，完全复制第一天。我问一个本家大哥，大家为什么不干活，好意思的吗？可见我是守规矩的好小孩，长大后更是循规蹈矩，听党的话跟毛主席走的好青年，毛主席说人民公社好，我就死心塌地认定人民公社好。大哥不耐烦："小孩子，别管闲事！"大哥旁边一个大叔模样的，诡异地笑着告诉我："明年夏天，咱杨凤朝书记就能收获两条大河啦！"

尽管大家磨洋工，但架不住工期长啊，经过一个冬春的开挖修坝，改河工程在雨季前告竣，杨凤朝书记在竣工大会上大抒其情："喀左人民一声吼，地球也要抖三抖；喀左人民一声唤，宇宙也得转三转！"牛皮吹破天的书记杨凤朝，人称"杨吵吵"，因为有改天换地的英雄气概，被提拔为县委副书记。"杨吵吵"那么卖力，原来是为自己升迁找突破口，至于改河道是不是合理，傻子都知道是瞎胡闹，不是傻子的我那位不认识的幺叔早就预言在先。果然，雨季一到，山洪暴发，百米长三尺来宽的拦河坝被洪水冲得哭爹叫娘，它那个"杨爹爹"早就把它忘得干净，这事距离它爹荣升县委，只有十几天工夫。服从杨书记指令的"好洪水"，顺着新河道奔流，不喜欢杨吵吵的"坏洪水"，攒着满肚子坏水冲击堤坝，结果，好水坏水分流，各自占据一条河道，浩浩汤汤，奔向大凌河，然后汇入渤海。

林某人忽然叛逃而且暴毙，这事对毛主席和我打击都很大，毛主席决定和从前的死敌美帝谈一谈。日本人有点着急：中国在我身边，凭什么美国佬先来套近乎？急三火四地赶在美国之前与中国大陆"关系正常化"。作为诚意，日本大批化肥运送到中国。这时节我已经成为光荣的人民公社社员，向阳花的一支。"公社是棵常青藤，社员都是藤上的瓜。"可是，我知道，这藤，是见血封喉的毒藤，瓜，都是我这样的苦瓜。社员们轮流肩扛一袋"日本尿素"到地头，准备给玉米施肥。为什么要肩扛呢，因为公社的毛驴比人还懒惰，不想干活，指望不上它。眼看着毛驴四根骨头勉强支起一颗硕大的头颅，走路都摇摇晃晃，再狠心也不好意思让它们驮化肥。这时的我，也早就不是好社员了，人民公社十几年，把我这样的先进儿童分期分批改造成懒汉二流子。

不用毛驴，可是公社的人也好不到哪里去。驴子们四根骨头支起一颗头，我们社员么，三根筋支起一颗头，一个个的瘦猴子。挨到玉米地，全身都散了架，躺在地头，谁也不说话，要死的人了，多说一句话都是浪费。互相看着到日头落山，大家的眼睛里都是绝望，"不知道早餐在哪里？"笑话，我们是不知道还能不能挨到明天早餐的时候。

终于有人说话了："埋了吧。"他说的"埋"，不是要活埋我或者其他哪个社员，他是说把化肥埋掉。大家都是这个意思，于是心照不宣，支撑着挖一个浅坑，可怜上好的"日本尿素"，在中国的地头做了冤死鬼。

一个恶狠狠的声音从地层深处上涌："这帮懒鬼，饿死你们也是活该！"还用他说？我们当然知道这是作死，可是，让一群垂死的人奋力挣扎，等到秋天的丰衣足食，这档子事，魔鬼和上帝都是无能为力的。

尿素服

　　1973 年中国与日本国关系正常化，中国出乎意料地慷慨，一句话免除了日本的战争赔偿，首相田中角荣惊讶得登时发了冠心病，抢救过来后，就问总理周恩来："日本能为中国人民做点什么呢？"周恩来沉思有顷，用他一贯的高八度说："中日两国人民世代友好，发动战争的是日本一小撮军阀，如果赔偿，最后的负担还是要转嫁到日本人民身上，所以，我们不要日本的赔偿。我们是真诚的，不需要回报。"田中角荣古汉语水平还挺高，他套用《左传》中楚成王的话说："虽然，何以报德？"总理有点不好意思，因为自古以来中国都是大把地给别人送东西，何曾跟人家要过东西？犹豫了半天，说话居然不再高八度："您知道，我们国家长期粮食不足，主要是单位面积产量太低，光是传统的农家肥，产量上不去。听说日本水稻亩产过千斤，是化肥的功劳，能不能……"田中角荣说："不好意思哈，我们的亩产也就千把斤，我看报纸，贵国水稻已经达到 36900 斤，还不施化肥。"周恩来尴尬地笑笑，不说话。角叔忽然发觉自己失礼，虽然与周恩来私交不错，但是在这种外交场合揭中国的伤疤，也很不礼貌，主要是田中角荣觉得亩产几万斤，这事太有意思了，得意忘形说得口滑。

角叔赶紧往回找："总理阁下，刚才您说的'能不能'，有什么指教？"总理说："能不能支援我们一点……化肥？当然，如果不方便，也就算了。"角叔大喜："好好好，行行行……"他还想说"中中中"的，但怕周恩来嘲笑他轻佻，有了刚才的教训，赶紧住了口。

田中角荣回到日本，召集几家大的化肥生产厂家开会商议，几家公司通情达理，对中国知恩施报，大批化肥调集到横须贺港口。以日本人的效率，五天后，大轮船"飞鸟丸"抵达天津港码头。以后，"飞鸟丸"号专事往中国运送化肥——日本尿素。

日本化肥来了，中国的粮食问题仍然没解决，人民公社这劳什子，那就是故意叫人们吃不饱饭的。可是，借助日本化肥，中国人穿衣问题居然解决了，至少，部分地解决了。

"飞鸟丸"抵达天津港一个月后，天津和北方大部分农村的村民都穿上了特制布料做成的衣衫裤，衣服面料浅白色，看上去特结实，与中国纺织工人织出的松松垮垮的布料截然不同，中国布穿在身上，必须小心翼翼，迈步都得谨慎，饶是这样，穿上不久膝肘臀部就会洞穿，用补丁，可是补丁也是国产的啊，于是再洞穿、再补丁。这种新布料可以做说相声的材料："抗蹬又抗踹，抗拉又抗拽，抗洗又抗晒……"这么好的布料是哪来的？布料本身说得明白，大字：尿素。下边还有小字：住友化学株式会社。是日本人包装尿素的布袋子，中国人废物利用，做成上好的衣服。虽然尿素两个字实在太扎眼，可是布料的坚固诱惑更大，人们舍不得把两个字挖去，再说那两个字写得实在太大，挖掉它们，也就不剩什么了。

不久，我们公社也领到了一批日本尿素，大家跃跃欲试，准备也做一套时髦的"尿素服"，很多人在大城市沈阳看到牛掰青年脊背和臀部分别背着"尿"和"素"招摇过市，羡慕得不得了，自己也想风光一回。可是，领到日本尿素化肥的喀喇沁左翼县农民极度失望：这一批日本尿素用简陋粗糙的蛇皮袋包装。假如满大街人都穿着蛇皮面料的衣服，是不是也太给社会主义抹黑了？我的乡亲们思想觉悟是极高的，他们毅然决然地拒绝穿蛇皮袋尿素衣服。

在中国的日本"知华派"人士实在看不下去了，在日本国会议院提出议案，要日本化肥生产厂家别在包装袋上印略显不雅的"尿素"字样，改成别的美丽些的字眼，比如财神素啊，花青素啊，强力素啊，助长素啊等等。但日本不怎么知华的也不少，他们说，中国人穿尿素袋子，丢他们的人，跟我们日本鸟相干？我们一直就这么叫，也这么写的，哪能因为中国人要穿尿素袋子，我们就撒谎说它不是尿素！在这种事情上，日本人办事效率是极低的，议会一直争论，直到周恩来逝世，他们还在为尿素是不是该叫"尿素"而争吵不已。

后来，不但粮食问题解决了，穿衣也不再是问题。本国产的衣料已经顽固地结实，想穿坏一条裤子太不容易，就故意在裤腿上挖几个洞洞，伪装成乞丐。一些顽固的日本人到中国"采风"，仍然拉住中国人问："你穿上尿素衣服我看看呗，合个影。"

我的"大学"

　　二人转演员魏三介绍自己说："爹十六，妈十七，爷爷十九我二十一。"大家哈哈哈，我就不笑，这有什么好笑的？我的年龄虽然不像他大于爹妈那样神奇，但我的职称早于学历，也能傲视他的"爹十六妈十七"。

　　那年，远新同志视察朝阳农学院，发出两条指示："所谓大学，就是大家都来学。""办大学，要越办越大，越办越向下！"远新同志的指示仅次于"最高指示"，又是在"朝农"发出的，于是朝阳地区的教育发生了"大跃进"。我在朝阳地区所属的喀喇沁左翼县一个很小的山村南洼小学当民办教师，小学的校长姓谢，名宝树，人称"谢家之宝树"，谢宝树试图借此机会靠近远新同志——的战略部署，经过一番鬼蜮式的运作，小学摇身成"中学"，再摇成"大学"，叫做"戴帽"。所谓"鬼蜮"也简单，他说，既然小学能够戴帽成为中学，中学就不能戴帽成为大学吗？南洼小学根据这个理论三年两戴帽成为"南洼大学"，我呢，顺理成章成为"大学教授"，那年我十八岁。听好了，是十八岁，不是二十八，也不是三十八。前年，谢家之川豫、去年谢家之晓专都在三十八岁上荣膺正教授之职，山海经大学着实地震撼了一下，比起我，呵呵，二十岁的差距！

但是我当"教授"是有条件的，条件就是"向下"，我们小学已经在穷乡僻壤，穷、小、下都在极致，还能再"下"吗？谢家宝树自有主张。喀喇沁左翼县位于努鲁尔虎山南麓，南洼小学就在这道山脉的边缘，"南洼大学"决定建在深山无人处，人都看不见，当然是"下"。宝树校长率领全校师生，开山修路，挖井造屋，不到一年，在努鲁尔虎深山的一个缓坡上，几座平房"拔"地而起，"南洼大学"的牌子牛皮闪闪亮挂出来啦，深山的夜里阴风呼啸，周围散布着忽明忽灭的探照灯，那是野狼们的眼睛。谢家宝树因此光荣进入公社革命委员会，至于我们这些跟着瞎忙的教师，竟也不算瞎忙，全部荣获教授头衔。

"南洼大学"的牌子既然牛皮闪亮，县教育局领导来检查我们的教学质量。先看我们的课程表：语文、数学、物理、化学、历史、地理、音乐、美术、体育……领导有点蒙："你们这课程，看上去怎么跟小学中学一样啊？据我了解，大学课程的语文，不叫语文，要分成好几门的吧？还有，数学也不叫数学，叫高等数学。"领导没上过大学，但他觉得大学的课程不应该等同于中小学，比如听着很高大上"微积分"，我们的课程表就没体现出来。谢宝树也没上过大学，但他"忽悠"的本事可以横扫一切大学，他解释说："我们的课程表看上去像课程表，其实……""不是课程表？""还真是个课程表！"领导懵圈的深度又上升一级。谢宝树解释说："表面上的数学，其实包括多门子数学，平面几何、立体几何、线性代数、多解方程等等，我们还讲非欧几何呢，但是我们要与传统的数学教学彻底决裂，我们不提它们。"领导被彻底征服了："封资修，讲它们，但是不提它们。这个办法好，好！"于是提出要听一节我们的数学课，说是开开眼，知道非欧几何到底啥模样。我是数学教授，我急忙问我自己："我听说过非欧几何吗？"结论是没有，谢宝树当然知道我不懂非欧几何，从容向县局领导解释："数学课，一两节课啥也听不出来，王老师在课余时间编排了一个京剧折子戏《杜鹃山》，看看他排练的戏剧，更有助于考查他的数学水平。"数学到戏剧，这个弯子拐得太大，我都迷糊了，但县局领导被他忽悠得失去理智，鸡啄米般点头称是："好，好，看戏，看戏！"

深山里的大学，上课是副业，劳动才是我们的主业，"半耕半读，勤工俭学，不要国家一分钱"，谢宝树就用这条语录搞来的"大学"。每个老师都有自己的副业，其实是主业，我的副业是喂猪。

我喂的这头猪脾气大，善于搞怪，它会跳出猪圈，全校学生满山遍野追捕它。最后校长当机立断，把猪圈改成监狱，墙上架设几道铁丝网，它掂量自己飞跃不到那个高度，终于放弃跳墙。但它不放弃逃跑，每天上演越狱片，坚硬的鼻子把猪圈拱得乱七八糟。猪圈摇摇欲坠，害得我每天修猪圈，就此练得砌墙手艺。它还经常大半夜嚎叫，以为狼来了，我招呼几个学生去查看，见它扯着脖子在学狼叫。生杀予夺，权力在我，我把泔水烧得滚开，倒进猪食槽子，它不知是计，大长嘴呼啦伸进猪食槽子——惊天动地一声吼，四尺多长的大猪跃起一丈多高，带着猪旋风，从我身边掠过，吉普车一样在山坡上奔驰。

　　猪被抓回来塞进猪圈，就不再进食，也不再拆墙，窝在墙角里，并不睡觉，千思万想的样子。生物课教授说，你肯定把它的嘴烫坏了，张不开，给它"鼻饲"吧。马上就有人反对："大鼻子每天拆墙，它能让你鼻饲？再说那得花多少钱呐，在这深山老林，兽医也请不来。"谢宝树校长看它一天天瘦下去，果断决定屠宰止损。

　　杀戮过程血腥，略去，从褪毛讲起。皮肤，正常，内脏，正常，脂肪，正常——但是看到肌肉这一层，大家浑身起鸡皮疙瘩，恐怖持续中：密密麻麻的小虫子，噼里啪啦掉下，在地上还在爬，爬。这一刻，我深自懊悔，它拆墙，跳高，嘶吼，是身体里虫子折磨着它，几千几万的虫子在它的身体里蛄蛄蛹蛹，一年来它得忍受多么大的痛苦，是剜肉的疼？是刺骨的痒？它说不出来，我们也无从知道，而它只能用猛烈的破坏表达自己炼狱中的苦难。我想，它最后拒绝进食，不一定就是嘴巴受伤，它可能是在绝食，期待死亡。

　　多年以后，读王小波，得知王小波也有一头怪猪，王小波叫它"猪兄"，给它一个"特立独行"的品行评语。猪兄经常站在房顶学汽笛，导致工人下班时间提前一个小时，农场的头头很愤怒，要把它杀了止损，猪兄机灵古怪，行刑前一天逃出农场，成为"自由猪"。王小波的猪一生喜剧，长出獠牙的猪兄还来看望他一回，远远地瞄他一眼算是招呼。可是我的猪从出生到死亡，每一天都是悲惨世界。

　　"南洼大学"不久就灰飞烟灭，校舍倾颓，杂树横逸，荒草过人。我有好几次故地重游，寻访我的"大学"，潜意识希望那头曾在悲惨中煎熬的猪从树林里钻出来，远远地站着看我一眼。

工人贵族

东北的工业起步早，日本人扶持的伪满洲国在当地招收工人，工厂的核心技术在日本人和韩国人手里，中国人只能当蓝领，出苦力。但这是给日本人当苦力啊，这些中国工人很瞧不起没有当上工人的中国人。这是中国东北的第一批"工人贵族"：在日本人和韩国人面前是奴才，在同胞面前却是贵族。共产党接管东北后，日本人早就撤离，工厂矿山需要人管理，这些伪满洲国的工人升格为管理者。很遗憾，他们学到了日本人的作威作福，却没有学习日本人的爱岗敬业，结果厂矿被他们管理得一团糟。这是东北的第二批工人贵族。

顶梁柱就得顶梁柱的待遇，东北尤其是辽宁的工人阶级，响当当的领导阶级，鞍钢搞了个"两参一改三结合"，工人直接进入领导核心，发号施令。技术人员夹着尾巴老老实实假装做人，一线车间蓝领趾高气扬踏踏实实做主。这是东北第三批工人贵族。

工人贵族得到特别恩惠，"大跃进"，粮食烂在地里不准收，导致全国城乡大饥馑，为了保辽宁重工业，从农业大省河北河南安徽人的嘴里夺下地瓜干，塞给辽宁的工人老大哥，让他们好有力气炼钢铁，造机床。三年饥荒，辽宁及东北饿死的人最少。

"文革"戛然而止，几乎一夜之间，知识人有了发言权，甚至还有了领导权，工人阶级退居二线——恢复蓝领身份。工人的这一怒非同小可，反攻倒算倒是不敢，他们也没有那个能力和胆量，他们把心思花在整人上，整知识人，整地位比他们更低的农民，整那些他们认为需要整的人。整人，就是东北工人最后的快乐。我亲身感受到他们的凌厉和阴毒。没错，是阴毒。

我们村雇请公社的一台拖拉机翻地，司机说："你们村的土地比较地板结，犁铧下不去，需要几个壮劳力站在犁耙上，压着。"队长哪里懂得机械，派出七八个青壮年，去做那巨大犁耙的"压舱物"，其中就有我。我们跟队长一样哪里懂得机械，让压舱，就压舱。拖拉机飞快，扬起的尘土扑面如割，在拖拉机颠簸的大犁耙上，我们七八个人紧紧抱成一团，宛如刑场上的囚徒。大风吹掉了我的棉帽子，看帽子在地上翻滚，"砍头只当风吹帽"？一刹那觉得自己挺有英雄气质。

多年以后，我在一家私有农场邂逅了这种老式的拖拉机，大犁耙上一个摇柄，犁铧这么摇，上去啦！那么摇，下来啦！原来犁地的深浅根本就是机械控制，与我们这些"压舱物"无关！压舱到第四天下午，一个"压舱物"抱团不结实，从大犁铧上滑落，被拖出很远，我们大声喊叫，工人才停下车。我们救出这苦难的同胞，他肚子上划开好长一道口子，血流如注。工人丢下一句："怎么这么不小心！"得意洋洋地回到驾驶室，一脸狞笑，扔下我们，自己翻地去了。第二天，这位工人对队长说："现在地块的土壤比较地不板结，不用派人压着了。"不是他发了良心，万一人拖死了，追究起来，他就得为自己的谎言买单，枪毙都够。

我大学毕业后到大连的一家高校任教，和另外几位老教师住在郊区夏家河。学校照顾专业课教师，专门派出一辆小面包车，接送教师上下班到市内，单程二十二公里。小车司机姓李，很和善，偶尔还跟我们开点玩笑，我们有点受宠若惊，有这么好的工人师傅啊！小李师傅每天早晨都在辛寨子站加油，我稍稍有点迷惑，汽车一箱油，四十四公里就烧没了？嗯，也许要接他上学的孩子，再加五十公里。那也还是烧得太快了吧。

每次加油，小李师傅都把我们赶下车，让我们在加油站外边等，说加油站不准乘车的进入。冬天的大连郊外，寒风凛冽，小李加油的时间还特别长，呼啸的海风中，我又有了"砍头只当风吹帽"的豪迈感：工人阶级叫我们在墙外等，我们必须在墙外等，必须地！后来我到北京，还是坐校车，还是二十多公里，从来没有中途加油的事情，我惊奇于北京校车的快捷方便，顺便说到我在大连每天早晨的遭遇，北京人笑得不行："司机能进加油站，车上的乘客怎么不能进？"一句话点醒梦中人：小李师傅每天躲进加油站，他根本就没打开油箱，坐在车里偷偷地看我们在大墙下瑟瑟发抖，他享受着整人的快乐！

温顺的小李师傅对我们使阴招，对上面却真的温顺，因为毕竟校领导派给他这宗轻省活：一天只出车四十四公里。横蛮的司机小袁师傅不然，他是大小老少通吃，只要是知识分子，只要是领导层，只要不是他们那个阶级，一片横扫。开着开着，车轮"吱"一声长啸，车停在路边，小袁站起来破口大骂："住嘴！烂腔的！

叽叽喳喳的死了爹啦死了妈啦？还大学老师呢什么素质！"骂了半个小时，整辆车鸦雀无声，全体老师教授副教授讲师助教被他爹呀妈呀地一通混骂，大气不敢出。骂够了，上路，死寂如殡葬车。

大家这么受气不反抗么？一车的秀才，没有一个会用蛮力的，小袁个头不高，却是出了名的工人流氓，一把藏刀随身带，有事没事都磨刀霍霍，二十世纪的泼皮牛二。小袁骂骂咧咧讽刺小李师傅："堂堂工人领导阶级，每天起大早伺候几个臭穷酸！"那就向校长举报他！校长？校长说："只要小袁不闹事，我管他叫爹都行啊！"

尽管校长教师大小官员小心翼翼地侍候着工人阶级小袁，小袁还是爆发了，他把车横在校门口，里车出不去，外车进不来，谁来劝都不好使，最后校长亲自来赔礼道歉，跟"王保长"似的反复地说："我错喽，我悔过。"小袁才移开他的霸王车。道歉之后，校长十分迷惘："我说我错了，可是我哪里错了呢？"

"改开"（这个词，呵呵）之后，东北的工人阶级的地位一落千丈，大面积下岗失业，吃低保，之后就是组团上访。也有做买卖自救的，上世纪八十年代末"改开"之初我到沈阳，冬天，凌晨出站，很想吃点热粥早点，可是站前饮食一条街，家家门口喊："米饭炒菜！米饭炒菜！"因为小吃不赚钱还累人。可这是早饭时候，那些"米饭炒菜"根本招呼不到顾客。访学到苏州，站前一大排，各种小吃，诱惑得我迈不开步。上头说振兴东北，好像也不见多少起色。东北的工人贵族们沦落，谁的责任？恐怕还是自作自受的成分居多吧。

夏家河之殇

　　我说的夏家河是真的"夏家河"，不是王大花的梦中情人"夏家河同志"，但真的夏家河真的是大连人的梦中情人，至少我这么认为。为什么是"梦中"情人？因为夏家河海滩事实上已经不存在了，大连人只能在梦中与它会晤。

　　夏家河在大连郊外，一片浅海滩。我在八十年代第一次见到夏家河，退潮时几乎一望无际的细沙滩，沙滩连接布满砂砾的小丘，所谓"小丘"，只是略微地高出落潮的海面而已，潮水上来，小丘也一并隐藏不见，砂砾中藏着石蚬子，当地人拿着小耙扒蚬子，说石蚬子比沙蚬子更好吃。小丘每天两次露出海面，当地人每天两次来扒石蚬子，除去半个月的低潮，一个月至少收获三十个秋，到现在我也不明白，它们咋长得恁快？

　　夏家河细沙滩柔软亲和，赤脚走在上面，一个字：惬意。两个字：很惬意！惬意到不会数数。惬意那是外地人的心思，本地人虽然也赤脚走沙滩，但他们那是在"赶海"，夏家河海岸物产丰富，有教科书式的海洋物产。沙蚬子藏在沙子里，不露痕迹，海螺不行，它们总要在自己的领地漂亮地隆起一堆土，中间留出一个孔，观察兼呼吸，呼吸很必要，但它那观察实在多此一举，这么明显的标注，就等于给人们发"来抓我吧"的信号，然后集体束壳就擒。这么傻愣愣的海螺，居然也不绝种，每次退潮，海底都遍布海螺们制作的大小土堆。蛏子是阴谋家，深深地扎进沙地里，但也不忘制造两个洞呼吸，洞极小，不是专业挖蛏人根本看不见，就是看见了，探蛏器的探入方向和角度也有严格的"规定"，差一点也钓不出来。所以，赶海人抓海螺挖蚬子的，像赶集人一样汹涌，挖蛏人却凤毛麟角。但是很奇怪，大海里海螺和蚬子不见少，蛏子也不见多。

也有漏潮之鱼，我就遇到这么一条，很大，窝在一片小水洼里，绝望地扑腾。救它还是抓它，我伪善地纠结了好久，最后给自己的理由是：离大海那么远了，我捞它出来，它路上也得干燥死。其实，这片水洼与退去的大海也就几十米的距离。我说过的么，我假装纠结，就是想吃它——这条鱼真的很好吃很好吃！

每到盛夏，赶海人就藏匿不见，夏家河海滩实在容不得他们慢条斯理地抓和挖，他们被挤到一个小角落，与蚬子海螺形影相吊。海滩换上漫无边际的游泳大军，大军过处，什么窥视孔什么沙子堆，统统不见。从天边涌来的浪花漫过花花绿绿的男男女女，人们发出貌似恐惧的欢笑，恐惧怎么还欢笑？因为夏家河的大海气势汹汹，似乎要把人一股脑儿卷走，其实呢，夏家河的大海温暖如绸缎，温柔如绵羊，海浪在人们的脚下打一个圈，几乎是羞涩地退回去了——哦，不好意思，海水太浅了。一家人好像是外地来的，小男孩儿扑向大海，海豹一样钻来钻去，不一会儿就钻到人烟稀少的"深海区"，小脑袋在海面上一沉一浮，妈妈吓坏了：

"救命啦！"小男孩忽然站起来，望着岸上嘻嘻地笑，所谓"深海区"，海水刚刚没过小孩子的肚脐。

十几辆"太脱拉"，轰隆隆开往砂砾小丘，倾倒碎石沙土，渐渐地，小丘不见了，四四方方矗立起一道城池，原来它建造了一座养虾场。庞大的养虾场拦腰截断夏家河海滨浴场，大连人这片戏水胜地。被养虾场截断之后，它的西段也就废弃了，只剩下东段，而东段的大部分又被某单位占据，剩下的所谓海滨浴场就成了小可怜，小可怜的海滨浴场，人们也就不忍心再去打扰它。

大连几十年不遇大台风，可是这天夜里，狂台风呼啸而至，摧屋拔树，似乎天崩地裂。第二天台风远去，人们奔走相告：养虾场没啦！我兴冲冲跑去看，心凉了半截：城池只是被台风撕毁一个角，它的整体规模依然，傲慢生硬地拦腰横截夏家河海滩。

养虾场肯定毁掉了，可是这废弃的虾场也不修复，也不拆毁，就那么放着，还不断往里面倾倒粪水，不知道里面究竟养了什么宝物。一座公路高架桥，无缘无故拐一个弯，等于在夏家河海滩打一个旋，再溜出来。我高度怀疑这是某一个主管信从了风水师的胡言乱语。

这几年的大连，炎热的七八两个月，人们宁可待在空调的家里，也不再去海上。不是空调比海上舒适凉快，而是因为夏家河。从前的日子，周末可以一家大小到夏家河走走，装模作样地宣称："游泳去啦！"可是现在，夏家河已经彻底毁了，岸边的细沙也被卷入大海，悄无踪迹，只剩下裸露的乱石堆，残存的建筑换衣间、淋浴室和倒塌的凉亭，还有破败的海鲜饭店、小吃店，向人们诉说着夏家河曾经的繁荣与欢乐。

花边风月

胡餐和汉餐

1972 年，美国总统尼克松访问大陆中国，总理周恩来设宴招待，席间，周恩来热情为尼克松夹菜，并介绍各种菜品。他想，这个美国土老帽哪里见识过名贵豪华的中国大宴席，不给他详细品尝，这些菜岂不是白准备了。天寒地冻时节，大连渔民潜入海底捞海参鲍鱼，都是为了这顿饭啊！开宴会的工夫，那些潜水的小伙子正在医院抢救呢，冻坏了。可是尼克松当时心思凌乱：替我夹菜，老周是觉得我胳膊不好使吗？尼克松的凌乱还有更恐怖的因素：老周自己刚刚吃了一个大虾丸子，现在又用那双筷子给我夹菜……

夹菜，在中国叫布菜，很隆重的礼节。那年的国庆招待会，大佬们纷纷给别人夹菜，同时也纷纷收到别人夹来的菜，场面十分和谐，但我看了十分滑稽：我自己有手有筷子，你给我夹菜，几个意思？大家都学雷锋一心为他人绝不顾自己吗？

中国文明从吃饭开始。周边的蛮族茹毛饮血，中原人就鼎豆笾斝了；其他文明手抓饭，中国人就使用筷子了；北方各国一伙人从一个大锅捞菜，中国人就分餐了。唐末五代画家顾闳中的"工笔新闻速写"《韩熙载夜宴图》，胖大的韩熙载和细细幺幺的宾客，各自一个小桌，桌上分别一个食案。即使一家人，也不在一个碗里吃饭，潘金莲仰慕二弟武松，武都头来家，潘金莲做菜温酒，伺候小叔子吃饭，绕到武松的身后，深情款款地抚摸二弟的后背："叔叔寒冷？"叔嫂不同桌，夫妻呢？梁鸿孟光夫妻恩爱，厨娘做好了饭菜，两个食案摆上来，孟光先举起食案敬献给梁鸿，举到与眉平齐，梁鸿接过开吃，孟光才拿过自己的食案，夫妻背对背，一家一个小饭桌。

孔夫子关于吃饭，讲究特别多，他说，饭桌和坐席必须端正，肉、菜必须切成统一规格。北方农村办宴席，如今还遵守孔子的这个规矩，两碗主菜都是带皮五花猪肉，一碗叫"三尖"，正三棱体，一碗叫"白片"，长方形，半公分厚，两种肉的用材、口味完全一样，但厨师如果混淆了，宾客就会砸了饭桌。孔夫子还说，食不语，寝不言，文明的古训。躺在床上聊天，就会兴奋得失眠；吃饭说话吐字，说"我"，内收，没事；说"你"，又收又放，不能保证没事；说"他"，就是排斥的意思，肯定坏事，唾沫星子喷射到饭菜里，喷到自己的食案不要紧，喷到邻座或对面的食案，那多恶心。如果说"呸"，就更糟，百分百唾沫四射，周围二三米都是危险区，如果他偏又患肝炎肺结核……一年春节晚会，赵本山范伟喝酒，赵本山说："你养鱼，一年五六万哪！""五"字是呼出音，一片儿葱丝随着"五六万哪"喷出本山大叔的猪腰子嘴，全国人民看得真切，那片嫩黄色的山东章丘大葱从容地落回菜盘子。

贵族人家和有钱人吃饭分餐，一人一案，普通人家没那条件，但分餐却是必须的。一个大碗，容量极大，近似于盆，盛了饭，上头浇了菜，这就是所谓"盖浇饭"。捧着大碗，出门圪蹴着，稀哩呼噜三下五除二，完事。张信每天自己圪蹴在土坎上喝粥，他媳妇"吃不饱"在屋里不知道干啥，夫妻跟梁鸿孟光一样不同桌。但是一同在土坎上喝粥的后生子用筷子在张信的碗里捞，总能捞出一两根面条，于是大家嘲笑张信："你媳妇真巧啊，能做一根面条！"原来媳妇"吃不饱"在家吃面条，剩下的汤熬粥给张信，彻底地分餐了。一家人分餐，中原古风；拿筷子伸到别人碗里搅，这叫"胡风"。

中国人第一次主动接受"胡风"，是在战国初赵国"胡服骑射"时期。赵武灵王说，汉人吃饭，一人一个托盘，像狐狸一样自私，胡人不这样，他们烤一只羊，放到大木板大石板或直接就架在火堆上，以这只羊为核心，紧密地围绕着，一人一刀地宰割它，像狼一样团结合作。赵王发布命令："以后，赵国人吃饭，围着一桌团团坐，聚餐！"这条规定引发强烈的反对声，华族觉得这种吃饭方式太野蛮，没尊严，更主要的它不卫生不利于养生啊："你一筷子夹菜，送进嘴里还抿一下子，然后又一筷子伸过来，哈喇子大鼻涕……"别人赶紧制止："别说了，吃饭呢！"他坚持说完："我再把筷子伸进菜盘，吃的却是你唾之余！"赵王也觉得这样聚餐有点反文明，一人一盘才是正理儿，可赵王是大英雄，英雄做大事不顾小节，不就是吃个饭吗？不就是吃一点别人的唾沫口水吗？这有啥呀，为了建国大业，你们就忍一忍吧！可是赵武灵王的胡化似乎没有很大的成效，汉晋隋唐宋，中国人仍旧分餐，直到南宋灭亡。

　　蒙古人从来都是聚餐，他们觉得汉人的分餐太无聊，本来吃饭是一件很快乐的事，汉人却不准说话，不准面对面，喝酒不准猜拳，不准不准许多的不准，《诗经·宾之初筵》明白告诉大家，宴席上有督察，不守规矩说话了给别人夹菜了等等，立刻驱逐并罚款。蒙古人说，这样吃饭，不如不吃！蒙古皇帝一声令下，大元全境，一律聚餐。嫌别人的口水唾沫不肯围桌聚餐？那就拿头来！后来满清入关颁布"薙髮令"：留头不留发，留发不留头！此前蒙古皇帝入主中原，也有一条残酷的命令：上桌不上桌，留头不留头！这是一条无选择的死命令，中国人第二次接受胡风，被迫的。中国各地完全彻底实行聚餐，告别了食案，在家一桌饭，在外一桌席。因为蒙古人的家庭以八口居多，所以宴会的餐桌定制也是八个人。什么唾沫口气传染病，头屑烂疮牛皮癣，一律视而不见。划拳行令，席间总有狂客演讲得口沫横飞，有人一片葱一块藕喷射到菜盘里，大家也都装作看不见，他自己悄悄拣出来，大家继续吃喝醉："哥俩好啊四喜财！"

　　中国的餐桌，经历了反文明的变迁：劣币驱逐良币，野蛮取代了文明。

胡说和汉说

蒙古大军南下灭金，占领了汉人的大片土地，大臣别迭向蒙古王提建议："汉人无补于国，可悉空其人以为牧地。"另一个大臣耶律楚材立刻反驳："你这是胡说呢！没有汉人种麦养蚕，蒙古大军几十万，吃啥穿啥？"别迭说："契丹蛮子死脑筋！汉人的土地肥沃，种牧草，牛羊今天吃了明天又长出来，今天宰了牛羊，明天又出栏一批，军队用牛肉干作给养，不比牛羊驮着米面做后勤更便利？蒙古人从来不饲养那些愚蠢的虫虫，就不穿衣服？实在要吃米和面，向南方更蛮的蛮子们购买啊，以前我们不就是这么干的吗？"蒙古王太宗窝阔台觉得别迭的思路对，可是他的主张不咋样，主要是太麻烦，于是判定：别迭的建议是胡说，驳回。

蒙古人的朝廷，有人提出一个建议，最后必须对这个建议给出一个结论，如果结论是"汉说"，通过；"胡说"，否决。蒙古人的汉语普遍不大好，听汉人说"胡说"两个字，发音表情都挺厌弃的样子，就照猫画虎纷纷说别人是"胡说"，表示距离，却不知道"胡说"一词是专门用来讽刺他们蒙古胡人的。

时间过了八百年，被判定为"胡说"的别选的建议，被正式提到议事日程——在我的办公室。

二十一世纪以来，土地大片闲置，所谓"十八亿亩红线"再不提了，当年金国的统治区的华北平原、渭河谷地、汾河谷地，以至淮河以北大片小麦种植区，小麦玉米大豆马铃薯等农作物稀少，代之以无边际的树林。农民不愿意种粮食，费时费力还费钱，一年收获一次，可能还得赔钱，农药种子化肥灌溉，哪一样都耗费巨大，进城打工，一个月就是一个秋天，进城一年，至少等于种地十二年，这笔账很好算。地不种荒着也不好看，官家号召土地承包者栽树，给补贴。栽树以杨树为主，杨树虽然速生，但是不成材，造平房可以做梁柱椽，二层以上的楼房则不堪用。从前都是劈了作木柴，供农户烧火做饭，如今城乡家庭普遍使用煤气和天然气，薪炭林也成了历史。平原上杨树渐渐成长，将来的砍伐和使用都是大问题，因为它们实在无处可用。土地闲置，粮食等生活必需品，从更远的蛮夷国家购买，因为那里的粮食价格更便宜。

因此，我重提别选的建议：北方大部地区改做牧场，拔去树木，改种牧草，放牧牛羊，汉人的膳食结构也会随之改变，由米面为主变为以猪牛羊肉食为主。长城以南地区土壤肥沃，水丰草也肥，牛羊生长迅速，载畜量数倍于蒙古高原。蒙古高原上的牛羊在乱石堆里啃草根，活得那叫一个恓惶。牛羊的数量激增，过剩的牛羊肉可以大量出口，相应大幅度减少进口粮食和油料，赚钱省钱，里外翻倍。目前闲置农田栽种的树木，少则十年，多的已经二十年，还没见一分钱进账，国家反而要支付年亩一千元的补贴。改为牧场，补贴自然取消，这一进一出，国家又积累一笔可观的财富。

当年，别迭的建议被耶律楚材批评为"胡说"，时过境迁，如今，朝廷听了我这番演说，耶律楚材说："陛下，文正公真知灼见，微臣茅塞顿开！"太宗窝阔台大笔一挥："汉说，汉说，绝对的汉说！传旨：淮河以北，悉为牧场，属地农民，尽转牧民。钦此！"

"骚瑞"之夜

大连枣园广场，位于一个低缓土丘的山顶，建设得漂亮，林中开辟出环形步道，分快行道和慢行道，快行道供暴走，慢行道可散步闲逛。还有外环，是一条塑胶道，供更年轻的人或职业运动员跑步，塑胶道比较窄一些，但也足够大家折腾的，跑步道的外侧仍然可以单人漫步和散步。这一切，都能看到市政建设对人民群众的暖心。

可是，这样非常暖心贴心的设施，却被市民搅得乱七八糟，他们全不管什么快慢跑，逮住一条道，漫不经心地走到黑。牵着狗绳的，牵着老婆手的，牵着婴儿车的，不约而同挤占快行道。慢行道空旷如野，他们却在快步道上慢悠悠，看得旁人着急，担心发生"撞车"，因为大部队就在后边，大喇叭播放的歌曲哐哐地："山里红啊，山里红，红红岁月红红的情……"急火流星到身后，牵狗牵老婆牵车的，充耳不闻其声，张目不见其形，我真担心范伟说的情况在我眼前发生："猪撞树上了，你撞猪上了吧？"这些"猪"不让路的理由很充分：我先在这里，掌握着"路权"，你暴走队咋了？来呀，在我身上压过去！

暴走队不是救火车，他们不敢从别人身上压过去，只好曲里拐弯地绕开这些悠闲得过分的男男女女，于是行进十分艰难，后边跟随的还没啥，暴走队带头大哥的任务就十分艰巨，远远地就要算计怎么绕开前头的障碍物，左边躲还是右边躲？其实左右为难。貌似和谐的枣园广场，暴走的惊慌，闲逛的安详。

古人说，与人方便，自己方便。如果我在慢道上散步闲逛，即使我停下来装作是一棵树，猪也不会撞上我这棵树，因为猪也很慢，但是我要是跑上快行道，暴走队过来，躲闪不及，我很可能就成了被撞的猪。这么简单的道理，枣园公园的人们，好像都不很懂。

"咔"一个响雷，劈着了我的天灵盖，"唰"一道电光，击中我大脑的左半球，眼前一座大屏幕，一个人正在演讲，大胡子，贝雷帽，忧郁的眼神，切！认识啊，是格瓦拉！切·格瓦拉深情款款："人民，天下最神圣的称谓，人民，我爱你们，保卫你们，用自己的生命和鲜血！"忽然，格瓦拉的眼神变得严厉而狰狞："张三，八嘎！李四，八嘎！王二麻子，八嘎牙路！还有谁不是八嘎牙路？自从盘古开天地，三皇五帝到如今，到今天，到眼下，我没发现一个人不是八嘎牙路！一个也没有！没有！我满腔的愤怒与仇恨，仇恨每一个马鹿野郎！"凌厉的眼睛扫视观众，观众全都低下头，缩了脖子，担心自己被格瓦拉拉出去立即枪毙。

大概格瓦拉的意思，作为概念的"人民"，可亲可爱可敬可崇拜，但是具体达到个体的"人"张三李四，就可憎可恶可仇恨。多么矛盾的演讲！

虽然矛盾得有点不像话，可是我喜欢，我说："格瓦拉万岁！"立刻路转粉。

暴走队排除艰难险阻，又一圈过来啦："我是靖哥哥，你是蓉妹妹，我们俩是天生的一对对，我不爱你还能去爱谁……"我对排头的小伙子说："你靠后，我来！"成了暴走队的带头大哥，才发现这个位置比我旁观时看到的更为凶险：年老的一对对，年少的一对对，不明不白的一对对，都挤在快行道上秀恩爱，撒狗粮，一个脑血栓后遗症的半大老头，歪斜着走路，也来快行道凑热闹，一伙年轻人开趴体，不偏不倚横断了快行道，他们要是举起板斧喊叫"此路是我开……"，我一点也不会觉得奇怪。

可是，现在我是带头大哥，刚刚接受了伟大领袖格瓦拉同志的谆谆教导，对"人民"和"人"的分野已经豁然洞开，有障碍？那就冲过去，跨过去，踏过去，踏在脚下的，都是张三和李四，也只是张三和李四，全部约等于"八嘎"即马鹿野郎，汉语直译就是"混蛋"，比格瓦拉判定的个体的"人"还差劲很多。

顺着快行道直行，不躲不绕不减速，左肩撞，右肩撞，迎头撞，肘击，手推，一路上，人仰马翻，哀号不绝于耳。

神挡杀神，猪挡杀猪！

为了我的安全，我很谦恭很诚恳对被我猛烈撞击的人说：

"骚瑞！"

模仿朱丹。

"骚瑞！""骚瑞！""骚瑞！""骚瑞"……今夜，专属于我的"骚瑞"之夜。

现在，枣园公园的快行道，清静如扫！

磨刀人

磨刀这个行当很重要，其他行业比如锔锅锔缸弹棉花织布已然消失，磨刀人却依然神出鬼没于街道胡同、乡陌村庄。变化也有，从前磨刀人这么吆喝："磨菜刀——抢菜刀啦！"如今的吆喝却是"摸——剪子来——，枪——踩矮——刀！"标准的京剧"西皮摇板"，原来现在的磨刀人全都是京剧现代戏《红灯记》那位磨刀人的徒弟。

我买了一把菜刀，外观还好，只是钝，切青菜没问题，切肉就艰难，切猪肉要累得气喘吁吁，牛羊肉干脆就别想，所以我家干脆不买牛羊肉，猪肉也快要戒掉了。我妈不高兴，气冲冲吩咐我："去买肉，我来切！我还不信了切不动！"刀在肉块上拉锯似的东滑西滑，终于滑出案板，掉在地上，老太太把刀扔在案板上："没开刃，哼！"啥叫开刃？"你没听见有人吆喝吗，磨剪子，抢菜刀！抢菜刀，就是给菜刀开刃。"经常听到的，以为有人在学唱戏，我还奇怪，前不着村后不着店的怎么只唱一句？老人就是见多识广，知道菜刀需要开刃才能使用，街上果然传来吆喝声："摸——剪兹唻——，枪——踩矮——刀——"

磨刀人的身边已经有好几个人在等，磨刀人慢条斯理，有一搭没一搭跟他们聊天。我站了一会儿觉得无聊，就跟磨刀人说，我这把菜刀没开刃，请给开刃之后再磨一磨，几时来取呢？他说天黑之前差不多。

再来时，磨刀人正孤零零地等着我："磨好了，赌好吧，搜快！"

老太太从厨房出来，绕着我前看后看，自言自语："你不怎么精明，这我知道，可是看外表，旁人也不会看出你缺心眼儿，怎么连磨刀的都欺负你呢——这菜刀，根本就没开刃，也没磨！"我说："不能吧，这里不是有磨过的印？""在磨石上刮那么几下，就给你啦！这你都看不出来！"

菜刀不能用，磨刀还被人骗，怎么办呢？老太太说："再买一把啊！"哎呀，果然是我亲妈，才能给我出这么好的主意，多简单的解决办法！老太太的好主意还没完："记住，买全钢的，不用开刃！"

多年以后，我辗转调到济南经四纬六路派出所。山东男人都自以为是武松，喝酒一喝就是十八碗，他们不知道宋代的酒碗小而浅，其实跟小酒杯的容量差不多。更重要的，宋代的酒一律酿造，没有蒸馏的白酒，白酒是蒙古人带来的，宋人喝酒跟喝水差不多。白日鼠白胜挑着两担酒，众军汉凑钱买来一桶说是天热"解渴"，原来宋代的酒相当于清凉饮料，酒精度略等于米酒，口感近似啤酒。可是当代山东人哪里知道这些？酒桌上的山东男人进入整体无意识狂躁，拿蒙古人的白酒比拼汉人的醪糟，觉得不喝十八碗就对不起好汉武二郎。所以我在派出所的主要任务就是处置醉汉，醉汉一律送医院，洗胃刮肠子我不管，家属到了我走人。

这一天居然一个醉汉没有，有点不适应，是不是要地震啊？忽然 110 指挥中心电话要我出警，说大观园商场门口两个人打架。到底还是来了，喝醉酒又打架，这事就是一锅粥。可是喝醉酒还能打架，说明他们醉得不很深刻，不用送到医院洗肠子。

不是醉汉，但是比醉汉难处理：这是两个乞丐，一个把另一个的鼻梁打塌，鼻孔冒血。送到医院紧急处置，止血、鼻梁复位等等，花费五百多。苦主"塌鼻梁"当然不出这笔钱，肇事人"好鼻梁"没钱也不出："没钱。不信，你翻！"派出所没有这项支出，最后还得我垫付。

带回派出所做笔录，大致情况是两个乞丐争地盘，塌鼻梁只有一只手，打不过好鼻梁，完败。我问："哪里不能干你们的活，争什么呢？"异口同声："就是要的这个理！"原来乞丐还挺讲原则，在原则问题上绝不让步，哪管头破血流。

笔录做完了，等候处理的这段时间，我跟他们闲聊，问塌鼻梁，你的右手看起来没毛病啊，怎么就残废了，塌鼻梁支支吾吾说不出子午卯酉，好鼻梁说："被人打残的。他早先是个磨刀的。"

磨刀人，只剩一只手那是干不成了，所以只能当乞丐。可是："磨刀人都是独行侠，好像不太会跟人发生冲突吧？"

"哪儿啊，他是被顾客打的。"

"顾客嫌他磨得不好？"

"切！他就没给人家磨，那人留下刀去做别的事，说过一阵子再来取，他拿刀在磨石上蹭两下，划几条印子，就完了。"

这一惊非同小可，冤家路窄，这种情况下再会这位磨刀人！仔细端详，不能确定就是他，再说当年我也没怎么注意磨刀人的模样。不不。绝对不是他，那次，我拿了菜刀就走，看都没看。绝对没打人，这我自己知道。

"那人给了钱，拿了菜刀就走，看都没看。"

这事，真是说不清道不明了。回想，我是不是真的打伤了这个磨刀人，过后忘记了？我患了选择性遗忘症？脑子混乱，千方百计也理不出头绪。

"这货，还骂人家！"

脑瓜子一激灵。向毛主席保证，我没听见磨刀人骂我，那么打他的肯定不是我，可那是谁呢？

我问塌鼻子："你为啥骂人家？"

塌鼻子嘟嘟哝哝："我没骂他，他没少给我工钱，我骂他干啥？"

好鼻子揭露道："你骂了！你骂他傻 ×！警官你说他傻不傻，他心里想那人是个傻 ×，想想自己得意就算了呗，他还不小心把想的话说出声了，那人看看菜刀，根本没磨呀，回头就打断了他的胳膊。他这货才是个傻 ×，警官你说是不是？"

我把药费单子拍到桌子上："这药费，你，自己掏！"我冲出询问室。再待下去，我可能会打断他另一条胳膊。

问　路

"子曰：朝闻道，夕死可矣！"莽汉寅次郎读到这一章，大彻大悟，"孔夫子真不愧是孔夫子，说得太好了！你听老人家这么说：'一个人早晨向人家问路，到晚上他就被车撞死了，这也是值得的。'说得多好，多好！"

看电影看到这一段，忍不住想笑，日本人普遍呆板无趣，不懂幽默，酒量小，还爱喝，逢喝必醉，日本人的醉话尤其乏味。寅次郎这么可爱，才不愧是我们的近邻。他代替老和尚主持葬礼，在席上大谈什么"一个小姐美又娇，站在河边尿尿"，大家笑得前仰后合，严肃的葬礼被他整得人仰马翻。这么解读中国经典的，不止莽汉寅次郎了，德国一位很有文化的鬼子解说"子在川上曰，逝者如斯夫"，简直令人毛骨悚然："你如果一直站在河边，总能看到有淹死的尸体从眼前漂过。"但是学者的话远远不如寅次郎说得有意思。

1986 年，我到杭州出席一个楚辞讨论会，初次来杭州，摸门不着，遇到一位知识分子模样的半大老头，问问他吧："请问老先生，火车站怎么走？"老头翻白眼看着我，我以为他没听清，重复一遍："您老知道去火车站往哪里走？"老头突然暴怒，脸上青筋一条条："土字！侬格伐是叫土字！侬格不叫阿拉土字，阿拉刚卜弄厅！"原来他责怪我没有称呼他"同志"。"文革"结束，万象更新，我所在的吉林大学在东北更得风气之先，陌生人打招呼已经改用"先生"，抛弃了政治色彩浓厚的"同志"一词。我以为上海和它的卫星城杭州比我们荒蛮之地东北更开放，早就称呼"阁下""左右"了呢，却不知杭州人对"同志"这般执着。

向别人问路不容易，被问路，更难，因为我多数时候都是在陌生的地方被问路，他鼓起好大勇气问我，我回答"不知道"，总觉得欠了他很多，有几次我看见问路的人都要哭了，我于是代他问路，直到他取得真经谢也不道一个扬长而去，我也不恼他，因为我在还被问路欠下的"债"。吉林大学是一座"马路大学"，四通八达的马路把校园分割成许多小区，在一个小转盘广场，一位外地人问我吉林大学在哪。吉大在哪？问我真是找对人啦！我像那位遥指杏花村的牧童一样，果断地信手一指："往东走！"得到如此肯定的指导，那人意气风发斗志昂扬地往东而去，我也从容往西，进吉林大学校门……不对，指错路啦！我吉林大学本校人，却南辕北辙！

转眼到了2000年，我到济南当警察。我的派出所在经四纬六路，简称经四路或纬六路，这天我着装往体育场执勤，清理现场，预备晚上的足球比赛。刚出派出所大门，一个进城农民拦住了我："警察老师，请问'静思路'怎么走？"静思路？好优雅有内涵的路名啊，济南的确应该好好地"静思"一下，那年把好好的火车站拆掉了，盖了一间庞大的仓库冒充火车站，如果李书记静下心来思考一下，就不会做出这么断子绝孙的勾当。"……老师，怎么走？"山东这地方时兴叫老师，捡垃圾的流浪汉也互相称老师。我回过神来，急忙道歉："哦对不起，这一带肯定没有静思路，整个槐荫区都没有静思路，市中区和天桥区也没有，除非历下区，那个区我不熟悉，你到历下区问问吧。"

　　我执勤任务，是现场维护甲 A 联赛山东鲁能和大连万达的最后一场冠军争夺赛，鲁能以一球获胜，山东人包括我的同事都疯掉了，只有我一个大连人沮丧万分步履沉重，磨磨蹭蹭回派出所，我不想看到他们小人得志的样子，大连万达，冠军拿到手软，从前比你们不知道阔多少！"阿贵"一路嚼着酸葡萄，一脚踏进派出所，胳膊就被紧紧抓住了："你得给我一个说法！为什么骗我？"是早晨问我路的那个人。我不知道怎么惹着他了，早晨问我路，静思路，我不是告诉他很清楚了吗？为什么还向我讨说法，是我说得不够详细？多年以后杨佳到上海杨树浦区公安局讨说法，是持刀的，我遇到的这位不带刀，但哭哭啼啼地抓住我不放，还故意把眼泪鼻涕往我身上抹。

　　原来，他根据我的指路，直奔历下区，一条街一条街地打听"静思路"，终于不得要领，最后问到历下分局，分局的人一下子就明白他说的"静思路"，就是"经四路"，开着济南公安通用的无牌照微型面包车，把他送回经四路。受了天大委屈的他坚持不走，一定要找到那个心眼坏透的警察，讨得一个说法，已经哭了好几个小时。

　　人不辞路，虎不辞山。三十年后我重访杭州，还得问路，迎面一个知识分子模样的半大老头，我说："土字啊，请扪，到门一路哪能走？"老头抬起头，脸上青紫蓝绿酷似窦尔敦，条条青筋要跳出来搏斗，东北腔的普通话喷薄而出："你说谁是兔子？你 TM 才是兔子！"

就诊历险记

体检单上说我前列腺发炎，我突然有赵本山的疑问："前列县是什么县，哪个省的？"但这个疑问实际并不存在，我当然知道前列腺炎是一个很不友好的病，得治。

电话预约挂号，就挂协和医院吧。那头说："对不起，协和医院号已满，可以为您推荐一家医院吗？"当然可以，人家比我熟。"东方博大医院，可以吗？"我立刻警觉："这是私人医院吧？""是私人医院，但也是三甲医院。"私人医院还有三甲？我很好奇，但也很放心，毕竟这女孩在代表官家对我说话，也许这家博大医院有特别高明之处，得到了 114 查号台的特别青睐。

博大医院在潘家园，医院空无一人，见到我，前台小姐脸上乐成一朵花："请问先生，你要看什么病？"长久享受不到国民待遇，在"私人订制"的东方博大享受到了，心里暖洋洋。"前列腺。"小姐仍旧笑眯眯："对不起，稍微一等，我请医生马上来。"打电话："郑医生吗，请您放下手里的工作，这里来一位患者，请您诊治——这位先生，请跟我上楼。"迷惑。这位郑医生还有第二职业？他姓郑，不会是杀猪的吧？在电梯里我问小姐："医生不在医院啊？"她说"是啊，是啊"，不接我的茬，想再问，二楼到了，小姐妙曼的身姿倏忽不见，留下我独孤地在候诊室门口等候郑屠。许久，医生来了，浓密的胡子，一脸横肉，果然一个郑屠镇关西！难道我一世英名，今天就栽在他手里了吗？好在郑屠换上白大褂，也有几分医生的模样，我也只好把他当作一个医生了。

简单询问，化验。当场出结果——公立医院要等三五天呢。这回，郑屠医生开始口若悬河："看这里，看这里，高出正常值这么多，百分百的前列腺肥大，几乎堵塞尿道……"他巴拉巴拉，我似懂非懂，"那到底怎么医治呢？""治？治不行，得开刀！前列腺的位置特殊，所有的药都到不了它隐藏的地方，吃多少药都是白扯，开刀，开刀吧！"

出门还好好的，说开刀就开刀，这医院也太热情了吧？不过我不能开刀，条件不具备："不行，我就是来看看，打算开点药吃的，开刀，没带那么多钱。"郑屠说："没关系。我们医院救死扶伤，革命的人道主义，先治病，后收费。"说着，不知道从哪里冒出来两个大汉，一人一条胳膊，架住我往手术室走。这哪里是奔手术室啊，明明是刽子手拖我进76号行刑室！

我不断地申明不能做手术的理由："这么大的事情，总要跟家人商量一下吧？""商量不商量，都得开刀啊！""明天我还有一个重要的会议。""命要紧，还是会要紧？""家属不在，谁签字啊？""这个手术，只是半麻……哦哦，局麻，不妨事，你自己签字就行！"看他得意洋洋的样子，如假包换一个剖猪的，刚才来晚，很可能在给人家剖猪。我不寒而栗：前列腺位置那么敏感，万一这个劁猪的手一抖，我就成太监啦！乡下劁猪，经常把猪给劁死，赔几个钱了事，可我是一个活人，赔多少钱？十赔九不足。

紧急时刻，为数不多的智慧终于占领了大脑的高地，我对那个劁猪的大夫诚恳地说："等等，先别打麻醉针，红包。我车里有，稍等一下。"郑屠说："那就快点！其实不用这些了，治病救人，我们的天职嘛！"麻醉药已经开瓶，郑屠手里的注射器正在摇啊摇，一脸得意地笑，大概在盘算可以得到两份红包。原来他既是主刀医生，也兼职麻醉师！

逃到楼下，叫来一辆出租车，回到木樨地，茫茫然"三失绥"的样子，张耀南问："咋的了，让人给煮了？"我说："险些被博大医院给煮了。"张耀南前前后后仔细看："你，你竟然敢去莆田系的博大医院？你竟然还能全须全尾地回来！"

麻醉药

北京英雄坛医院，三甲。可是，三甲医院的麻醉药……

我到医院诊治静脉曲张，专家号，乐小云，名字很婉约，却是一个胖大的男大夫，看一眼我的小腿，说："太严重了，得做手术，微创，我现在看医院的床号……哦，有床，住院吧！"

检查，排号，等手术。问同屋的静脉曲张关于"红包"，他说没想这个问题。他不想，我也可以不想，毕竟送礼是一件很尴尬的事情，咋跟医生说？

上了手术台，打麻药。我在北医三院打过麻药，拔牙。一针下去，疼，真疼，可是只有几秒钟的时间吧，改成麻，然后腮帮子鼓鼓囊囊感觉像扣了一个大瓷盆，再然后，医生锛凿斧锯乒乒乓乓对付牙齿，搞得那叫地动山摇，可我浑然不觉，仿佛在收拾旁边哪个不知名的家伙。手术结束很久，才觉得有一丝丝的疼痛。"坛医"的手术台——我能上去还能下来，那真得说是托毛主席他老人家的福。

打麻药不很疼，只是一点点，很快，麻药开始给力，从针眼处向四周扩散。我想，不一会儿，我整个小腿都该"麻木不仁"了吧？我严肃认真很仪式感准备迎接这麻木的时刻，可是，忽然，那一丝麻木居然蓦地消散了，就像冲锋号已经震响，战士们跃跃欲试，突然改吹熄灯号，战士放下枪杆重新躲进战壕，战场恢复了静悄悄。有这样的麻药吗？英雄坛医院，你们买进的是假麻药吧？红包不收，但是进药拿回扣。比较而言，对我们上手术台的来说，我们宁可选择红包，不选回扣——受罪的是我们啊！

忽然，乐医生在我的小腿上开刀了！一刀下去，滋啦——哗！就像胡屠户从白条猪上割下一刀肉。白条猪是死后被割，我可是活着的啊，这不是凌迟吗！那条肉一定血淋淋的，想想都恐怖，可是哪容得我想什么血啊肉的，我失控大叫一声，声震屋瓦，小护士一哆嗦，托盘哐当掉在地上。胡屠户医生问："咋的啦？"还用问吗，疼啊。我说："疼，麻药不管用！"胡屠户也好说话："那就再加麻药。"接连打了好几针，除了针眼疼，别的啥也没有。我猜想，刚才他打的，还有一丢丢麻药掺乎在里头，现在打的，百分百的蒸馏水。

"凌迟"还要继续，一刀，再一刀，还一刀……每刀下去都变成一声惨叫，手术室外的人们一定怀疑走错了地方，误打误撞进了中美合作所。护士小姑娘重新换了托盘，脸色蜡黄，萎缩在手术台旁边。

把我割昏迷了呢还是意识错乱，后来我已经叫喊不出，更记不得前后一共割了多少刀，从我身上割下多少斤白条肉，胡屠户终于停止屠刀，叫人把我从手术台转移到病号床。我感觉，不但小腿，我的全身只剩下一副骨头架子，被他割得光光，手术前把我修理得光溜溜，原来有阴谋。可是割下那些白条肉，他有啥用处，去做人肉包子卖吗？

抬回病房，昏迷中看到关羽，华佗正在给他刮骨疗毒，旁边还有人解说："云长乘胜攻樊城，右臂中箭透骨疼，幸得华佗来医治，刮骨刮肉把毒清，侍卒接血面失色，云长下棋不变容。"能看见关公，哎呀，我死了吗？一个小小的静脉曲张手术，英雄坛医院居然把我给治死了？我想起唐太宗，答应救老龙王一命，眼睁睁地看着魏征睡觉却不闻不问，结果魏征梦中斩了龙王。其实这事不怪太宗，他哪里知道魏征还有这宗本事？但老龙王才不管这些，他追着唐太宗大叫："李世民，还我命来！"

"乐小云，还我命来！"

许送，不送……

县令的主要职责在劝民耕桑，审案断案只是副业，县衙门三八放告，四九收文，一个月只有五六天升堂问案，老百姓有再大的冤屈，也得等放告的那天。为什么这样安排？还是为了俭省办案资源。乡民告状，几乎都是鸡毛蒜皮，头皮一热就告状，头皮凉下来，告状的冲动自然消失。官府深知这一层，让怒气冲天决定告状的乡民先冷静一段时间，于是，三八放告，四九收文。

这天正是县衙放告的日子，中牟县令包拯衣冠升堂，就上来一个面黄肌瘦的小媳妇，告她的婆婆虐待。这女子十三四岁的样子，外地逃荒人为活命，把她卖给这家农户做童养媳。这家的婆婆也曾经是童养媳，受尽种种的苦楚，多年的媳妇熬成婆，变本加厉要把从前的苦难补偿回来，补偿的办法就是加倍地虐待眼前这个童养媳。女孩没有家人，就算有家人，一户逃荒要饭的人家也不可能为自家的女孩撑腰，前来兴师问罪，所以婆婆的虐待就肆无忌惮，先是巴掌打，接着是锥子扎，再往后就是酷刑了，吊起来几个时辰，听人说皮鞭子蘸凉水抽人格外疼，小脚婆婆抡起鞭子抽打起小媳妇猛烈如壮汉。小女孩本来聪明伶俐，在婆婆家动辄得咎，怎么做都是错，畏首畏尾每天哆哆嗦嗦不敢说话不敢抬头，婆婆看了更生气，上刑越发严酷频繁。这天趁婆婆早上睡懒觉，小女孩不管什么三八四九，偷偷跑出来告状，求包大人怜悯保护。

衙役撩起小姑娘的后背胳膊，旧伤新伤层层叠叠，包拯的眼泪吧嗒吧嗒："这还是个孩子啊！"孩子！大人也受不了这样的折磨。包拯问："你原来家在哪里？"女孩颤抖着说："不记得了，我没家。"包拯有点犯难，这种事情虽然严重，可是国家认为这是家事，对家事，国家绝不干预，打死童养媳，官家也从来不追究，叫做"民不举官不究"。包拯叹息道："朝廷再不能对这样的事情不闻不问了，我必须为这事写个折子，拜请尚书大人上奏圣上。但是现在咋办？"都城汴梁有一处救济所，但是那里只收留无家可归的人，这女孩有家，有合法的近亲属，救济所不会收留。包拯想，人命大如天，再不收留，这女子就要被虐待死了，我写一封告急文书，恳请救济所收留这个可怜的孩子。留下工夫，慢慢惩治那个恶婆婆。

文书写好，包拯发令："本案证据确凿，不需三推六问，判：童养媳与该家庭脱离关系，由国家抚养到十八岁。王朝、马汉，你二人即刻启程，护送该女子往京城汴梁！"童养媳忙不迭地磕头——她的苦日子终于熬出头啦，汴梁的天那是解放区的天！

但是包拯说："且慢！"

大宋朝官员的俸禄低，为了保证官员有体面的生活，朝廷给官员们按照品级分配"自留地"，让他们在业余时间耕种，自留地打下的粮食足够他一家吃喝用度，薪水就用来摆阔，相当于"品位维持费"，显示当官的与众不同，比如买包子可以吃一个扔一个。眼下包拯家的自留地麦子熟得正好，必须尽快收割。包拯已经跟王朝马汉张龙赵虎四个衙役打了招呼，明天帮助他收麦子，包夫人做好了高粱米水饭，正在摊煎饼，包公升堂前已经把猪头燎去了毛，可以下锅煮了，待煮得软乎，做成煎饼大葱卷猪头肉作给养。割麦子是重体力活，劳动者必须吃得饱吃得好。

包拯对女子说："我这里还有点活，要忙活完了再送你去汴梁。也不用多少时间啦，顶多三天。衙门没有女宿舍，你不方便住在这里，你还是先回家去。到第四天再来衙门找我，那时候我安排王朝马汉送你进京。"童养媳是偷跑出来的，这番折腾再回家，肯定又是一顿打。她一想到回家必然的遭遇，就浑身哆嗦，牙齿打战一句话说不出来。包拯却没看出女子的窘迫为难，退堂了——他着急点火煮猪头呢。

童养媳踏上回家的路，一步一步地挨，不想回，害怕回，却又不得不回，此前啥错也不敢犯，还打，今天上堂告状，这顿打怎么熬？家就是鬼门关，所幸熬过这道关，第四天老包就派人来救她了……哆哆嗦嗦走进家门——

——"你这贼贱妇，敢去告我！老包多明白的人，能听你这贱人胡说八道！"婆婆手举着哨棒，横在门口……

到第四天，包拯家里的活全都做完了，王朝马汉收拾得整齐，等着那女子，可是，童养媳没来。

包拯忽然想起来：这小女子是偷跑出来的啊，怎么放心又让她回家了呢！哎呀糊涂！狠捶自己的脑瓜子，派张龙赵虎立刻往童养媳家。包拯不停地祷告:"老天爷,千万别出事啊!"

张龙赵虎很快回来,禀告老爷,小女孩被她婆婆打死了。包拯问,女孩死前有何言语?答:"不敢说。""说!""还是不敢说。""打!""女孩说:'许送,不送,老包,杂种!'"

一千年后,华夏各地建起了"撸猫馆",被抚摸的猫,喉咙里发出呼噜呼噜的声音,撸猫客很得意:这猫很快乐啊,看这呼噜打的:呼噜,呼噜,呼噜,呼噜!

其实,猫的前生正是那可怜的童养媳,它们一点也不快乐,它们怨恨老包的失信食言已经一千年,每当有人撸猫,它们就说:"许送,不送,老包,杂种!"

欢乐邻居

我校对门的一家学校，是一家欢乐的学校，叫北京××学院，政法系统的，因为它的存在，我们也沾上若干喜气儿。

首先是学生。学院的学生，女生一律超标，男生一律不达标，百分百，我想一定是因为女生分外爱吃。此前，校门外的大马路清而且净，自从学院开张，路边的小吃摊雨后春笋，仔细数，共二十九家，每当中午和晚上，小吃摊熙熙攘攘，我们校的一个没有，全都是学院的胖姑娘，一个个吃得兴高采烈，并不在意载重大卡车从身边呼啸而过。那些大卡车，一路抛撒建筑垃圾，灰尘粉末伙同孜然胡椒面扑向牛柳鸡排，姑娘们视而不见；衣衫不整的摊主，满面灰尘烟火色，不是营养不良，就是身患重病，咳嗽带喘，姑娘们充耳不闻。看她们如此热衷进食，我就想起一个字幕图片：一只肥猫在吃饭，另一只好像是她的对象，按着她的头，恶狠狠地说："吃，吃，胖这样了你还吃！"

第二欢乐是教学楼。主楼盖得很雄伟，明显是要与我校的主楼争高下，我们八十年代的老楼，怎么能和少壮派的新楼掰腕子？这一局棋我们铁定输了——但是且慢，进院看看再说，进院之后，就抑制不住地欢乐：北向的窗户还算正常，南向的窗户窄小得只能供猫出入。学院就是一般的学院，文科为主，没有精密的仪器设备怕光怕风怕偷窃，需要暗室保护，普普通通的教室，为什么不充分利用自然采光？我想，这很可能与这家学院的职业性质有关，这是一家培养狱政监管人员的学校，监狱的窗户哪有正常的？

第三欢乐是它的钟楼，报时的。大钟楼竣工，钟体调试，一切正常，签字接收，交付使用，建筑方拍屁股走人啦！人刚走，大钟就发疯，它的发疯很平静，人称"文疯子"。文疯子疯得你根本看不出来，但是它的"倒行逆施"总要露馅，就像"招福"刘青云看上去一切正常，"招祸"一句"你尾巴掉了"，就叫招福傻帽的本色原形毕露。一个教师偶然抬头看一眼大钟，三点四十，一个小时后再看第二眼，两点四十！原来大钟在倒退着走路！学院急忙请建筑方回来矫正，建筑方以学院已经签字接收为由拒绝修正，好说歹说，威胁加利诱，建筑方才慢腾腾地折回来，懒洋洋舞弄了七八天。

第四欢乐是运动场。运动场的主席台一般设置在西侧，向东，这有个讲究，如果仪式在上午举行，正好是旭日东升，如果下午呢，那就可以避开夕阳西下了嘛！给主席一个好心情，风水学上也是这样阐释的，东方红，太阳升，从没人歌颂西边的太阳，那往往是说敌人的，"西边的太阳快要落山了，鬼子的末日就要来到"。所以很少见到主席台设置在东侧的运动场。这家学院的运动场，主席台和主看台理直气壮地设置在东侧，这很符合这家学院善于跟公理常识对着干的性格。运动场建在主楼的南面，领导从楼上往下看：那是什么？那是一大片水泥柱子，乱七八糟倾斜着。水泥柱子摆在那干什么？不雅观哪，撤掉！报告领导，不能撤啊，它们支撑着主席台、看台，撤了，台子就塌下去了领导！胡说，什么塌台！诅咒我吗？不不，不是领导台子塌了，是塌了台子领导……

第五欢乐是大门口的雕刻壁画。壁画落成，我研究了好久，不明就里。那是一幅世界地图，但这幅世界地图与我们常见的大不同，它以大西洋为中心点，中国等东亚国家被挤到地图的边角上去了，是美国版的世界地图。对此我没有意见，政法口的人，国际视野。可是，这幅地图是倒着的。地图上北下南，大陆海岛一般都向南延伸，就像冬天的冰溜子，尖尖都向下，可是这里的地图，所有的尖尖都冲上，俄罗斯在中国南边，南极洲跑到北冰洋去了。我想是不是采用的澳大利亚版地图？也不对，澳大利亚版的地图，旋转一百八十度，而眼前的这幅地图，在旋转一百八十度之后，还要换个方向再旋转一百八十度，就是立体旋转，够难的。其实没这么玄乎，就是刻工把地图样本拿颠倒啦！我的一个朋友恰好在这个学院教书，我请他向学院领导转达我的意见，朋友很负责任，向领导委婉地说，我们校门口的世界地图似乎不太对哎，可能弄颠倒了……领导随着我的朋友亲自来到校门，仔细打量一番，说："告诉你那位教授，我们这个，呃……东西，不是世界地图。所以不存在颠倒不颠倒的问题！"朋友总要给我一个交代吧，就问了一句："那，这件东西，它是什么东西呢？"领导一言不发，恨恨地扬长而去。可是不久，大门被遮挡起来，几天后，遮盖的面纱撩开，亚洲版的世界地图回来啦！俄罗斯重新回到中国的北方，南极洲规规矩矩守在南极洲。

有这么一个天然呆的学院做邻居，我们必须跟他一起欢乐。

千年真娘魂

　　各地的猫各有性格，北京的猫客气，但也傲慢，跟北京人"连相"，那客气也居高临下。遇到一只正走路的北京猫，不管花猫白猫，你说："猫？"古德猫宁的简化，早晨好的意思。北京猫会停下来，对着你，眼睛眯缝着，裂开小嘴："喵——"它这是跟你客气，但你要得寸进尺，继续搭讪："好杜有图！"猫却再不理会，低头走它的路，恢复了北京猫的傲慢本色。

　　外省的猫，上海猫、西安猫、哈尔滨猫、成都猫，不拘哪里的猫，你跟它说："猫？"它们一律不理睬。胆子壮些的，斜你一眼，表示听见了，同时还有叫你"滚远点"的意思。胆小的听见来自非猫类的一声"猫"，立即抱头鼠窜，躲进灌木丛往外窥视，研究这一声"猫"究竟有几种含义。

　　外省猫虽然拒人千里之外，但并非一定不跟人交流，它们更希望得到来自人类的赞美和羡慕。我在大连见到一只肥硕的黑白花猫，叼着一只老鼠，走在中山广场的中央，昂首阔步，趾高气扬，还左顾右盼，好像大总统检阅仪仗队，广场哪会有耗子？它那是从别的小胡同捉来，到广场炫耀的。我想，这时候如果有麦克风，它一定要发表演讲，而且它的演讲会跟希特勒一样富有煽动力。

但外省猫不肯跟人对话这个定理，在苏州虎丘真娘墓前被打破了。

通往虎丘山有一道缓坡，到坡顶，劈面遥见四个大字："虎丘剑池"。相传为颜真卿手书，旁边有篆书右起的三个字："千人坐"，高僧生公讲经，千人围坐聆听。千人坐，几乎人人都左读作"坐尺子"，也算游虎丘之一噱。

惊诧于千人听生公说经的场面，稍事休息再登山吧，却见一座石碑——哎呀，转角遇到……真娘！

真娘墓！古碑刻古字，作"古真孃墓"，忽然想到，白居易诗《真娘墓》，"真娘墓，虎丘道"，明明白白说真娘墓就在通往虎丘的路边，

真娘墓，虎丘道，

不识真娘镜中面，

唯见真娘墓头草。

霜摧桃李风折莲，

真娘死时犹少年。

脂肤荑手不牢固，

世间尤物难留连。

难留连，易销歇，

塞北花，江南雪。

真娘生卒年无考，白居易说"真娘死时犹少年"，古人说的"少年"其实很宽泛，只要喜欢，看谁都是少年，张五可说："好一个英俊的少年啊！"可她眼前的"少年"王俊卿已经二十二岁。因为真娘年少夭折，人们爱怜她，说"霜摧桃李风折莲"。那几年流行"阶级斗争"学说，真娘被归入被压迫阶级，因为反抗剥削阶级的凌辱悬梁自尽。为了让故事更像个故事，编故事的那个家伙说，那个企图凌辱她的公子被她的贞节感动，竟终生未娶。

一只小小猫不知道从哪里钻出来，是条纹分明毛色近乎透明的橘猫，对着一个小女孩儿悠长婉转地说："喵——"

小女孩儿五六岁的样子，惊喜，对猫说："哎，小猫哎！"

小橘猫很兴奋，又对小女孩说："喵——"女孩说："猫，你家呢？"一人一猫翻来覆去地一问一答，说得热闹。

为什么有"童话"？因为小孩子通灵，他们听得懂动物们的语言，鸟兽鱼虫。我在旁边听了许久，也听出一些门道。猫发音虽然都是"喵"，但是音声的长短高低拗折婉转度，每句都不同，再附加表情，它表达的内容其实很丰富。原来小橘猫是真娘附体，或者它其实就是真娘。

那个小女孩儿，她听到的大致是这些：

"我是一个艺伎，卖艺也卖身，苏小小、李香君、柳如是，都和我一样。从来没有富商和公子要娶我，要是有，我高兴还来不及，哪里会自杀？

"我年寿短促，是天命，谁也不怨，我不喜欢那些无故制造怨恨的人，他们似乎在为我站台，其实是人间妖魔。人生来与苦相伴随，他们还要无故制造人间仇恨，西方人把这种人叫'撒旦'。

"卖艺体面，卖身下贱，他们这么说。卖艺和卖身，都是谋生的职业，别再说什么卖艺不卖身啦，那是文人狭隘自私的自恋，没有这样的职业，从来没有。卖艺的叫伶，我们是伎。在我们大唐，没人嘲笑我们，我们与世无争，与人无害，哪来的不体面？权贵卖国，文人卖灵魂，他们体面？"

小女孩儿听得懂它说的话，可是不很明白它说的这些道理，听了一会儿，觉得有些无聊，丢下小花猫，走了，小花猫还想叫住她再聊聊，小女孩儿却奔向生公台，大喊大叫："妈妈、妈妈，那三个字我认识：坐尺子！"

我看小花猫怪可怜，对它说："猫，聊聊？"

它看看我，扭过头去，眼神分明在说："你也配？"钻进灌木丛，不见了。

楼　道

　　宋锐先住在布鲁克林区。"布鲁克林"不在美国纽约，在中国北京。他住的楼房建于九十年代，在中国，这就是老楼了，老楼老得楼梯都摇摇欲坠。楼梯的拖累太多，居民把楼道楼梯当成废品仓库，堆垒不已，叫它疲劳不堪，每当有人经过，都龇牙咧嘴哼哼唧唧地向人求救。楼梯的悲惨境遇终于感动了居民委员会，居委会一伙大妈视察后，通告贴了满楼："为了市容整洁，居民卫生，请居民及时清理楼道内的杂物，逾期不清理者，视为无主物处理！"大妈说："楼梯兄弟，姐只能帮你到这里了。"大妈姐知道，通告嘛用不顶，楼道里的杂物一件也不会少。

　　锐先想，还是我来吧。

　　锐先给搬家公司打电话，搬家公司说："这么搬家，我们没干过，爱莫能助啊！"锐先到劳务市场，呼啦一伙民工围过来："老板，啥活？"锐先选中几个，领他们走到小树林，前后左右确实没人，才压低声音说："同志们，你们受苦了！组织知道你们潜伏在这里很艰苦，派我来慰问你们。"每人发一盒"中南海"。几位民工忽然被人称为"同志"，面面相觑。这人神神秘秘，还发烟，虽说"中南海"档次低点，可是组织就在中南海，这也许是他们接头的联络信物呢。听听他怎么说。

"组织派你们一项严峻的任务。你们找一辆车，把某某楼道里的垃圾、砖头、水泥袋、纸壳箱、扫帚疙瘩、月饼盒子、矿泉水瓶、酸菜缸、尿壶、泡沫塑料等等，一件不留，都运到市郊垃圾场，那里有人接应，你们卸到那里就算完成任务。这次行动非常重要，那些垃圾里面藏着海外敌对势力的秘密文件，藏得很隐蔽。你们的行动一定要在后半夜悄悄进行，万万不可让住户觉察到了。同志们都是潜伏工作的骨干，这件事怎么做，就不用我具体指导了。这是这次活动的经费，三千元。对敌斗争形势严峻，以后还有任务派给你们，我就是你们的联络员，有任务下来，我就去找你们。"一席话说得民工们一愣一愣的，仿佛觉得自己真的是地下工作者，油然而生崇高感。最后说到活动经费，五个人，三千元，每人六百，起五更爬半夜的，还得雇车，也太少了吧？不是说上头在这方面花钱特别大方吗？但是转而一想，这家伙错认我们，我们将错就错，完成一次任务，下次还有，细水长流也不错啊。于是五个人齐刷刷地向锐先保证："坚决完成任务！"

当天夜晚，锐先竖起耳朵听外边的动静，到底没有。被民工看穿了？民工们看似笨笨的，可粘上毛就是猴！心里忐忑，熬到四点多，实在撑不住，迷迷糊糊睡过去。

"……谁偷了我的尿壶啊，我爸爸用完了，走了，我老了还要用啊，啊啊啊……"哭声还有陪伴："……装修时候剩的呢，说不定啥时候就用得着！""算了吧，三十年的水泥，跟石头一样噎噔硬！""砸开了，磨细了，还能用的啊，啊啊啊……"不对，梦话不可能是对话体！猛地睁开眼睛，楼道里已是哭声动天："我的酸菜缸也不见了，乾隆爷赏给我太祖太爷的，上面还有乾隆款哪，啊啊啊……"每一层都在哭，都在喊，都在骂。锐先出门，看见楼道里满满的都是人，纷纷哭诉家里丢了最珍贵的东西，就算那把没了毛的扫帚，也是土改时候斗地主分来的呢。哭着的间隙，问锐先："宋老师，你咋不哭呢？"锐先说："我没啥丢的，不好意思哭。"人群中警察忙忙碌碌，安慰哭者，警察说："莫自使眼枯，收汝泪纵横。眼枯即见骨，天地终无情！"这警察一定是警官大学中文系毕业的。锐先从警察的语气中听出了幸灾乐祸的意思，居委会的大妈眉飞色舞，但说话的语气很沉痛："公安局一定会彻底查清这件事，找出盗匪，让他包赔损失！是不是啊警察同志？"警察说"是啊是啊"，与大妈一挤眼儿，大妈的脸上浮出少女的红晕。

楼道，完全彻底地清净了，一个纸片也不见。"解放区的天是晴朗的天，解放区的人民好喜欢，人民军队爱人民哪，共产党的恩情说不完！呀呼嗨，呀呼嗨嗨哪呼呀嗨！"锐先的心，沸腾了，锐先的身，飞腾了！

嗯？那是什么？景阳春酒纸盒！景阳春酒？"难舍难舍最后一滴，景阳景阳景阳春酒！"酒盒引起锐先浓厚的怀旧情绪，青葱岁月，一点眼泪溢出来，这就是那"最后一滴"？小霸王学习机，成龙青筋暴露要打架的样子："从前我用'船头'打天下，现在是'电老'时代，我儿子要用小霸王！"庞然大物迎面矗立，是可耐冰箱的外包装："可耐可耐，人见人爱！"燕舞收录机的硬纸盒，锐先小学时代的东西，那时候的东西真结实，看着都硬朗："燕舞，燕舞，一曲歌来一片情……"步步惊喜，步步惊心，每一层都有新的旧东西推出，什么？丹——碧——丝？好亲切……不不，好尴尬啊！"嗨，今晚游泳去！——不成啊，这几天不方便——用了新型丹碧丝就方便啦，它独有的导入管放置容易……"楼里中住的什么人，女妖怪吗？丹碧丝用到现在！

不几天，楼道又堆满了杂七杂八的东西，大缸，大瓮，断腿的缝纫机，装着陈旧涂料的塑料桶，压酸菜缸的石头，来历不明的半截砖，只剩几张叶片的纺线车，挂在栏杆上的大铝盆，"大跃进"时期村办炼钢厂铸造的驴嘴唇厚的铁锹……

喂！锐先，宋锐先呢？

暴走记

枣园广场呜呜哇哇的配乐歌，暴走队开过来啦！何有邻紧走几步跟上大部队，大部队真不小，拖拖拉拉百十号人，男女老少齐暴走，音乐声轰天响，轰轰烈烈的大部队在进行曲节奏的流行歌声中奋勇前进："不是哥哥不爱你呀，因为我是农村滴！一年的收入只够养活自己，怎么能够顾得上你。等我搬到城里来呀，开着大奔来接你，到那个时候把你搂在怀里，再叫一声亲爱滴！"

何有邻听着歌词想笑，等你这穷小子奋斗到开大奔的程度，你那亲爱的早就老大嫁作商人妇了吧！但他顾不上笑这歌，队伍实在太快，带头大哥不慌不忙，步子不算大，后边的何有邻却要连跑带颠勉强才能跟上。不知不觉地，暴走的队伍已经缩水，剩下三十多人，但仍然疾走如飞，何有邻前面的人一个一个掉队离开，淘尽黄沙始见金，一个妙曼的女子已经在他的眼前晃了——不是女子晃，是他的眼睛在晃，眼睛带动着老心脏失魂落魄，没着没落的。

女子穿白色运动短裤，浅黑色休闲汗衫，颀长的脖颈曲线柔和，头顶挽一个髻。身高大约一米六五吧，汗浸湿了她的衣衫，后背不规则的一片，却也不再扩大。身材极匀称，匀称到"极"的程度，就是叫人没话可说。这场暴走，给了何有邻肆无忌惮欣赏美的机会，老心脏扑通扑通快要跳出来了！有一段坡路，女子略有掉队，紧跑几步跟上，跑碎步的美女，看得何有邻心都柔软得像六月天的糖葫芦。一段下坡路，领队带头，大家举起双手左右摇摆，女子举手漫不经心地摇，似乎带动了她柔柔的腰肢左左右右。

但是女子好像要移动自己在队伍中的位置，几次试图往前切入，原来她的前面是一个跛子，歪歪斜斜地跟着队伍跑。跛子也来凑热闹？全民健身么，没有谁规定跛子不准参与暴走。女子想超越跛子，前面的跛子似乎知道她的心思，她往左切，他往左靠，她往右切，他也往右偏，横竖走不过他这道坎儿。何有邻看得气闷，心疼女子的悲惨处境。不就是超越不能吗，能说得上悲惨？何有邻爱美之心一向泛滥，美女的一点点委屈，在他看来都是天塌地陷，惨绝人寰。他几度要冲过去，从暴走队拎出跛子，然后朝美女优雅地伸出一只手："您走先。"但这场合，实在不适合吕小布撩妹式的优雅，他琢磨更好的方式，既能解脱美女的困境，又不让自己显得太粗鲁。一个看似整齐划一和平安乐的暴走队，却酝酿着暴力救美的大事件。音乐都感受到危机四伏，即景抒情："金港的夜呀，真蹊跷，黑狼把咱家紧紧地咬。"夸张地描述即将发生的事变，黑狼咬人，还紧紧地，非出人命不可！忽然，歌曲的口气却变了："海风你轻轻地吹，黑狼你轻轻地咬……"虽然还在咬，却已经是轻轻地。一匹黑狼，在轻轻的海风中轻轻地咬着谁，画面有点暧昧啊！何有邻不明白，刚才说紧紧地咬，怎么忽然就轻轻地咬了呢，难道由恨生爱了吗？但是歌曲不给他思考做论文的时间，接着唱："待到朝霞映红了海面，看我们的战舰又要起锚。"说到明天的事情了，何有邻猜测，暴走即将结束，大部队解散，美女可以摆脱跛汉的纠缠，何有邻不用挺身救美，完美的结局。

可是女子似乎没听出歌曲的画外音，忍无可忍的女子展开强大的侧翼进攻，从右翼迂回，直捣敌军的核心——她一个加速，从队伍的右侧跃出，甩开暴走队，绝尘而去了！

第二天，何有邻早早地来到枣园，也不走路，也不看风景，望着环路，等待歌声响起。歌声响，美人到。这一时，他仿佛觉得自己就是情圣李商隐。

> 凤尾香罗薄几重，
> 碧文圆顶夜深逢。
> 扇裁月魄羞难掩，
> 车走雷声语未通。
> 曾是寂寥金烬暗，
> 断无消息石榴红。
> 斑骓只系垂杨岸，
> 何处西南待好风。

果然，他和李商隐的遭际相同，这一天下小雨，暴走队没来。"斑骓只系垂杨岸，何处西南待好风"，他等着好风吹。

第三天，又是小雨。

第四天，还是小雨。

小雨就不出操？不是带头大哥懒惰，他恨不得天上下刀子也暴走，比如山东临沂义和团暴走队。山东没下刀子，但是比刀子厉害，暴走者被汽车压扁，血肉横飞，场面惨不忍睹。大连毕竟不是山东，大连有文明，没有义和团，枣园的带头大哥一下雨就躲在家里放音乐自己听："我们一起闯码头哇，马上和你要分手。催人的汽笛淹没了哀愁，止不住的热泪流……"他担心雨天路滑，暴走者摔伤了，他本人后半生就得为这位伤者暴走。

终于放晴了！何有邻坐在小桥栏杆上倾听，音乐声由远及近，"我要为你去奋斗哇，哐，哐，再苦再累不回头，哐，哐，只要你耐心把我来等候，总有一天会出头！哐，哐，等我搬到城里来呀，开着大奔来接你……"白色运动短裤，浅黑色休闲汗衫，曲线柔和颀长的脖颈，头上挽一个髻，面容——哎呀！

　　——刘三姐歌声起，霎时万里无云，"唱山歌，这边唱来那边和……"可是，谁也没见过刘三姐的真容，她把自己关在一间小屋子里，跟人对唱，山坡上人山人海，刘三姐唱败了所有对手，包括不可一世的莫老爷。莫老爷在楼外恳求说："幺妹细伢子，打开窗户让本老爷看一看嘞，让本老爷输得心服口服面孔也服，不然的话，本老爷就是死客，也不晓得怎么死客的！"小屋子鸦雀无声，莫老爷讪讪而去。

　　阿黑哥长期暗恋刘三姐，就是没有勇气表白，这天夜里月光如水，阿黑站在刘三姐的窗外，恳求见面定情。刘三姐说："定情可以，见面就免了吧。"不见面，怎么定情？传情需要四目，四目才能传情，阿黑哥的两只眼睛，无处可传情。刘三姐说："不是不想见，我是不敢见——我太丑。"阿黑哥大喜，美女么，都说自己丑，坚持一定要见。刘三姐说："也不是我矫情，我真的太丑，太太太丑，丑得惊天地泣鬼神。"阿黑哥说："我不是鬼神，我不惊也不泣，见你一面，我死了也甘心。"刘三姐很感动，打开窗子——

"哎呀——"阿黑哥一头跌进湍急的河流，再也没上来。他的两只鱼鹰，也看到了刘三姐的真容，与阿黑一同跌进河，不过鱼鹰毕竟谙熟水性，被冲到河流平缓处，慢慢挣扎着凫上岸，趴在一段枯木上，不停地摇头。

——哎呀！何有邻头往后仰，跌落小桥下。桥不高，桥下是干河，旁边几个人急忙来救，何有邻说："没事。"就在他说"没事"的时候，他颈部动脉的一个斑块被事变震动，随着血流进入头颅的言语功能区，斑块决定留在这里，但是它很仁慈，给何有邻留下一点说几句话的时间，也许何有邻有很重要的话要交代，"你办事，我放心"之类。何有邻张着嘴，望着远去的暴走队伍，说："不带这么骗……骗……骗……骗人……"何有邻的言语功能，跟随着最后一个"的"字，化作青烟，飘散了。

恐怖蟑螂

一分为二辩证法，最适合"杠精"诡辩，只要你发表一个见解，提出一个观点，杠精就说："那可不一定！"噎得人气短。但要说蟑螂，我倒支持一分为二的观点：大饥饿也不全是坏事，讨人厌的蟑螂，就被饿得三十多年没缓过劲来。

余生也晚，没见过蟑螂，总听我妈说"老蟑老蟑"，说它们如何厉害消灭不完；我一直听成"老张"的，村里恰有一个姓张的老汉，尖嘴猴腮，我想蟑螂可能就是他那副模样。我妈说老蟑跑得极快，眨眼之间就没影；老张的两条腿跑起来像风车，能撵兔子。但我知道"老蟑"的身躯绝对没有"老张"那么大。

住在北京郊区团河农场的时候，正值郭美美（不是"红十字会"那个郭美美）的歌风靡全国："我神经比较大，看见蟑螂我不怕不怕啦！"我也不怕蟑螂，因为我没见过蟑螂，此前周星驰拎着被巩俐踩死的蟑螂叫它"小强"，只觉得很好笑，那小强，居然有一点可爱。可爱，是因为周星驰声称他与小强"相依为命"。

后来住进城里，第一次见到蟑螂，它真的不可怕，小小的弱弱的，体形色泽近似葵花子，只是它们跑得太快，所以很讨厌，也很招人恶心。同样大小的"潮虫"，就很亲民。它们长着巨大数量的腿，可笑的是那些腿十分不给力，忙忙叨叨的老半天，爬不出两厘米，看上去十分滑稽。潮虫是我儿子和他小伙伴们的玩具，叫它"西瓜虫"，因为一碰它就蜷曲成球，酷似西瓜，过一会儿没动静，展开身体接着逃跑，小孩子们就等着这一刻呢，再一碰，又一个圆溜溜的"西瓜"。也有"臭大姐"偶尔钻进屋子，树懒一样一待就是大半天，不赶它它就在那里耗着。臭大姐学名"椿象"，恶臭难闻，但是不动它它就不臭，这时候我就用一个纸片把它移出去，它在纸片上还悠然自得。

蟑螂不可怕，但是讨厌、恶心，它们带着细菌病毒，传播疾病，跟老鼠一样令人恐惧，事实上它们就是缩小版的老鼠，贼眉鼠眼专找缝隙钻。蟑螂不可怕，是它们的个头小，个头小能量就小，危险小，对周围的威胁就不大，老鼠为什么可怕，因为它们太大了，跑得又太快了。又大又快的东西就很吓人，老虎狮子又大又快，很吓人。老虎如果跑不快，个头跟猫一样大小，跟大猫也没啥分别——那不就是猫了吗！

瘟疫期间，蟑螂突然变大好几倍，庞大到三四厘米，黑黑的、油油的，还亮亮的，我担心没有天敌遏制，它们将来真会长得跟"老张"一样大。通过墙缝、窗户缝、下水道，还有你想不到的地方，蟑螂入侵每一所住宅。我住六楼，每层楼梯都有一只蟑螂在挺尸。饿死的、踩死的、药剂杀死的？不得而知，但每层一只这种诡异的设置，所包含的深层意义令人恐惧，似乎在昭告着什么，甚至可能在向人类示威。它们是电影《黑衣人》里面那只大蟑螂的姐姐或二姨三表妹吗？蟑螂横尸楼道，清除一次，第二天依然如故：每层一只死蟑螂。

不敢出门了，是蟑螂封门。每层一个蟑螂门神，比秦琼、尉迟恭更可怕，现在请郭美美来北京唱她的《不怕不怕》，她肯定没法再淡定地唱"看见蟑螂我不怕不怕啦"了。

夜里听见窸窸窣窣地响，开灯，看见地上油黑一团，是蟑螂。这只蟑螂体形巨大，黑油亮，从床头向门口爬。它伸出一只前足，像招财猫似的造型，然后伸出另一只前足，再造型，简短的路程，被它隆重地爬出了仪式感。爬几步，还回头望着我，似乎在说："你不是说我们爬得太快吗？爬个慢的给你瞧瞧！"

京剧表演大师

　　京剧演员有一项基本功，行内叫"绝活"：僵尸倒。僵尸倒的奇绝之处在演员倒下时全身笔直坚挺。这非常难，因为他的头沿物线的弧形轨迹自由落体直接砸在地板上，很容易发生脑震荡，严重的还会摔碎脑袋瓜。为了缓冲可怕的自由落体，他在倒下时会运用一点技巧：承重腿（一般是右腿）向右后方撤退半步的幅度做支撑，因为观众只注意演员的上半身，这小半步有服装道具的遮盖，往往被忽略不见。

　　很久以前，山东桓台县的一个小孩叫马保国，在路上遇到了周星驰也曾遇到的那位神仙，神仙说："我看你骨骼清奇，是万中无一的练武奇才，拯救世界的责任就靠你了。"收他十块钱，给他一本武功秘籍《浑元形意太极门》。马保国根据书的示意图多年冥思苦想，悟出一个口诀"接、化、发"："他一来，我一接，然后一转，化解他的力，我再轻轻发力，四两拨千斤，他武功全废！"越想越有理，越想越有力，就这样把自己想成了武功天下第一。

　　好功夫需要好宣传，马保国请来一个英国人皮特，在一座废弃的地下车库跟他比划一阵子，还录像。皮特先生与马保国那一阵拳，打得叫一个难看啊。皮特全身文着海鲜，漫不经心，松松垮垮地出拳伸脚，马保国从容展示"接、化、发"，两个人合伙模仿表演了电影里快乐的慢镜头。洋鬼子精着呢，你给的那一点钱，他犯不上白费力气。但以后每当重要时刻，马保国都把这段录像拿出来给人看："你看你看，英国MMA拳王，多厉害的功夫，换了别人，早被打瘫了！他要拜我为师，我国最优秀的传统武术，怎么能传给外国人？我一口回绝了。"那车库荒凉破败，遍地污浊，皮特也真是能将就，怎么着也是个夕阳武士啊，在这个污水横流的场合跟一个来历不明的中国人做戏，这一生的名誉岂不是全毁了？

　　戈培尔说谎言一千遍就成了真理，大家都骂他坏了良心，这其实有点冤枉他，戈培尔已经达到说谎的最高境界：相信自己的谎言。戈培尔不是故意要欺骗谁，因为他连自己都欺骗了。马保国冥想《浑元形意太极门》几十年，宣称天下第一也有许多年，是时候出来拯救世界了，于是踏上擂台，让"天下第一"实至名也归。他跟戈培尔一样，真相信自己的谎言。于是他决定出战为自己的门派扬名再立万。

　　马大师走来了，他踩着妙曼的碎步走来了，飘飘欲仙——稍等一下，马大师忽然口渴，他要喝一口水，不喝水怎么行呢，哦，谢谢！大师很礼貌，他对送他水的服务生说谢谢。马大师重新走来了，裁判分别交代红蓝两方，不要打后颈，不准锁喉，听清楚了吗？哦，清楚了——怎么回事，马大师又要喝水吗？大师离开现场又去喝了一口水，这样喝水没道理啊，大师是不是有点紧张？他喝了，他喝完了，大师又一次踩着妙曼的小碎步走来了——什么情况！大师被击倒了，他倒下了，他倒下了！对不起，我没看见大师怎么被打倒的，这才不到四秒钟啊！他站起来了！大师果然就是大师，没有犹豫，没有迟疑，更没有像外国拳击手那样耍赖，被击倒时借机会在地上歇一会儿，他果断站起来了！——允许我歇口气，这太紧张。哎呀，又是什么情况！大师又被击倒了吗？他刚站起来没有几秒钟啊，我走神了？我只是看了裁判手势这一刹那，马大师又被打倒了，十秒钟内两次被 KO 吗？啊！伟大的马大师，大师竟然毫发无损，他立刻又站起来了，他站起来了！万岁！马大师万岁！大师抬起右腿，踢向蓝方——

——Time-out！暂停一下，我抒一抒情先——这一脚，凝聚着"传武"对搏击，太极对所有非太极的阶级仇和行业恨，爆发了"浑元形意太极门"的小宇宙，马大师的脚腾在半空，那只脚于充塞天地之间，蓝方渺小得如一片羽毛，瑟缩在大师的脚底下，即将化作粉末，飘散在虚空……

可是，蓝方躲开了，他居然躲开了，他怎么就能躲开呢？这不科学！

蓝方不但躲开了马大师经天纬地那一脚，而且反手一个直拳，击中大师的左颊，大师一个标准的、完美的"僵尸倒"，右腿后撤半步，全身直挺挺，咕咚——整个世界，清静了！

现在，必须抄袭一下发言人赵志坚：这世界，欠马保国大师一个道歉！

马保国善意地欺骗了全国人民，原来他是隐藏在武术界的无间道，他在"传武"界的"大师"虽然假，在演艺界的大师却百分百。小孩子遇到神仙卖书买书的童话，其实是这样的：

山东桓台县的一个小孩叫马保国，在路上遇到京剧大师马连良，马老说："我看你骨骼清奇，是万中无一的演艺奇才，拯救京剧的责任就靠你了！"免费赠送他一本斯坦尼斯拉夫斯基的《演员的自我修养》。从此，马保国隐藏在武术界，默默苦练"僵尸倒"这一基本功，终于成为一位真正的京剧表演艺术大师。

2020 年春晚片言

一、罗志祥十年前就热火粤港澳，如今终于登台央视春晚，欢迎猪猪！

——很遗憾，我依然没看清哪个是猪猪！

二、小岳岳代表德云社再上春晚，主流派相声可以稍许宽心，毕竟郭德纲没上。

——岳云鹏的表现平平，无功也无过，倒是孙越亮点不少。

三、贾玲、张小斐、许君聪、卜钰，东北小品新势力，他们在平时的段子总能叫人耳目一新，出新得出人意料。不过我对他们今晚这个节目不抱太大的希望，因为央视春晚剧本受限多，表演也放不开，贾玲与瞿颖在春晚节目《女神与女汉子》的失败，就是前车。

——赵本山退场以后，东北小品在原产地生龙活虎，但被选上春晚的往往是最差的一个，在老赵时期，也时常有这样的情况，如《三鞭子》《火炬手》都是很失败的作品。这次贾玲的作品只能说勉强说得过去，许君聪这个“父亲”的角色多余，没有他，节目还紧凑些，情节会更可信。网评张小斐的毛衣很亮眼。她说贾玲在室内施用农家肥，直觉以为贾玲直接在大葱上撒尿，其实农家肥主要是腐熟的牛马粪，它们不但不臭，还是女用化妆品的主要原料呢。这点没交代，留下败笔。

四、开心麻花总能叫人开心，我期待沈腾马丽的小品。

——马丽怀孕七个月登台表演，看着太危险了，节目是挺好，马丽不怀孕上台的话会更好。剧本暖心地为肚子里的孩子设计一句台词，算是应了景。

五、贾冰的作品免检。因为他还没有失败的作品。但加上沙溢就很难说了，沙溢太正点，演喜剧可以，演小品，他的夸张往往不到位。

——《饺子情》，剧本到表演，都不敢恭维，沙溢角色的转化很生硬，秦岚这一对儿的角色完全多余，总之，贾冰白忙活了。有的评论狂赞贾冰，那是他们没看过贾冰的其他作品。"夫妻肺片""娃娃菜"的老梗，除了几个老头儿老太太，没人觉得好笑。

六、彭于晏在大陆长期脸熟，广告起家也能成大咖，尽管这次仍然是配角。

——刘谦之后，春晚的魔术一蟹不如一蟹，今年算是跌到了谷底，活人转换，用作障眼的布帘几乎遮盖了整个舞台，费那个劲！山海经大学春节联欢会上表演的魔术，也比他们的水平高。

七、周冬雨这一组，适合怀旧——唉，周冬雨、马思纯都属于怀旧的偶像了。

——周冬雨形象可人，但她吸烟成瘾，"可儿"形象大打折扣。

八、黄晓明上就上吧，可千万别用老梗！还是他自己的梗，会有骨鲠在喉的感觉。

——"我不要你觉得，我要我觉得"，黄晓明用，其他人也用，有意思吗？

九、郭涛这一组的小品太闹腾，不过有老戏骨李文启，也许稍微能扳回一点点。

——《父母爱情》，多数人没看过，看过也忘了，几年前的剧了。父母之间有爱，但他们的爱情永远是过去时，大张旗鼓地拍一个电视剧，徒劳无功。魔咒，春晚是热播剧的滑铁卢，凡是把剧组整来春晚显摆的，无不铩羽而归，从三十多年前的《渴望》，到今年的《父母爱情》，一长串落难兄弟。北京台更过分，整台晚会都是演艺界人士的集体自嗨。《家有儿女》齐聚舞台，"齐"了吗？第二个小雪呢？因为杨紫大红大紫，北京台在蹭热度吧！陈佩斯、朱时茂两对父子上台，朱时茂的脖子越发歪了，两个少爷的表演，陈少爷的嗓音复制陈佩斯，是唯一亮点。倪萍整容花了很大的钱，结果说话都费劲，更不敢笑，凤凰网友评论说："太吓人了，一个个的！"我同意。

十、郎朗与高昱宸的合作会是怎样？周云鹏说：胆子、胆子挺大呀！

——这个节目，胆子挺大。高昱宸吹笛子还行，跟郎朗弹"钢的琴"，胆子挺大呀。在辽宁台春晚，郎朗发表激情演讲，还带着夫人合作一曲《茉莉花》。爱国粉有很多，这不是郎朗的强项，他弹好钢琴，就是爱国，不用为自己格外贴标签。

十一、李宇春上过春晚吧？可是人们大多不记得，包括我。

——这次仍然没看到李宇春，仿佛仍旧是中性装扮吧，但是记住了孙楠。他在第二任老婆潘蔚的教唆下，把前妻买红妹的女儿送到徐州野狐禅式的"国学班"，学习女红比如刺绣等等，"大连你楠哥"的人设崩塌。

十二、昆曲来了！鼓掌，必须滴！

——艺术家包括孟广禄都上装出演，发挥了中国戏曲服装上的优势，这个点值得赞。

十三、《我要上春晚》节目终于上了春晚，给公众一个交代，圆满了。

——没印象。

十四、刘维的小品一定好看，他以迟钝和呆傻获得几乎众口一词的称赞，谢娜么，与朱丹一样一孕傻三年。好歹也是四川师大毕业的，可学问总上不去，为她着急啊！

——刘维只是串场，我的预评失误。谢娜的表演还好，收敛许多了，我不同意网上对谢娜尖刻的批评，更何况节目里有肖战。

十五、孙涛的节目板板正正的，无趣甚至无聊。这次他一定又要说："我骄傲！"

——孙涛的"我骄傲"，这次说得不那么骄傲了，有进步。阎妮继续去年的做作，好在今年她坐着，藏拙，去年她那"霸道总裁"的几步走，哎呀，她居然不会穿高跟鞋，那可是演员的基本功啊！阎妮的走路与巩俐在"外婆桥"的扭臀一样露怯，巩俐扮村妇，电影史上无出其右，扮交际花么，还是省省的好。

十六、张韶涵遭遇母亲、舅舅的逼迫和诬陷，能挺过来，赞！我当时非常担心她会自杀，因为看上去她那么柔弱。这次春晚邀请她来，显出央妈就是央妈，果然不一般，必须大赞！杨紫从傻白甜到青春御姐，看傻人的眼睛。我脸盲，王源鹿晗傻傻地分不清楚。

——张韶涵瘦了。

十七、郭兰英、李光羲，九十多岁的人瑞往台上一站，晚会自然熠熠生辉，向他们致敬！

——李光羲的歌，底气还算充足，郭兰英一曲《我的祖国》，一个乐段要捯气好几次，观众替她着急，有劲使不上的感觉。李、郭二位老前辈，在观众席上镜头闪过，向全国人民招招手，这叫优雅。上台唱歌，则勉为其难了。

十八、2020 春节晚会最快乐的不是以上这些精彩或不怎么精彩的节目，而是——冯巩终于不来了！

冯巩每次开场话是："我想死你们啦！"你想我们想得厉害，想得要死，是你自己去死，跟我们有什么干系，为什么你想我们，却要我们去死？他要是说："想死我了！"我也许就不会那么讨厌他。

冯巩演电影，本是极好的，《埋伏》《没事儿偷着乐》《心急吃不了热豆腐》《别拿自己不当干部》，都挺好，可他总是转回头来说相声，"想死你们啦！"这是何苦呢！还有蔡明，本来挺和善的北京姑娘，却要扮演什么"毒舌"，每次都"毒"搭档潘长江的身高，恶俗了。

——央视春晚不见冯巩，冯巩正在各地赶春晚的场子，每到一地，都是"我想死你们啦！"

附　记

　　除夕上午，网上透漏了央视春节晚会节目单，根据这个单子猜测节目的精彩程度，做了个预点评。春晚结束，看预评，大体不差。小小得意。

神医姚永强（代）

　　人体有两个大脑，管意识的大脑就叫"大脑"，管行为的大脑叫"甲状腺"。大脑是贵族，除了思想，啥也不干，思想，也总想些没用的东西，海阔天空。这事挺滑稽，那么庞大的大脑，正经事不干，整天瞎想问题，然后再把这些问题通过自己产生的思想自动消解掉。相比贵族大脑，甲状腺是劳动人民，它主管人体的几大系统：泌尿系统、血液循环系统、生殖系统、消化系统、呼吸系统。这个司令部设立在"咽喉"地带——人体的咽喉部位，呈对称蝶状，架设极为复杂的通信网络，指挥人体五大系统的运行。

　　年度体检，医生告诉我：你的甲状腺有肿块。这是什么意思，这就是说，甲状腺司令部正在被不明势力攻击，如果甲状腺司令部被攻占，我的身体就全面崩溃。一个同事满脸喜色跑过来说："姐，太好了，我就等着你甲状腺长肿瘤呢！"这是什么话？有这样安慰病人的吗？她没看出我的恼怒，继续说："去铁路医院哪，找姚永强！神医！别说肿瘤，就是癌症，也给你治成普通感冒！你咋的啦，脸色这么难看？别真的是癌症吧？没事没事，姐你去吧，癌症也没事，你对我这么好，今儿逮到机会啦，报答你。"

铁路医院位于中山广场，姚永强大夫在甲状腺科，挂号居然很容易。原来姚大夫看病飞快，病人站成一排，姚大夫逐个摸大家的脖子："你去拍片！""你去登记住院吧！""你现在就回家，一年后再来！""你怎么又来了？不是说让你等我微信吗？"姚大夫面色白净，像个书生，但是说话干脆果决，像个将军，诊疗室被他指挥得井井有条，人多而不乱，事多而不杂，这时的姚永强，像极了解牛的庖丁，举手投足，"合于桑林之舞，乃中经首之会"，看姚大夫出诊，竟然感觉在欣赏一台音乐会，姚大夫的每句话的每个字都在节律，没有一处多余，也没有缺失。

忽然想到我是来看病的啊，急忙脱离音乐会的规定情境，向大夫说病情："体检表说甲状腺瘤，大块的29毫米。"姚大夫两个手指轻轻触碰，说："嗯，是40毫米。去拍片，之后给我发微信，带着片子，到病房找我。"这就完了，前后不到两分钟！又一个"胡万林"啊。但是看他那么坚定，说话那么果断，我也就收起小心，去拍片。果然，是40毫米！分毫不差！

姚永强看完片子，说："准备住院，做手术。两个肿瘤占位四分之三，概率95%恶性，要有思想准备。"这就"恶瘤"了？虽然没有五雷轰顶大悲催，心里却是翻江倒海，怎么说瘤就瘤呢，我觉得生活刚刚开始，匆匆忙忙就结束了吗？有人说甲状腺癌很温柔，可它毕竟是癌不是感冒。偷偷泪下几滴。

手术结束，麻醉药也刚好失效，下手术台上病床，姚永强摘下口罩，说："祝贺你，两件事。第一，活检结果，良性；第二，甲状腺保留四分之一，也保留了部分功能。"

麻醉药又生效了吗？我觉得自己飘飘忽忽，像气球一样上升，飘过云层，看到无边的楼宇，哦，这是仙界了吧？忽然知觉恢复，玉殿琼阁，歌管声细细，空气甜如丝。忽然一个声音传来："你进来！"已经身处一个大殿，大殿巍峨，看不清有多少人，可能是在开大会吧，但大殿正中坐着的人我看得清楚，因为大家都认识他：上帝！

上帝极为和蔼："我派姚永强到大连铁路医院，他刚才给你做完手术，你来给他打个分。"原来上帝也实行绩效考核，跟我们一样啊。给姚永强大夫打分？这还用说吗，接过小童递来的打分卡，问上帝："几分制？"上帝说："五分制。"我说："那就五百！一百个五分！"这时，大殿里响起呼应声："五百分！五百分！"睁开眼，还躺在病床上，姚永强的头顶上方，仿佛有一个圆圈，闪闪发光。

我病愈出院，老公说："给我几百元钱，我买点礼物给姚大夫。"我坚信下手术台的刹那所见绝非幻象，姚大夫一定是上帝派来拯救我们这些"甲状腺"家族的，但老公肯定不信，所以我只是笑笑，不给他钱。

一个月以后，老公送我上班，那位同事叽叽呱呱拉住我不放："对不对呀？姐，姚永强大夫，甲状腺大神！癌症也给你治成普通感冒！"

老公的气恼还没消："哼！一百块钱不给我！"

野 草 热 风

蝉的方言

辜鸿铭访问英国回来，大发感慨：在英国，人们都说英语，连小孩子都能熟练地说英语，但乌鸦不，乌鸦都说汉语，跟我们中国的乌鸦一样。

辜鸿铭那是没用心听，或者他的南洋粤语语音有问题，英国乌鸦才不说汉语呢。它们有自己的方言。不但乌鸦有方言有土语，蝉也有。蝉也叫"知了"，因为它可能啥事都知道，所以一生只需说一个字：知。北京的蝉，说话很急促，迫不及待的样子："知知知知知知知知知……"一点停顿也没有，本来就热，被它这一叫，热得火上房。知知知，你知道什么，算你啥都知道，也不至于这么炫耀。南京蝉的叫声收敛些，虽然也在吹嘘自己无所不知，语气倒舒缓，给人留一点考虑的余地，它说："知啊，知啊，知啊，知啊……"山东出个孔夫子，山东人也随着文明："王老师，您这是从哪儿来啊？"刚到济南就被人认出来了，我已经这么著名了吗？正要答问，旁边一个穿睡裤的大妈早接过去了："嗨，这不刚从早市回来嘛，买了几个鸡蛋。杨老师，你说这鸡蛋就是吃不起了哈！"杨老师也是一个睡裤老太太。我猜测两个人的身份与"老师"一点不沾边。说蝉，山东的蝉最文明了，它说："知——了，知——了，知——了。"它好像在跟人家商量：我是知了呢，知了呢，还是知了呢？

最有创意的当属于大连的蝉。大连蝉说"知"，一个极普通的词，能说得回环曲折色彩缤纷，说的听的都兴高采烈。炎热夏天的中午，大连蝉的演说成为城市一景，事情繁忙的大连人听到蝉的一声唤，心里软软的，眼光也变得柔柔。不怎么忙的人，在蝉演说的间隙还会评论几句："这一段很精彩，会不会上热搜呢？"完全的闲人比如我，打开的窗子前写关于蝉的论文：《蝉恋爱成功率的恒量变量间曲线仰角建模多维向度分析》。因为，大连蝉的方言是：

"知，知，知，知，知，知，知，知，啦——"

方言，总是相对的，因为方言会随着乌鸦和蝉的迁移而转移。我在北京凤凰岭就曾听到一场大连蝉的方言对话，但在北京城区没听到过，可能凤凰岭是郊区，没有户籍管理制度。

其实蝉的语言系统非常单纯单一：恋爱。我们听来都是一个"知"，在它们，每个"知"字都代表一点不次于我们人类语言的内容，所以，关于恋爱的语言表达，蝉那是相当地有态度。一对希望成为"恋蝉"的蝉，它们的对话是这样的：

"知，知，发个照片看看，哪——"

"知，知，微信还没开通，啊——"

"知，知，开通微信能死，吗——"

"知，知，逗你都听不出来，啊——"

"知，知，要原图，ps 的不行，啦——"

"知，知，不行那就拉倒，吧——"

恋爱，有悲剧也有喜剧，这一对没谈成，旁边的一对却一见钟情，它们的对话是这样的：

"知，知，发个微信照片，吧——"

"知，知，回头看看，哪——"

"知，知，哎呀呀，你就在我身后，哇——"

"知，知，早就看到你的花裙子，啦——"

也有不少蝉谈了一个夏天，一无所获，九月将尽，还在有气无力地知知知：

"知，知，小伙伴们哪去，啦——"

"知，知，谁来娶我都行，啊——"

这些落单的蝉叫"秋蝉"，文人们称它们"寒蝉"，没几天好活，同病相怜的一伙蝉合作编歌词，还谱曲呢，词和曲都哀婉："一年过了一年，啊一生只为这一天！让血脉再相连，擦干心中的血和泪痕，留住我们的根！"

蝉在地下一住就是十三年，第十四年初夏，挣扎着钻出地面，不吃不喝，唯一的事情就是找对象结婚生孩子。然后，死掉。对那些九月末还在"知"的蝉来说，等这一天却这么艰难。整个夏天都找不到对象，这都啥时候了，就算找到对象完婚，也生不出孩子了。

一群男女，拿着小铲子，拎着小筐，弯腰盯着地下，那是在找"知了猴"，正要钻出地面的蝉。挖出来，拿回家里油炸。正准备谈恋爱的蝉被装在一个盘子里端上餐桌，这才是它们的蝉生大悲剧。

那些挖知了猴的男女，一辈子找不到对象，找到对象也结不了婚，即使结了婚也生不出小孩，就算生了小孩——那孩子也肯定没有小鸡鸡！

孔子和我都没当上大祭酒

我小学功底浅薄，秀才读半边，忝名大学教师，讲课总断不了"半边先生"积习。讲到满清颁布的"薙发令"，一点小佩服：满鞑子还挺有文化，他不说"剃发"，改称"薙发"。于是课堂上演讲："满清入关之前，就在夺取的大明属地颁布薙发令……"课后，一个文弱的小女生悄悄地跟我说："老师，不是雉发，是薙发令，那个字念剃。"说罢，脸红红的，低下头，好像读错字的不是我而是她。我说："是吗？哎呀，都是'文革''四人帮'闹的，老师的文字基础很差。""四人帮"倒台，几乎所有人都成了受害者，老母猪不生崽也归咎于"四人帮"干扰。当然，我也未能免俗。下次上课，郑重向同学们道歉，感谢那位姓孟的女同学。然后开讲新儒家。"新儒家的代表人物，有'三圣''四杰'，大陆三圣也叫'新三圣'，大家比较熟悉了，'四杰'在台湾，是康君毅，牟宗三、徐复观、张君劢……"台下齐声说："张——君——劢！"我说："教不了你们了，我走！"作势下讲台，走到门口，回头张望。学生又齐声喊："老师，回来——"回到讲台继续演讲："张君劢等人发表的《为中国文化敬告世界人士宣言》，是新儒学在中国复兴的标志……"

孔子到武城，听到有人在演奏高雅音乐，孔子不由得"呵呵"了："杀个小鸡子么，还用大砍刀？"武城这地方，能有识字的人就不错了，高雅音乐，谁听得懂？可是子游不同意："昔者偃也闻诸夫子曰：'君子学道则爱人，小人学道则易使也。'"孔子急忙敲黑板："同学们注意啦！我刚才的话逗你们玩的，言偃同学说得对，说得好，大家听他的！"

我上课读错字，孔子教学讲错义，我和孔子都是布衣，即使乖谬，影响也有限，而且我和孔子都能及时纠正，孔子还给自己打圆场："人孰无过，过则勿惮改，善莫大焉。"这么说，是因为我们都不是官员，大概官越高，承认犯错的可能越小，如果孔子是鲁国大祭酒，他会承认自己犯错吗？

人民大学的前大祭酒纪宝成，首倡建立"国学院"，纪宝成亲自出任院长。国学，足够高大上，顾名思义，国学中人必定国学翘楚，不料纪宝成一席话，人大"国学"的底细就暴露无遗了，他说：人大的国学院，将要"脊续文脉，重振国学"。脊续？这个词第一次听说，于是突然间崛起一个学科：脊续学。因为是主张赓续国学的人大"国学院"提出这个词，那么全国的国学界就先研究"脊续"。研究很快出成果："脊续"者，赓续之误也。纪宝成落笔时心有旁骛，"赓"误为"脊"。

人大纪宝成"脊续"国学，北京大学作为学界领袖，自然不甘落后，大祭酒在校庆一百二十年致辞中，把"鸿鹄之志"读成"鸿 hào 之志"！一百二十年啊！这么严肃庄重的场合，林建华校长居然没有仪式彩排，甚至连简单走一遍程序也没有。林建华从重庆大学、浙江大学，再到北京大学，不知道有多少次遇到"鸿鹄"这个词，他读着很顺畅，理所当然地"鸿浩之志"，他一直在读错，就没有一个人听出来吗？当然有，可是没有一个人给他指出过，是不是细思恐极？

出彩的事，清华怎能落后，它决定把事情搞得再大些，让海外都知道。机会很快来了，亲民党主席宋楚瑜访问清华，欢迎仪式现场全球直播，大祭酒顾秉林面对讲稿简短致辞，而来宾宋楚瑜脱稿长篇演讲，宾主的高下立判。这倒不算什么，台湾地区官员都是竞选上来的，口才没得说。可是到赠送礼品环节，顾校长终于追上北大林校长，他读礼品上黄遵宪的诗给宋楚瑜听："寸寸山河寸寸金，侉离分裂力谁任。杜鹃再拜忧天泪，精卫无穷填海心。"因为是小篆，校长辨认费劲，第一句，一字一顿读下来了，第二句头一个字就卡住了，"瓜离……"茫然四顾求支援，好在有人提词，总算完成了仪式——郑重送人的礼品，自己不先看一看？

这边纪宝成乘"脊续"的东风，再下一城。新党主席郁慕明来人大访问，纪宝成大祭酒致辞说："七月流火，但充满热情的岂止是天气。"《诗经·七月》"七月流火，九月授衣"，流火指天气转凉，并非炎热。凡夫俗子误解犹可，可纪宝成是"国学"领军人物。

京都五大领袖学校，前三名接连上演喜剧，外省看得心痒难搔。机会总是眷顾那些有准备的学校，国民党资深党员连战访问厦门大学，为厦大题词："泱泱大学止至善，巍巍黉宫立东南。"朱崇实大祭酒当场朗诵："泱泱大学止至善，巍巍簧宫立东南。"

台湾几个小党的小大佬，居然成了大陆各个大学大祭酒的大克星，花花绿绿的麒麟皮，被小大佬们轻轻一戳，就露出马脚。如果哪天不那么小的佬的比如蔡英文，不怀好意到大陆把各个大学走一遭……

孔子说："过则勿惮改……"且看祭酒们如何"改"自己的错误。纪宝成"脊续说"出世不久，人大学报就刊出人大某教授的论文，为"脊续"正名，引经据典说"脊续"是接续脊梁的意思。我一向心理阴暗，言语刻薄。我想跟他说，猫狗的脊梁骨断了，是万万接不上的，人的也一样。清华大学刘江永副教授觉得校长孤独地承担读不出字的耻辱很不好，他决定用牺牲自己声援一下顾校长，在当天晚上央视国际频道《宋楚瑜大陆行》节目，说到赠送宋楚瑜书法礼品时，他说："这是黄宗羲书写的'小隶'。黄宗羲这人没什么名气，这首诗却很著名，温家宝总理引用过的。"连说三遍"黄宗羲"。黄宗羲没什么名气？没名气还叫他在这里陪着受气，因为这首诗与他无关，写诗的是黄遵宪，当然，按照刘副教授的标准，黄遵宪也是没有什么名气的。中国果然有"小篆"，但何曾有过"小隶"？刘副教授即兴朗诵"寸寸山河"，到"侉离分裂"，毅然决然读成"瓜离分裂"，与校长保持高度一致。不知道顾校长事后提拔了刘副教授没有。鸠山说："给他（李玉和）一个副科长，我保你们富贵荣华！"北大林校长比较坦诚，发布一通给本校学生和社会各界的道歉信，坦言自己小学五年级时正赶上"文革"，小学功底薄弱。林建华是一位"不完美的校长"，不完美，但不虚伪，祭酒还是好祭酒，老师还是好老师。

但是没多久，林校长被解除职务。我想，林校长撤职，不在于他读错了字，而是他承认读错了字，还正式发文，广而告之。这么高级别的官员承认错误，这还是不科学！有反例在，顾秉林"瓜离"之后，在清华校长任上荣耀七年。至于纪宝成，十年以后的处分与"脊续"毫无瓜葛。

孔子和我一直没有当上"大祭酒"，是因为我们都公开承认自己犯错。孔子勉强当了校长，也只是一所民办学校，他那"校长"根本不算数的。

司马左右

上世纪九十年代末，司马南在北大开连续讲座，揭露伪气功、伪科学，演讲稿在《北京青年报》全文刊登，从文中可见司马南的睿智，还有东北人的"急智"，加强版的"脑筋急转弯"。以后陆续看到他的书，设计及印刷的质量非常差，但是内容可以用"石破天惊"形容，伪气功伪科学在司马南的攻击下丢盔卸甲，读来酣畅淋漓。最难得书中还有他的联系电话，打过去，竟然接通了，接电话的是司马南本人，简单说了我的情况，说对司马先生十分敬仰，希望先生拨冗接见，他很爽快答应了。我可以使用官方格式化的语言总结这次会面：双方进行了亲切友好的谈话，就共同关心的问题充分交流了意见。

从此，司马南成了我的"导师"，逢重大问题，我都向他请教，我写成《中国邪教史》，请司马南提意见。在昆仑饭店的咖啡厅，司马南翻看文稿用了七八分钟，然后说了一个小时，从目录到参考文献，说的更多是行文，一二三四，条分缕析，好像他早就看过这部手稿，而且烂熟于心。最后，司马南说："这部书稿目前没有哪个出版社敢出版，主要最后两章与主流意识形态抵触。你可以考虑分成上下两编，下编另取个名字，不叫邪教。"但他马上又否定了这个意见："可是你的书名'中国邪教史'，分编，它还是'邪教史'。"司马南没有更好的主意，但他的才华震撼了刘军："什么人哪这是？张松复活了吧？"张松过目成诵，汉代的书大多不过万字，而我这部邪教史草稿，五十多万字，司马南通读不到十分钟！更重要的是，全书内容，得失利弊，修改删减增添，步步到位！

司马南强势反伪气功，反伪科学，反特异功能。东北俗语，"愣的怕横的，横的怕不要命的"，司马南就是那个不要命的，地道的东北汉子。司马南对甚嚣尘上的各种"伪"毫无畏惧，龙潭虎穴也敢闯，多次被群殴，住院卧床，起来后继续闯龙潭虎穴，是个对邪教势力死缠乱打的"大恶人"。结果那些妖魔鬼怪纷纷闪避，正验证了"鬼怕恶人"的俗语。神神怪怪的柯云路几次大法会，都被司马南冲散了，司马南说："我来请教柯老师几个问题……"柯神仙当场发挥大法力，立即隐形不见。当然，柯神仙使用的是物理手段，从后门匆匆撤退，与"大法力"无关。张宝胜、张香玉等大师，都遭遇过司马南的"闯宫"砸场子，闯宫终南山被扣押，遭到胡万林的打手和他的"病人"轮番殴打，胡万林潜逃河南，司马南再次闯宫，不出所料再次遭到殴打。

我也是东北人，想跟司马南一样当个"大恶人"，追随他闯宫对阵柯云路，他又跟我说他的一二三四："第一，你的言语表达只限于课堂这种规定情境，跟柯云路对阵需要'急智'，这不是你所长；第二，你的'东北人'其实很勉强，你们朝阳原来属于热河，这地方的人温柔敦厚，不适合做恶人，更不能做大恶人；第三，你跟我不一样，我是混社会的人，你是学者，适合安静做学问，不应该扬短避长；第四，我是'孤狼'，都是单独行动，跟我合作很好的李力研，从来没跟我一起上前线。"我知道他说得都对，但我仍然希望能和他一起闯江湖，但是他每次出战，战败或战胜，我都是事后知道的。我决定也做一回"孤狼"，跑到山东济南，找张某祥对决，但不知道张某祥的"诊所"在哪里，打电话，接电话的女人说："张老师不在！"那年，中国足协官员带着"算盘"（方便计算行贿金额）轰轰烈烈长途跋涉往巴西调查受贿，很幸运，找到了那个"嫌疑人"，官员问："你受贿了吗？"那人说："滚！"官员队伍就带着这一个字的结论回来了。这事被我嘲笑了许多年，朝阳民谣："说嘴打嘴，吃了胡椒麻嘴。"中国足协是能嘲笑的吗？是能被我嘲笑的吗？报应果然不爽！在回程的火车上，我终于知道自己不是强者勇者智者，当不成司马南。

2009年，司马南突然转向，算不上反感吧，总是有点不自在，觉得他与孔庆东走得太近，两个人连语气都出奇地一致。他说："饿死人肯定是饿死的，但绝对没有那么多，根据我的抽样调查，全国二十万吧。"立场比孔庆东松动些，孔根本不承认有人饿死，一个也没有！但是，在和平年代，无病无灾，饿死二十万，就应该吗？我这个疑问实际是对他的质问，他不再回应。他可能觉得我"右"得不可救药，已经跌入"公知"的泥淖了。

果然，此后来往渐渐稀少，我在网上看到他与孔庆东、染香、吴法天等同侪五人合影，一时哄传，被嘲讽为"五大常委"。2012年，由于人所共知的事件，司马南沉寂了一段时间，但很快重振旗鼓，开始歌颂"正能量"，在北京制作"司马白话"，到美国播放，面向在美国的中国人，后来改版"司马南频道"。说实话，聪明睿智已经大不如前，牵强的时候居多，北京话叫"努"着，看着挺累人的，替他累。比如，他说"美国禁止中共党员及其家属入境，这对中国来说未必不是一件好事"，还列举了五点好处，可是没一点禁得住推敲。真替他累得慌。

但是，司马南毕竟底子厚实，"司马白话""司马南频道"偶尔也有出彩的时候，这时的司马南本色当行，才叫人眼前一亮。"毕姥爷"出事，司马南"白话"说，老毕那是在说大连地区一个很老的段子。说，剧团到乡下慰问演出，吃饭时候乡民说你们先来一段，乐和乐和，"少剑波"唱一句，乡民点评一句，那句所谓"脏话"其实是大连人夸奖人的，与湖北人说人好看是"婊子养的"一个意思，北京人不懂这个梗，以为老毕在攻击谁谁，其实误会了。王林沉渣泛起，司马南发表文章，三下五除二，王林"大师"被彻底剥去伪装，他捉蛇时保留的那条小三角裤都被司马南扒下来了。

2018 年，我在我校餐厅宴请司马南，二十多年亦师亦友，也该有个收束。司马南对我校环境十分赞赏，说我在这里工作，真叫人羡慕啊，当然是客套。《中国邪教史》千难万难，还是出版了，本来要送他一本的，答谢他对本书十分中肯的意见，但转念一想，他现在已经志不在此，也就没提。

低端人口

鲁国丞相曹参闲坐在办公室，闲得难受，喝酒打发漫漫长昼。好官员一定都很忙，越好的官员忙得越厉害，曹参应该一天当成两天三天忙，还不够才对，可是他总觉得没事可干，除了喝酒就是唱歌，唱歌还荒腔走板。办公室的人都纷纷劝阻和抗议："您老不唱歌的话，我请您喝酒！"曹参举起酒杯："我这不是喝着吗？"接着唱。百般无效，办公室的人也都放下工作，报表、总结滚滚滚吧，跟曹参一起喝酒唱歌，一起醉醺醺，一起荒腔走板，豁牙子吃肥肉，"谁"也别说"肥"。

忽然，朝廷的讣告到了："萧何同志积劳成疾……"曹参没看完讣告，转身吩咐办公室主任："收拾东西，准备跟我去长安！"主任迟疑："朝廷没说让大家去吊唁。再说，您与萧相国不和睦，这地球人都知道，吊唁咱就免了吧。"曹参说："萧相国活着的时候，我确实对他不感冒，可是他临走，一定推荐我接他的班。萧相国从不计较私人恩怨。"主任不服气："推荐您？凭啥，就因为您懒？"曹参果然懒，气都懒得生，任由办公室主任冷嘲热讽。

送讣告的刚走，中央的调令就到了："鲁国丞相曹参，即日进京，就任大汉帝国丞相。（皇帝御笔）。月日。"

中央来调人，鲁国国王不敢不放，只得另选一个丞相接任曹参。新丞相照例要来参见老丞相，主要是讨教。曹参说："附耳过来……"新丞相连连称是："对对，必须处置污染城市的低端人口。我上任第一件事，就是清理首都，清洁路面，拆除私搭乱接违章建筑，御林军的产业一律收回，宁可闲置，摆摊卖菜算卦的，烙大饼摊煎饼的，建筑工油腻肮脏挤公交车的，送外卖送快递的等等低端人口，全都赶出去，让曲阜城干干净净每天都像过年！"

曹参的脸青一片紫一片，他是气的。这么糊涂，糊涂得跟糨糊似的，这怎能放心？他不能再懒，他要给新丞相上上课。

"城市的低端人口，没文化，没职称，甚至没职业，有的连住房也没有。可是他们总人数多，而且，低端人口是生产者，高端和中端人口只消费不生产，你把低端人口都赶走了，谁养活城市？

"城市充斥着下九流，小偷惯盗娼妓，那是城市的常态，没有这些，还叫城市吗？城市与丛林一个意思，这些货是垃圾，但同时他们也在清理另一种垃圾。就像草原上的土狼，整天笑嘻嘻的讨厌至极，可是没有它们，草原的生态系统就得崩溃。

"摆摊卖菜，卖水果卖小工具，养活自己，也方便城市居民。他们给城市带来活力，看上去乱糟糟，可是没有他们，居民的生活不方便，生活质量也跟着下降。

"你不懂城市管理啊，你只知道整齐划一，整齐，会导致城市僵死的呀大哥！"

曹参从来没说过这么多的话，急头白脸地累得气喘吁吁。新丞相鸡啄米似的点头，也不知道他是否真懂了。但官场上，点头比摇头好，点头是左，摇头就是右，左比右安全。

"懂了吗？""懂了。""说说？""治理国家的原则，跟您一样，不治理，懒政。"

曹参大怒："这大半天白说了！我这不叫懒政，这叫无为，懂不懂？无为不是懒惰。比如新发地……不不，东市。东市是京都的蔬菜批发市场，城市的生活源，可也养活了许多地痞无赖，他们欺行霸市，强买强卖，从中盘剥商户，商品无端被他们加价，蔬菜紧俏时，加价翻几倍，民间流传什么'蒜你狠''姜你军'。这些民谣我理都不理，无聊。他因为紧俏才加价，嫌贵你可以不去买啊。这些流氓也得吃饭哪，也得有人养活他们哪。行商坐商，每人出几钱银子，叫这些无业游民有些进项，不闹事，这叫维稳。商户转身把这几钱银子加到批发价上，他也不吃亏，吃亏的是百姓，可是几钱银子分到百姓餐桌，就稀释不见了。百姓吃得饱，流氓饿不着，天下太平！"

新丞相说："啥都不管，光领薪水不干活，也怪不好意思。"

曹参说："新发地……呸呸，新发地的事我几十代玄孙才管，我是说东市。东市流氓好几个团伙，各有地盘，平时相安无事，有的流氓要搞事，搞出人命了，你就得去抓一批，杀一批，别叫流氓势力坐大。铲除流氓黑社会，扫黄打黑，百姓拍手称快，颂声四起。其实你要知道，黑社会是政府与百姓的缓冲，人们的愤怒对着黑社会，政府就安全啦！还有，更重要的，你挤压黑社会的生存空间，他们黑惯了的，绝对不可能放下身段去做小买卖或下农田插秧，打工更是不可能打工的，一辈子不能打工的，他们丢不起这人！那他们就要造反，搞一伙子流氓起义军，成了匪。养着黑社会和剿匪，哪个划算？黑白之间本来就是这么个关系。你不懂。没事你去找找警官大学的翟教授，听他讲讲'辩证法'，肯定把你讲糊涂了。"

新丞相不解："讲糊涂了，我为啥还找他讲？没事找事么这不是？"

曹参笑道："他是砖家啊，一砖头把你拍得糊涂，你就想不起要驱赶城市低端人口这件事，让鲁国人民能过上乱糟糟但太平安乐的日子。"

新丞相说："还用砖家的砖头？我自己拍一下得了呗！"

曹参不同意："自己哪能下得去手？这事必须找砖家。"

不知道新丞相找没找翟教授，鲁国到底没有大规模鬼哭狼嚎地驱散城市人口，看样子翟教授的砖头还是有威慑效果的。但也许是曹参的开导起了作用，新丞相无为而治，国君垂拱平章。

如此过了一千八百年，已是大明朝。崇祯皇帝要整顿城市，善于逢迎的左派大臣上奏章一本："必须处置低端人口，那些没有职称没有职位没有技术的低端人口一律遣散，歪瓜裂枣的也都赶出城市，让城市像个城市的样子，外国人来了，看着也体面些。"

皇帝准奏。陕西米脂一个穷汉李自成，他是一个驿卒，也在被裁撤之列——他失业了。

影视剧指导教育

　　一部很著名的电影,《决裂》,里面一个很经典的镜头——男猪脚龙国正举起一个青年的手,对大家说:"资格,这就是资格!"原来那青年大字不识,却要上大学,大学认为他不够资格,龙国正拉过并举起他满是老茧的手,宣布这就是上大学的资格。

　　电影《决裂》的这项理念出自毛泽东同志写给某人的一封信,这封信被尊为"五七指示"。指示这样说:"学生……以学为主,兼学别样,既不但学文,也要学工、学农、学军,也要批判资产阶级。"于是全国学校遵照"五七指示",大力学工学农学军,其实是对这段话的过度解读。在以"中庸"为美德的中国,人们从来不中庸,凡事必定走极端,毛泽东同志说学生"以学为主,兼学别样","学"当然是最重要的,但在基层,却搞成"别样"为主,"学"反倒成了业余,我的中学就在打柴栽树挖土造砖中度过。后来,那位收信人"失脚"了,但"五七指示"不失效,那年我到县师范学校进修音乐,学期两个月,却要用两周的时间到工厂学工,跟着工人制作弹簧,做弹簧和学音乐有什么关联?没人敢问。

再后来，"五七指示"悄悄引退，只说"以学为主"，不再提"兼学别样"，我在大学还经过半个月的"学农"。但在大连，因为《决裂》的强大影响力，"兼学别样"一直是学生的必修课，全市中小学，必须经过有组织的"学工学农学军"环节，当然，也继续批判资产阶级。经过这些"学"，学生们的双手必须像龙国正举起的那只手，满是老茧，才够进校门读书的"资格"。学工还好，学农，要到农村吃住，一个月时间，老师带着学生在农田"滚一身泥巴，炼一颗红心"，回来时举起双手给校长看，校长说："嗯。"通过。如果校长说："嗯？"被"嗯"的学生就得回炉再炼。

影视剧的影响力还渗透到高校。1990 年电视剧《围城》热播时，我正在大连一所高校任教，我们校长理科出身，不很懂得钱钟书的幽默，他被剧中一个情节猛烈地击中了——教育部李专员演讲说："兄弟我在英国的时候，跟一袭专家讨论过他们的，吭，吭，导师制。我认为，英国的导师制，牛津的，剑桥的，都有缺点，吭，吭，都有缺点。他们一个学生，有两个导师，一个管教学，一个管道德，兄弟我认为，导师要品学兼备，学生的道德文章才能融贯一气呀！所以兄弟要改良他们的 leader 导师制！"他的改良，就是导师必须和学生生活在一起，导师和学生同桌吃饭。我们校长不知道剧中的"教育部"是国民政府的教育部，以为这部电视代表共和国政府教育部的新精神，开大会布置落实，指令全体教师，分工负责自己的片区班组，每天中午和晚上带领学生一起吃饭。

老师们不说啥，但心里嘀咕，嘀咕的内容跟赵辛楣一样："同吃，是不是也得同住啊？"我想的问题比较现实：我住在郊外夏家河，晚上没有班车了，我怎么回家呢？小心翼翼向校长提出，校长说："我只负责导师制，你怎么回家，是你自己的事情！"不久我离开了这所大学，不知道校长的导师制取得了怎样的效果，是不是如专员所说，学生的道德文章就此融贯一气了。

转眼到 2000 年，张艺谋心血来潮，拍出一部说教育的电影，《一个都不能少》，大连市教委根据这部电影的精神，制定本市教育方针：所有适龄青少年必须全部入学、在学，一个都不能少！以前辍学的，不论用什么办法，是捆着拖着，还是哭着喊着，或磕头作揖，所在学区老师必须把他们全部召请回来，学生不回来，老师就回去，回家，下岗。

我的一位学生在中学当老师，接受了任务的当天夜里，白头发突然增加了几根根，哪里是几根根哪？那是噌噌地往外冒，青丝变花白。李闯王渡不过黄河，一夜头白，真的不是童话。不就是动个员么，至于的吗？还真的至于，她班里那个女生已经辍学一年多，这期间社会关系复杂，狐朋狗友一大串，不用说动员回校困难，就算回来了，怎么收她的心？我那可怜的学生家访一百多次，说呀说，从国家大好形势说到世界人民大团结，世界都团结了，你为什么不来学校跟同学们团结团结？那女生和她的家人为了摆脱家访，答应回校读书。另外一个辍学女生，我的学生也用九牛二虎之力，又拖又拉地整回来了。但从此，我那原本就弱弱的学生踏入暗无天日的岁月，与这两个"学生"斗智斗勇，没一刻安宁过。她们的背后有许多"大哥"，所以底气很足。

2013 年，我教过的一个班学生举行同学会，学生群中有一位白发苍苍的老者，跟大家有说有笑，我心想学生果然有特立独行的风范，毕业十年了还请家长陪着。这老人也真有趣，这么快就跟晚辈人混熟了？忙上前打招呼："这位夫人，请问您的孩子……"她愣了一下，马上明白过来："老师，我是祝苇亭啊。"祝苇亭！那位拼死拼活把辍学生拉回来的祝苇亭！望着她的白发，我不禁潸然泪下，她反来安慰说："老师，都过去了，我现在挺好的。"

她说"都过去了"，是说那两个"学生"都已经毕业，她也早就过上了阳光下的生活。可是，真的过去了吗？那一千多个暗黑日子，祝苇亭是怎么熬过来的，谁能给她一个交代？

她也说了那两个女生的现状：高中没考上，职高不愿意去读，一个跟着"大哥"开歌厅，一个嫁给非洲黑人酋长当了王后。我说，也好啊，没让你白忙一场，对她们，对你的工作，都是圆满的交代。祝苇亭叹气说："歌厅，卖摇头丸被关闭了。那'酋长'，却是个骗子，他家住在不通公路的乡下，有两座马架子式的茅草屋，他把它们叫'皇宫'。来中国的黑人，都说自己是酋长，要不就是酋长的公子殿下。我学生去年只身回国，带回来三个黑孩子，她妈本来就吃低保，每天哭。对不起了老师，我的工作很失败。"我说："失败的是张艺谋！谁跟他说'一个都不能少'的？"

其实，失败的是大连市教委，它胶柱鼓瑟，根据虚无缥缈的电影电视制定一刀切的教育规划，对青少年，它没能挽救小的，反倒害了大的。

罪人张学良

张学良这个阔公子却喜欢玩革命，跟好基友郭松龄在滦县密谋反奉，说好成功之后推小六子当东北王。有这么干的吗？先不说造老爹的反忤逆不孝，就算成功了，凭郭松龄一句话，小六子就信了？这也太弱智了！郭松龄人称"郭鬼子"，奉军中最狡黠的将领，反奉成功后，能把实际掌控的东北大权交给不领一兵一卒的小六子吗？按照皇家规矩，太子试图篡位，非杀即废，没商量的，张作霖不知道哪根筋错位，居然放过了小六子，不追究，仍然让他当太子。由此可见张作霖的确只是一个土包子王，没有当皇上的命。日本人谋害了张作霖，二十八岁的张学良也许喜大于忧呢，谁知道。

小六子一旦成了少帅，立刻着手实现"一朝天子一朝臣"，以雷霆之势杀死杨宇霆、常荫槐。这两个人是张作霖的左膀右臂，形成东北奉军的铁三角，专门对付日本人。现在铁三角烟消云散，东北沦为"无人区"：奉军短时期内出不了第二组铁三角。是张学良替日本人把障碍彻底扫除了，说他是东北沦陷的罪人，不冤枉他。

小六子的胡闹在逐步升级，他要琢磨俄国人了，他要告诉世人，张大帅的儿子，不是纯粹的富二代。为展示自己豪横的一面，军事抄检哈尔滨苏联领事馆。他有充分的理由：去年张大帅在北京搜查苏联大使馆，抓了李大钊，吊死了，俄国人屁也不敢放一个，可见老毛子好欺负，柿子要捡软的捏，日本人惹不起，就收拾俄国人吧。于是东北军无凭无据闯入苏联领事馆，一顿翻腾，啥也没拿到，走了，这是没事找事，但是东北话说得直接：这叫没事找抽。苏军兵分几路，全面入侵东北，肆意烧杀抢掠，老毛子惯用的那套。张学良被迫屈服，请求苏联退兵。支付大宗赔款之后，苏军人回去了，但也没全回去，盘踞了黑瞎子岛。

如此荒唐的第一把手，他守得住东北么？日本要在东北闹事，由来已久，但一直没个正头响主，闹不起来，说起来还是害怕：东北军装备精良，飞机大炮一律捷克造，比日本驻华关东军高出好几个数量级。说到驻华关东军，就得说"辛丑条约"。义和团进入北京，召来各国干涉。除了赔款，《辛丑条约》规定，各国为保护侨民和工厂铁路等，可在中国派驻军队。于是东北和北京、山东等地有日本企业团队的地方，都驻有日本军队，日本人才很方便发动"九一八"和"七七卢沟桥"事变，制造济南惨案，根子出在义和团。关东军一向自行其是，不理会日本政府的陈词滥调，而关东军的下层军官也仿照上级自行其是，不理会关东军总部的陈词滥调。关东军驻沈阳的一伙年轻人决定搞一个大的事件，整一下张学良。但是说说容易，一伙愤青，天都能说破皮，可是真要干了，有理性的愤青都缩了头，毕竟胆怯。最后决定赌一把，立筷子，筷子向左倒下，各自回去睡觉；向右倒下，干！结果，筷子向左倒下了。

愤青们有些失望，但也松了一口气：真要搞起来，肯定吃大亏的。这时，一个名不见经传的小军官站起来：说不搞这就不搞了？你们不干，我自己干！于是，占卜不算了，又都团结起来，搞一个大事件，"九一八"火热出炉。

万万没想到啊，北大营一枪没放，日本人成功缴械东北军，整个东北也不见成建制的抵抗，日本人反倒蒙了：不会是诸葛亮的空城计吧？

空城计，这"城"也太大了吧，这"空"太空了吧。预防东北军杀回马枪，日本军队决定追击东北军。

东北军一路不抵抗，向关里浩浩荡荡地进发。"常凯申"委员长不明就里，等他知道情况，沈阳已经失守，东北军正离开老巢沈阳，抵达锦州，于是向张学良发令：守住锦州，伺机反攻沈阳。张学良在北京电复常总统：我东北军将士死守锦州，苦战数日，歼敌数万，因寡不敌众，被迫撤出锦州。

歼敌数万！追击东北军的日军，总共也没过万，因为关东军划拉到一堆，才一万八千人，而东北军有三十万人。这三十万人在锦州一枪没放，跟在沈阳一样。为什么一枪没放？因为他们一步没停！

刚才说张学良在北京复电"常公"，东北军的总指挥，在国难关头，怎么不在军中呢？这问题最简单了：张学良一直就在北京待着，抽大烟，找小姐。不是找"小姐"，是找小姐。张学良位尊多金，专门寻找大户人家的小姐，也寻找电影明星。他很忙，他顾不上东北。豪强没当成，采花大盗名副其实。

家没了，张学良似乎也不怎么伤心，常公宽厚，允许东北军保留建制，一个营也不裁减。为了让他们有赋税，有饭吃，就派他们驻防西北，与西北军联合"剿灭"红军。红军要打通西北，与苏俄取得联系，西路军被马家军"围剿"，几乎全部葬身沙漠，共产党和红军危如累卵。

可是，关键时刻，张学良居然发动政变，拘捕常委员长，形势急转直下。国军和红军的形势地位发生逆转。由于事变冒天下之大不韪，苏联人都慌得毛发竖立。在各界声讨声中，张学良被迫释放常委员长，事变平息，常公依然宽厚，允许这个民国的叛逆活下来，软禁数十年。张学良，从国家的立场说，他是民族和国家的罪人；从国民党的立场说，他是党国的罪人。"九一八"勿忘国耻，也勿忘吊民伐罪。

偷

我家乡有一座很奇特的山，山半腰孤零零凸起一组大石柱子，沿山坡向下延伸，状如雄鸡冠，这山就叫"鸡冠山"。关于鸡冠山，清末民国以来流传这样一个故事：从前，这只"鸡"黎明时候会叫。一个外国蛮子，发现了这个宝贝。外国人都很鸡贼，他探到了获取这个宝贝的开山钥匙：把山下农户一件穿了七八代的旧棉袄，甜言蜜语买去，夜里偷偷地在鸡冠子下点火烧了，鸡冠子裂开一道缝，蛮子从容盗取了里面的金鸡，那道石缝重新关闭。鸡冠山还是那座鸡冠山，但从此不再有鸡鸣报晓。

说到这，我发现人群中举起很多小爪爪："我老家也有！""我们那里也是！"嗯，果然都是我的亲同胞啊。不一定是鸡冠山了，熊耳山、虎头山、象鼻山、獬豸山、蝎子沟、黄狍梁等等，都有类似的故事。可见外国蛮子的手伸得很长，全国每个角落，甚至穷乡僻壤，都有他们寻宝偷宝的足迹。我们终于明白，外国（主要是欧美）人为什么那么富有，而我们为啥这么穷。其实"拇们"应该很富很富的，外国人不要脸，偷走了所有的宝贝，所以"拇们"才穷下来了。

外国人不但偷宝，还投毒。他们把很多稀奇古怪的蔬菜水果运进来，跟中国人说：好东西，快来吃吧！茄子辣椒土豆西红柿菜花荷兰豆，蛇果提子榴莲菠萝蜜。这些奇形怪状的东西看起来似乎是食品，其实也真是食品，不过它们是毒食品，毒性缓慢然而强烈，一百天后，中国人必死无疑，届时洋鬼子兵不血刃，占领全中国。可是，这回洋鬼子们却失算了，一百天后，他们荷枪实弹来到中国准备接收，却见中国人熙熙攘攘，一点不见中毒的样子。洋鬼子喜欢研究问题，研究的结论是：中国人有大白菜！诸肉不如猪肉，百菜不如白菜，白菜是广谱万能解毒良品，外国灭亡中国的阴谋彻底失败了，于是到如今，民间还有"白菜解千毒"的谚语。

我家乡鸡冠山宝贝被盗的故事是有原型的，并非凭空捏造，因为真的有外国人拎个小锤子攀山越岭，也真的有洋鬼子在山下买了一件破到极致的棉袄。可是，他们既不是同一伙人，也没有同时出现，我的乡亲把这两伙毫不相干的人捏合在一起，替洋人制造了一起他们本人并不知道的大阴谋：盗取中国财富，然后消灭中国人。

拎小锤子的，是地质勘测员，在中国探矿。中国的矿产，除了金银铜铁锡五大金属，元素周期表上的其他几十种矿物，大多是他们发现的。关于石油，就可以反证这个事情：外国勘探专家探了个遛够，竟没发现中国地下有石油！外国人应该发现但没发现石油，这说明什么？这说明，"歪果仁"实际掌握全部中国矿产资料。至于那个买破棉袄的，他是传教士，拿着棉袄回到欧美募捐。

欧美民众当时也不很富裕，但是看着这样的破烂衣服，爆发同情心，募捐顺利。传教士拿这些钱来中国建医院、育婴堂、救济所，收埋大街和旷野上的"倒卧"等。说到救济所和育婴堂等，国人的想象力更丰富了，天津的一所救济所，一个中国仆役发现洋人的一个玻璃罐装满了圆圆的东西，看起来是人的眼珠子，原来洋人收容无家可归的儿童和弃婴，是为了挖取他们的眼睛。天津市民捣毁那所育婴堂，但那罐子不知去向，其实大家不愿意说，故意略过：那是洋人学中国人，腌制的一罐鬼头姜咸菜。至于传言有毒的蔬菜水果，却是中国人自己从国外带来的，与洋鬼子没啥关系：张骞从西域带回西红柿、西瓜、葡萄，华侨从菲律宾带来土豆、地瓜、辣椒。

时光过去了两个甲子，"外国人偷东西"和"外国人投毒"的意识依然根深蒂固。在我老家，一辈一辈还在说外国蛮子偷走金鸡的故事，少年嗟叹：外国人真坏！投毒的故事当然不会缺席，少年吃一口辣椒，一定再补吃一口白菜，老人开导他：不用那么受穷不等天亮的样子，一百天内，只要吃到一口白菜，全部的毒都解了。

越是贫穷的地方，洋人偷宝的故事传得越厉害，本地任意一件很平常东西，都可能被赋予巨大的财富，这种心态很阿Q：没啥可炫耀的，就自己编出惊天宝物装阔。再后来，这种编造终于辞穷，于是升级版故事隆重登场：中国人基因被洋鬼子偷走了！

外国人偷走中国人基因，是为了制造针对中国人的生化武器。这个版本把"偷宝"和"投毒"拼接起来，是超级无敌加强版的偷宝故事。

故事的大致脉络是这样的：外国人（一般情况下是 FBI 或 CIA）伪装成学者，来华窃取中国人的基因。回国后，FBI 或 CIA 委托某大学（一般是哈佛或斯坦福——因为他们只知道这两所学校）针对中国人的基因，研究制造专门攻击中国人的基因组生化武器，载体是病毒，投放中国。这是天津一个姓艾的教授说的（"新冠"前艾某已死，他的同志们接替他完成这项工程）。这位艾教授一定听他奶奶讲过外国蛮子盗取家乡什么山的宝贝的故事，长大后读了书，还升了教授，脑袋瓜子却原封不动装着奶奶的故事。艾教授死了之后，那个姓赵的年轻人，他太奶奶也给他讲过洋鬼子偷他家乡宝贝的故事，他说："请美国人给一个完美的解释！"

这样精彩的故事中怎么能没有汉奸呢？乡下盗宝的洋人，有本村的汉奸做内应，洋鬼子给他的酬劳是可以一起到被打开的山里偷宝，结果不用猜，那汉奸不得好死。洋鬼子说快走吧，山要合上了。汉奸看见这么多的宝贝舍不得离开，不停地往麻袋里装啊装。洋人不管他自己撤退，汉奸被关大山里。当代汉奸比较幸运，至今还活着。这家伙收取巨额好处费，允许洋鬼子盗取中国人基因。这个汉奸一定是一个不大不小的官，还有名有姓，既能引起轰动，造谣者又不会被官府追究，分寸感把握得好。

嗯？什么动静？门外有人在哭，还骂："……谁这么不要脸啊，偷我的纸壳子，你敢偷我纸壳子，我就偷光你全家！……"一梯两户，我住顶楼，他说要偷光对方的"全家"，可见骂的不是外头拾荒的，那还能有谁，当然是我啊。我打开房门，把郭德纲骂宋祖德的一套话原封不动地移送给那个哭泣的邻家汉子。这汉子四十多岁，肯定也是听过太奶奶讲洋鬼子偷宝故事的。我住在中国的"布鲁克林"，据我的观察，他家也实在没啥可以偷的，可是作为爱国的中国人，没有可以被人偷的东西，那多丢人！在楼道摆放几片硬纸壳做借口，于是大张旗鼓地开哭、开骂。

半岛恶之华

旅游，最不可选的国度（除去中东），第一是朝鲜，第二就是韩国。到朝鲜等于当一回囚徒，到韩国，却是体会一场人格分裂的变态大趴体！

先说吃。韩国国土虽小，物产却不少，并且依托中国，粮菜果肉蛋禽都不缺，可是韩国人的家庭，除了"粮"一项，其他都是稀缺货，好不容易请一回客，桌上除了泡菜，还是泡菜，他自己吃得汗流浃背，不住地自我赞美："真好吃，真好吃！"殷勤劝中国客人："吃啊，吃啊，别客气！"中国人不是客气，实在无处下箸。于是有著名的"孔庆东之问"：韩国人的监狱吃什么？韩国人吃饭，永远这三样东西：米饭、泡菜、大酱汤。监狱应该减少一样，不能减两样吧，减泡菜还是减大酱汤？在韩国，监狱可能是比较好的归宿。我说的是"归宿"，既然里外都一样，在监狱里还好些，不用考虑花钱请客吃饭的事。

再说整容。韩国人自我觉得已经是先进的资本主义国家，国民的收入还挺高。可是，那么有钱，吃饭为什么如此寒酸？原来都用来整容了，无论男女，不管老少，整容是第一要务。整容也好，不但自己高兴，旁人看了也愉快。可是韩国的人形象创意实在单一，全国共用"二贤"版式：女版全智贤，男版金秀贤。这么说，整容行业该富得流脂肪，可是整容界请吃饭也是泡菜泡菜酱汤酱汤。在中国的权金城、三千里，韩国人看了眼睛发直：中国人这么吃肉，他们都不破产？那么，韩国人的钱都去哪里了？中国是"发展途上国"，钱不多，可是中国人个个酒池肉林，他那钱哪来的？难不成是耗子精"阿纤"从韩国偷运过来的？

第三说宗教。韩国人羡慕日本转型成功，企图复制，复制的根本在文化，文化的根基是人种，人种的分野在宗教。韩国要彻底否定儒家文化传统，还要更换人种。他们否定儒家，准备全民改信基督教。他们也确实这样做了，现在韩国基督教全覆盖，为了表达对上帝的至高信仰，韩国人四处传教，几近疯狂，专职传教的人数，韩国紧跟美国，位居世界第二。因为邻近，中国是他们的首选，在中国的韩国留学生，几乎全都是基督徒，钻个空子就拉着中国学生进教堂做礼拜、读《圣经》。最疯狂是几十个韩国人前往阿富汗传播基督教，这种找死的节奏终于有了回报：被塔利班活埋。

至于更换人种，邪教"统一教"做得最狂野。教主文鲜明的血液直接来自上帝，他通过与女信徒啪啪，给她们换血，被换血的女信徒再与其他男人啪啪，男人的血也变成文鲜明的纯净之血，被换血的男信徒再辗转给其他女信徒换血，通过这样"冠状病毒"式的传播，全韩国、全世界人都成了韩式（文鲜明）上帝的子民。

第四说"去中国化"。朝鲜半岛长期是中国的藩属国，与中央保持朝贡关系，甲午战争后，日本吞并朝鲜半岛，叫做"日韩合并"，"二战"后，美国长期驻扎韩国，大韩民国实际沦为美国的保护国。这样的经历，韩国人耿耿于怀，所以反华、反日、反美，比如愈演愈烈的"去中国化"。废除汉字，清除语言库中的汉语典故，消除一切中国痕迹，清除不掉的话就改成韩国的。网传韩国要霸占汉字、印刷术、孔子、姚明等中国几乎全部好人好事好物件，虽然有外媒调侃的内容，但大部分却是真的。比如他说耶稣出生在韩国的马槽里，千真万确出自韩国的宗教启蒙读物。前几年，突然向中国方面提出严正交涉，要求中国在发音、书写韩国首都时不得用"汉城"一词，理由，"汉城"的字面意思，是中国汉朝时候的一座城，有殖民色彩，要改称"首尔"。首尔，汉字写作苏坞，是中国皇帝御赐的名字，这个名字的殖民色彩不是更浓厚吗？

第五说韩剧。韩剧的套路抄袭日本，情节模拟中国，所以中国大妈看得个个迷，央视八套专播韩剧，被称为"韩剧频道"。韩国的小国国民却有大心态，所以韩剧的摊子都铺得很大，可是老虎吃天，总也收不了口，最后虎头蛇尾匆匆告别而去。不过公正地说，我赞成央视把第八频道建设成"韩剧频道"：它至少比中国的抗日神剧好。看韩剧能把人看成傻瓜，看神剧，能把人看能精神病，从有害无害的角度，我推荐韩剧。

第六说"左残"。中国有左残，国人气得乌拉嚎疯：左不要紧啊，左到残就造成社会负担。韩国的左残比中国有过之而无不及。韩国左残的核心指标是反美、反日、爱朝鲜。反美反日不丢人，但要说爱朝鲜不丢人，谁这么说谁就丢老鼻子的人了。

韩国的左残居然爱朝鲜！所以韩国正常人调侃说：钻三八线啊！韩国"朝鲜粉丝"粉得疯狂，但没有一个钻三八线投奔朝鲜的，可见他们不是真的残，但也可能他们去了，朝鲜不信任他们，觉得是韩国派来的间谍，给抓起枪毙掉了。文在寅是著名的左残，上任不久，就钻过三八线跟朝鲜联谊，联谊回来就更爱朝鲜，但朝鲜威胁说，你如果不听我的话，我就把汉城变成一片火海，文在寅急得火上房，这朝鲜怎么转眼无情？急忙向美国讨主意，山姆猫说，我把朝鲜领导人抓到美国审判！文在寅急得嗓子都哑了：美国抓朝鲜领导人，需要时间，这期间朝鲜领导人随时可以把汉城变成火海的呀！十分后悔请美国帮忙，制止了美国这个愣头青，回头给朝鲜送了大把的美元和大批粮食，表示无条件驯顺，汉城平安。

仇恨中国，行，你统领人家几千年，有恩，肯定也有仇怨的；仇恨日本，也行，灭国之恨不共戴天；可是韩国仇恨美国，这很不可思议。中国人恨美国，毕竟打过仗，志愿军牺牲很多；日本人恨美国，毕竟美国轰炸日本各个大城市，投放原子弹，日本平民死伤几十万；可是韩国，如果没有美军仁川登陆，"大韩民国"早就进了棺材，如今墓木已拱。韩战后美军驻扎不回撤，也是为保证韩国的安全，韩国能在上世纪六十年代大跃进，成为东亚四小龙之一，美国是坚强后盾。可是，韩国官民仇美情绪一点不比中国和日本弱，其实还更猛烈些，韩国电影《大流感》里面的美国顾问，冷酷固执，草菅人命，跟中国电影里的美国顾问一模一样。这是什么，升米恩斗米仇吗？

狗中哈士奇，人中土耳其

"土耳其"，是中国的翻译，它的本音是"突厥"。因为中国希望淡化"突厥"这个不讨喜的语词，把它叫"土耳其"。

突厥长期盘踞在中国北方，游牧，到中国境内抢东西是家常便饭，唐朝时候，中国强大，突厥分裂为东西两部，东突厥和唐联手压迫西突厥向西迁移，进入中亚和欧洲。东突厥逐渐融入中国，西突厥却建立了跨欧亚非的奥斯曼帝国，这个帝国直到"一战"才垮台。恢复本名"突厥"，叫"突厥共和国"（土耳其共和国），创建者穆斯塔法·凯末尔·阿塔土克。凯末尔是一个思想开明的政治领袖，主张国家世俗化，政教分离，土耳其融入欧洲。所以二十年代的土耳其与七十年代的伊朗一样，都很"亮"，妇女们传统的黑色长袍和头巾被淘汰，代之以五颜六色的欧式裙装和时装，国家整体走向现代，活力充溢。

但凯末尔之后，激进的伊斯兰势力膨胀，国家一步步向左转，除了形式保留"共和"，土耳其实际已经成为政教合一的封建专制国家，与沙特、阿联酋等政教合一体制的国家半斤八两。到埃尔多安，这个趋势更呈加速度。现在的土耳其，上下酝酿着远古"大突厥"的梦想，第一步，恢复并统一"东突厥"，第 N 步，恢复奥斯曼帝国。所谓"东突厥"，是对土耳其而言，其实指隋唐时候的"西突厥"，大致位置在我国新疆地区。名字，土耳其人都想好了，叫"东突厥斯坦"。

这么说，中国面临的局面是不是很紧张？这倒不用担心，其实，凯末尔之后的土耳其，都是用来搞笑的，似乎它的存在就为了搞笑，"狗中哈士奇，人中土耳其"。

"韩战"，美国拉拢十六个国家组成"联合国军"，土耳其第一个报名，派出一个旅五千人参战。土耳其旅刚到朝鲜半岛，就遭遇了"中国军队"，土耳其旅战斗力爆棚，全歼敌方一个师，俘虏二百多人！初战告捷，"联合国军"乐得不断地冒鼻涕泡，土耳其举国欢腾：我大突厥不出手则罢，出手就能遮天！但与此同时，南朝鲜军队统帅部犯迷糊，我那个从前方撤退的师呢？原来土耳其歼灭的是友军。笑话还没完，不久，土耳其旅奉命深夜伏击一支志愿军，伏击啊，这些大兵在山坡上摆开了烧烤摊，漫山遍野的火光，是准备把志愿军吓走吗？

到二十一世纪头十年，中国经济发展势头迅猛，最害怕的不是欧洲美国，却是土耳其人，他们说："伊斯坦布尔每停靠一艘中国船，就要有一家土耳其工厂倒闭！"一伙土耳其愤青闯进一家韩国餐馆，焚烧越南国旗，打伤进餐的日本人——他们分不清中国人韩国人还是日本人。这导致日本的恐慌，紧急发布旅游禁令，不准日本国民去土耳其旅游。

土耳其与俄国是世仇，这一年两国的仇恨升级，土耳其愤青决定攻击俄罗斯大使馆，浩浩荡荡开赴——荷兰大使馆，鸡蛋西红柿砖头瓦块等等，把大使馆砸得乌眼青。大使馆里的荷兰人根据他们对土耳其人智力水平的判断，知道是他们错认了国旗。俄国、荷兰，都是三色旗，但是三块颜色排列的顺序不一样，土耳其人普遍脸盲。

第二年，荷兰真的惹着了土耳其。愤青们浩浩荡荡，轻车熟路，去年来过的，肯定是它了，演讲，唱歌，烧国旗，可是他们烧的却是法国国旗。法国旗虽然也三色，但它竖排，荷兰的横排。

国民脸盲，军队也好不到哪里去。打仗这么严肃的事情，土耳其军队却漫不经心。塞浦路斯有事，希土两族各自的后台希腊和土耳其摩拳擦掌。希腊得知土耳其将派两艘军舰前往塞岛，根据他们对土耳其人的了解，就制作一份假情报，说希腊两艘军舰开赴塞岛，假情报故意泄露给土耳其间谍。结果，土耳其空军出动大批战机拦截所谓的"希腊军舰"，炸沉一艘，军舰还击，击落飞机多架。飞机和军舰都是有标志的，军舰挂土耳其军旗，飞机涂土耳其军徽。

国民哈士奇，军队哈士奇，土耳其政治家也哈士奇。欧洲理事会主席米歇尔和欧盟委员会主席冯德莱恩到访土耳其首都安卡拉，与土总统埃尔多安会面。三人会议，大厅只放两把椅子，东道主埃尔多安自然在左边落座，米歇尔抢占另一把，冯德莱恩女士只好坐到了旁边随行人员坐的长条沙发上，等于自降等级。

会见的背景：土耳其迫切希望加入欧盟，年年写申请书。可是很不幸，希腊是土耳其的另一个世仇，欧盟实行一票否决制，希腊每次都否决土耳其的申请，否决的理由年年有，申请书的字体

啊、字号啊、格式、标点符号啊等等，每年都能找出毛病。这次
欧盟的两位主席来安卡拉，就是来研究土耳其加入欧盟的申请问
题。主席都来了，而且两位，常理，这次土耳其的入盟申请通过
的可能性很大，但关键时刻土耳其外交失仪，它的入盟申请又要
再等几年了。

我的老朋友尼古拉·齐奥塞斯库

尼古拉·齐奥塞斯库，我说他是我的老朋友，不是说跟他吃过饭或打过麻将，我这么说出于习惯。当年他每次来中国，报纸都称他是"中国人民的老朋友"，我是中国人"民"之一，所以尼古拉·齐奥塞斯库是我的老朋友。

报纸这么说他是有道理的。那时候，周边国家和地区除了巴基斯坦，全都是敌对分子，从前中国出兵抗美援朝，朝鲜却跟着苏联骂中国修正主义，现在中国正帮助越南抗击美国入侵，越南一边接受中国的粮食武器和那啥，一边跟着苏联骂中国修正主义。

中国孤立无援，局势很紧张。常识，当敌人十分强大时，寻求敌人的敌人做朋友，是最便捷的摆脱孤立的途径，能跟苏联抗衡的，只有美国，可是谁给意识形态的死敌美国递个话呢？毛同志打望世界，十分地灰心丧气，那些第三世界的所谓"朋友"，要钱时呼啦啦一大帮，欺负土鳖"人傻钱多快来"的样子，要他们出面呐个喊助个威，或者递个话，个个缩头。不缩头的，还不如缩头的，因为他们的信用为零，说的话都被美国人反着听，百分百地帮倒忙。孤立的中国和孤独的老毛，想到了齐奥塞斯库。罗马尼亚总统齐奥塞斯库跟中苏美三国领导人都有良好的个人关系，毛说："就是他了！"一番出神入化的操作，齐奥塞斯库当上了中美首脑联络的中间人，就是在周同志和基辛格之间传话，通消息。

这个传话可不是一般的传话，一年后，美国总统尼克松来到北京，毛跟他谈论了一个下午的哲学问题，还送他一部线装书《楚辞集注》，然后，中美双方在上海发表"联合公报"，僵化几十年的中美关系走向正常化，毛成功运用古代纵横家"远交近攻"战略战术，轻松瓦解了苏联围堵中国的布局。国际战略家惊讶毛的智慧和能力：能惹事，也能平事。

吃水不忘挖井人，时刻感谢塞斯库。那几年，报纸上齐奥塞斯库的照片我全部珍藏。他看上去非常年轻，非常帅气，永远那么朝气蓬勃。他的夫人埃列娜·齐奥塞斯库总是陪同他访问中国，埃列娜美丽大方，温婉贤淑，与夫君标准的郎才女貌。因为尊敬亲近齐奥塞斯库夫妇，连同他们的随员我也像自家人一样熟悉：伊利埃斯库、曼内斯库、伯塞斯库、康斯坦丁内斯库。

事情在齐奥塞斯库访问朝鲜那一刻发生根本性的变化。朝鲜的奢侈豪华令人眼花缭乱，广场上万众雀跃欢呼，全国的眼泪在飞，肆无忌惮地表达着感动加感恩。一个欧洲人，哪见过这样的场面！他回国立刻仿照朝鲜模式，把所有权力都集中到自己手里，他的老婆出任政府总理，儿子政治局委员，政治局开会，等于他的家庭会议，因为委员绝大多数是"斯库"家族的成员。罗马尼亚国内事无巨细，都由齐奥塞斯库一人说了算，连每平方米土地种多少株玉米这种琐碎事情，都要齐奥塞斯库同志拍板。

独裁必然腐败，腐败从来不设置天花板。齐奥塞斯库喜爱的一只雪橇犬考布，被他任命为"上校"，全国人民都必须尊敬这位"考布上校"，中校以下官兵必须向考布上校敬礼，齐奥塞斯库也鼓励上校以上军衔的军官向考布敬礼，礼多狗不怪的意思。考布上校有自己的营养师、医生、勤务员，还有自己的别墅。考布进餐时，就像中国皇帝，医生先尝一尝，确认无毒，考布才开始用膳。布加勒斯特市的布兰科温斯克医院，是一所平民医院，齐奥塞斯库来视察，考布上校陪同。傲慢的考布上校发现一只"不明真相"的猫也在围观，他觉得猫的资格不够，很不爽，张口就咬。那只猫是医院为灭鼠而饲养的，也很有资格了，但猫的所谓"资格"怎能与考布上校相比？猫不认识齐奥塞斯库同志，更不知道什么"考布上校"，于是愤然还击，一记带刺的左勾拳将考布上校打出鼻血。考布很生气，后果很严重。几天后，这所医院被夷为平地。

权力害人，绝对权力绝对害人，捎带脚地也害他自己。挺好的齐奥塞斯库同志，访问一个朝鲜就被感染成独裁暴君，原来绝对权力害人的性质还传染，传染力超级强大，精明睿智如"斯库"也不能免疫。仅三四年时间，罗马尼亚就从中等发达的社会主义国家跌落为极度贫穷的独裁国家。斯库同志堕落为万人嫌。一个流传很广的段子：布加勒斯特市民排长队买面包，一个人愤怒地说，我去把齐奥塞斯库干掉！过一会他又回来了，别人问他干掉了没有，他说，"不行，那里排队的更多！"

老朋友落难，我和我的国家却帮不上他的忙，因为事情太快，太突然，不给我们反应的时间。1989 年罗马尼亚全国动乱，12 月 21 日，布加勒斯特发生大起义，起义者 22 日逮捕齐奥塞斯库夫妇，25 日审判，不准上诉。当天，齐奥塞斯库夫妇被处决。

白非洲和黑非洲

非洲，以撒哈拉沙漠为界，分为两大部分，以北是白非洲，盎格鲁撒克逊人种，以南是黑非洲，尼格罗人种。非洲，不管黑和白，共同的特点是独裁和腐败。两者的区别也有：白非洲是独裁加腐败，如利比亚的卡扎菲；黑非洲是腐败加独裁，如中非的博卡萨。还有第三种：疯子的独裁和腐败，以赤道几内亚马西埃为典型，这个疯子把国家银行收归他一人所有，枪毙全国人口的六分之一，极致的独、腐、疯。

白非洲卡扎菲的独裁出格是出了名的，他不但独裁利比亚，还要独裁全非洲，进一步独裁全世界。他政变上台，改国名为"大阿拉伯利比亚伊斯兰社会主义民众国"，不用说领会这几个词的含义，能完整读出这个国名，也不是容易事。国内独裁不算，他更热衷于国家"合并"，先后跟埃及、叙利亚、突尼斯合并，叫"阿拉伯联合共和国"，简称"阿联"。合并的动力在于卡扎菲"非洲大一统"的冲动。他极度讨厌现有的"非统"组织，因为非统不听他的指挥，不用说，没有哪个正常人和正常组织能听他的瞎指挥，所以他要另搞一套，以"阿联"为底子统一大非洲。至于独裁世界，他也着手进行了，在联合国发言，限定十五分钟，他滔滔不绝讲了两个小时。他在讲台上撕毁联合国宪章，信口开河指责美国、俄国、中国，因为这三国是他独裁世界的绊脚石；他也指责伊斯兰国家比如沙特阿联酋卡塔尔，因为这些国家不肯跟利比亚一起反美反俄反中国。在联合国大厦外搭起他的"贝都因"帐篷，显示自己的特立独行。访问俄国，不打招呼，一架飞机凌空而至，停在机场。因为俄国方面来接机的人级别不对等，他的飞机竟然开走回国了，为什么不预报飞行路线呢，他说这是视察，不需告知。他已经把自己当成世界元首，到哪里都是视察。

黑非洲有四大独裁者（黑非洲很少有不独裁的领袖，也很少有不贪腐的国家领导人），扎伊尔的蒙博托、乌干达的阿明、津巴布韦的穆加贝和中非的博卡萨。博卡萨木讷、呆滞，不爱读书，不善言辞，看上去有些愚蠢，实际他确实愚蠢，但是这个愚蠢的上尉被法国看上了，居然平步青云，直到当上中非共和国总统。

博卡萨的智力和能力貌似随着职位的升高而迅速攀升，到1977年，他觉得自己可以比得上最伟大的皇帝拿破仑了，他的名言是：世界上当得起"拿破仑皇帝"这个名号的，一个是拿破仑本仑，再一个就是他博卡萨其人。所以，他废除共和制，组建"中非帝国"，自己当皇帝，号"博卡萨一世"。这样的倒行逆施，终于召来举世厌弃，他向世界各国元首发邀请，出席他的加冕典礼，结果奇迹发生了：全世界的态度从未有过的一致，对请帖视而不见，甚至一向视非洲为亲兄弟的中国，也不理睬这份邀请。

博卡萨的奢华加冕典礼耗费国家年度财政的一半，中非帝国因此陷入更大饥荒。为了解决危机，博卡萨再出蠢招：全国十八岁以上的国民全部加入他的党"非洲独立运动"，入党的代价是缴纳一个月工资做党费。同时，全国学生统一穿博卡萨夫人服装厂制作的学生服，每套二十美元，相当于一般工人一个月的工资。中非人民已经很久很久没吃饭了，再榨，也榨不出这二十美元了。人们上街游行，警察军队倒戈，博卡萨倒台，流亡国外。此时距他称帝还不到两年。

独裁与腐败是孪生兄弟，卡扎菲既然独裁，当然腐败。在卡扎菲政权垮台时，他在瑞士美国等外国银行的存款有八百亿美元，卡扎菲家族的财产总值达一千五百亿美元。腐败的博卡萨称帝后独裁的脚步也加剧到光速，称帝前，他会把反对他当皇帝的政府官员罢免、解职、开除，称帝以后，凡是反对他的人，不管出于什么理由，一律遭处决。全国一人、一党、一个声音，他的声音通过广播喇叭响彻全国每一个角落。

最高的独裁是杀人，但独裁到极致，那就是吃人。博卡萨一天不吃人肉就垂头丧气，最开心的事情就是与乌干达总统阿明一起吃人肉，一边吃一边讨论白人黑人哪一个味道口感更好。这天博卡萨照例用鲜肉招待阿明，阿明的叉子插起一片，咀嚼片刻，结论有了：白人，女性，十八岁。与博卡萨相视而笑，互为莫逆。一个法国记者问博卡萨是不是吃人肉，他不承认，也不否认，他说："人肉太咸。"皇宫的贵宾室旁边就是一座行刑室，那里面经常有博卡萨不喜欢的人被投进去喂狮子老虎。

黑非洲腐败加独裁的博卡萨、阿明、蒙博托、穆加贝，居然都得善终，白非洲独裁加腐败的卡扎菲，却暴尸街头，四天不得安葬，这样耻辱的穆斯林是不可能见真主的。哦哦，原来腐败加独裁，比独裁加腐败的，运气可以好那么一点点。

三 闲 二 心

年

年，甲骨文和金文都画作稻穗的模样，沉甸甸地垂下来。所以"年"的本意就是丰收，稻穗越沉重，就越是大丰收，丰收叫"有年"，大丰收叫"大有年"。那时候人们没有别的经济收入，一年到头就是指望这点庄稼。庄稼大丰收，多大的喜事！所以，"年"总是同欢乐相伴随。中国人含蓄，用字特别俭省，大规模的欢庆简单写作"年"，如果是洋人取名，很可能叫它"波尔卡亚特兰蒂斯狂欢节"。洋人的狂欢节干些啥事情我不很知道，但中国的狂欢节要干啥，满世界都知道：吃！

周代过年在农历十月末，正是打谷涤场的时候，粮谷入仓，分工算账，男女老少大袋小袋往家搬谷子，到处洋溢着丰收的喜悦，于是开始每年例行的大吃大喝。男人上山打野猪狍子大熊猫，女人在家，用新谷酿新酒，"为此春酒，以介眉寿"，冬储蔬菜萝卜芫荽生姜，还有刚刚晒好的梅干菜，这些就是周代人过年的"年货"。《豳风·七月》说，除夕这天，家庭主妇炖了野猪等等加上梅干菜，一家大小举起陶制的酒杯，"干杯！"整个村子响起"干杯、干杯"的欢乐声，互相祝颂"万寿无疆"，五湖四海都热火朝天，这就叫"过年"。这一天很重要，一夜连双岁，所以得"守岁"，大人小孩守着松明子到天亮，迎着新年第一缕阳光，互相拜年。一年更始，万象更新。

年是如此重要，皇帝也喜欢，五代时期蜀国的皇帝孟昶，过年时别出心裁，在自己的皇宫大门浩浩荡荡贴出红纸写的对联："新年纳余庆，佳节号长春。"这是中国最早的春联了。但孟氏春联似乎没有流行，可能大家觉得那是皇帝的专利，别人不好学样的。宋代王安石写"过年诗"："千门万户曈曈日，总把新桃换旧符。"可知那时候人们还没有贴春联的习俗，但要在大门搞一点装饰，很花哨的那种，新年这天换上新的，继续花哨。明太祖朱元璋草根出身，很能体会老百姓过年的心情，这年除夕，皇帝下令天下人家都要贴春联，营造欢乐祥和的气氛，代替桃符，证明在他英明领导下实现了和谐社会，于是从明太祖开始，除夕新年，全国城乡到处花红柳绿花里胡哨。明太祖还不放心，除夕这天微服私访，来到一个门户，发现它居然没有春联，责备这家主人在春联问题上搞"钉子户"。这家的男丁很是尴尬："我一个劁猪的，春联不好写啊。"原来春联主题要切合户主的身份，开钱庄的要写"财源广进"，养殖户应该写"六畜兴旺"，财主写"耕读传家"，士子写"前程似锦"，最普通的人家，就写"丰衣足食"，他一个劁猪的，让猪们断子绝孙的勾当……明太祖转怒为喜："拿笔来！"刷刷刷，文不加点，一挥而就："双手分开生死路，一刀斩断是非根！"

至于爆竹，就更晚了，清中期火药解禁，一硝二磺三木炭，民间可以自制火药，开山放炮，修路搭桥，作为娱乐的点火爆竹这才正式诞生，火药放进竹筒，封口，点燃火捻子，嘭的一声爆炸，竹片飞扬，所以叫"爆竹"。改进型的爆竹叫"二踢脚"，利用竹子的关节，一节作火箭，一节作炸弹，在空中爆炸，过新年竟也闹出战斗的气氛。这时的爆竹才真的"爆"，爆炸，王安石说"爆竹声中一岁除"，他那"爆"只是烧爆。比如辛弃疾说"花市灯如昼"，如昼，只有电灯才有这样的效果，都叫"灯"，表现差别如霄壤。

可是，关于"年"的种种传说每年都上演。

央视儿童节目主持人鞠萍姐姐说："小朋友，你们知道'年'是什么吗？""不——知——道——""很久很久以前啊，有一种怪兽叫'年'，很凶猛，过年这天出来吃人。这个怪兽有一个弱点，害怕红颜色和大的声响。人们就在除夕这天，白天贴春联吓唬它，夜里放鞭炮驱赶它。这天，每家把好东西都吃完，因为可能是末日了呢，第二天就吃不着了，吃一整夜。一家大小紧紧关着门，守着灯火，战战兢兢地躲避怪兽，这叫'守岁'。第二天出门，看看谁被怪兽吃了？如果还没有被吃掉，就祝贺平安，这叫'拜年'。小朋友，这就是过年的来历啊！明白了吗？""明——白——了——"

她们家的怪兽如此听话，一年只在除夕这一天溜出来抢点东西吃。

戒　烟

　　戒烟难，难在不知道人为什么要吸烟。"有病不吃药，无聊才抽烟"，原来是无聊。歌中唱道："闲茶闷酒无聊烟，一支香烟变神仙。"香烟相当于兴奋剂。"百事无聊赖，且抽烟一袋。"又透露了无奈的况味。自从人类脱离动物界，解放了两只前肢，无聊问题就来了，人不能总劳动吧，不劳动的时候两只手做什么呢，没着没落地难受。人在窘迫时候，他那手就十分多余，怎么摆放都不合适，背着，胸前交叉，捧小腹，看看大家都胸前捧着小腹，觉得尴尬。动物们就没这问题，它们四只脚一直在忙——它们没有手。

　　古人的几件东西就是为解决无聊问题发明的：扇、茶、笏板、拂尘、如意。"敢问阁下高姓大名？""在下曹操，小字孟德。""莫非沛国曹壮士？久仰久仰！在下涿州刘备，壮士若不弃，愿为爪牙前驱！""呀！不知刘皇叔驾到，未曾远迎，万望恕罪！"虚头巴脑地整客套，脸却不红，红了你也看不到，扇子遮着呢。笏板的作用更妙，皇帝看下面低头弯腰，只见笏板不见人，皇帝很高兴，天威浩荡，臣工凛然。其实大臣在盯着笏板打算盘：死老婆子总是克扣我的饮食，早饭明明要吃俩鸡蛋的，她却只给我煮一个！回去就休了她，娶江南名妓柳如是！

中国人善于吃茶，吃茶是因为口渴吗？绝对不是，口渴时大家都钻烂泥塘，跟角马们抢水喝。吃茶是因为太闲，主客对坐，你一口我一口，品茶打发时光，时光实在太多，也不要紧，有拂尘。拂尘根本不是用来扫灰尘的，也不可用来赶苍蝇打蟑螂，它是用来数马尾的，数完了，时间也就消耗完了，礼成，送客。如意这东西珍贵些，一般人家置办不起，成了皇家专利。光绪皇帝来请老佛爷安，太后递给他一支烟么？才不会，太后给他一柄玉如意，娘俩各自研究手中的如意，说一会体己话。穷汉见面，没茶没拂尘没如意，手也不能闲，就解开衣服摸出一只一只的虱子，扔进嘴里毕毕剥剥地响，主客其乐融融。为什么嚼那么恶心的东西？首先，自己身上的虱子自己吃，没啥恶心的，还有，更重要的，虱子吸了他身上的血，血，多么宝贵的东西，十碗饭才产生一滴血，可不能浪费了。当年前秦的皇帝苻坚夜访中原大名士王猛，老王就边摸虱子边谈论天下大事，苻坚大喜："人家汉人就是不一般，摸虱子的动作都那么帅！"名士们摸虱子摸得久了，广有心得，就写成一部《扪虱夜话》。

不幸从南美洲传来了烟草。印第安人有很多好东西，玉米、甘薯、土豆，造福世界人民，烟草却没啥可夸奖的，吸烟者喷云吐雾，貌似很有风度，从此人们手里不再是一把扇或一块玉，而是一支烟。但是吸烟很麻烦，吸坏烟被鄙视，吸好烟被人肉搜索，花钱遭罪损伤记忆力，肺气肿肺结核肺穿孔满身烟气一腔口臭。这真是啊，坏习惯排挤了好习惯，恶势力驱逐了善势力。就说写书吧，自从名士们不再摸虱子，只出一本《扪虱夜话》就不再有续集。而吃烟好几百年了，也没见哪个烟鬼写出一本"擎烟昼谈"什么的。

抽烟费钱，抽烟伤身，这是共识，但是抽烟的仍旧抽烟，不打算改弦更张，而且理直气壮：我们抽烟，给国家缴税，满满的正能量！他们说得没错，国家烟草行业税收一年 1.2 万亿，占总收入的十分之一强，大家全都戒了烟，国家经济岂不是瘫痪了？所以烟民节衣缩食买烟抽，你以为他们愚蠢吗？恰恰相反，他们这个层面的爱国，别人不懂。每天一包烟，红塔山一盒十元，玉溪二十元，中华四十，软中华七十，还有百元以上的，一盒烟就是小户人家一天的伙食费。买菜，三两毛钱跟菜贩子计较半天，买烟，几十元上百元眉头不皱。

宣传说吸烟有害健康，于是政府加大税收比例，说用高税收限制人们吸烟，这个过渡理论有点绕，一般人解释不来，可以理解为烟民的自我解嘲。如果不很在乎国家税收的人，还是可以考虑戒烟的。戒烟很难，有一个流传很广的故事否定戒烟，说，一对老夫妻，老头每买一包烟，老婆就往扑满里放十块钱。年午夜，老婆打碎了扑满，数一数，四千多元！老头幡然悔悟：我戒烟！第二年的年午夜，老头迫不及待打碎扑满，里面空空如也：他不买烟，老婆就不往里面投钱。老头说：抽烟，抽"黄金叶"，一年，咱家就能买别墅啦！自嘲到这个份上，也怪可怜。

所谓戒烟，其实不难，只要把香烟店改成如意拂尘扇子店，就成。如果还嫌琐碎且花钱，那也好办，发几个虱子在烟民身上养着，待它们繁殖得足够多，烟民们就成天忙着捉虱子，再没工夫抽烟了。

口 号

　　汉语，有时候很不讲道理。正开着车，一条标语突然闪出来："桥下禁止掉头！"掉头？不细思也恐极，大概是这里经常发生大事故，有数不清的脑袋在这里掉到了桥下。甲乙两个人一拳一脚地打架，甲说："乙一拳朝自己打来。"这个"自己"是甲还是乙？恐怕没人说得清楚，往往是越想说清楚越说不清楚。运动场给同伙助威，一定喊"加油"，但"加油"与"奔跑"有啥关系？

　　至于发音，问题就更多。口号，一定必定以及肯定要响亮，响亮才能有气势，可是、但是、可但是，"加油"这两个字你根本喊不起来，再努力也是憋着气的，"加"字还勉强，"油"，撮口呼，发出声音显得憋屈，这类字不适合作呼喊口号。CBA 主场，中国观众向 NBA 学习，整齐喊口号"防守"，但"守"仄声，是拐弯的上声字，上声字本来不适合用作口号尾字，实在喊不出来，于是给它强行变音为平声，喊出来是"防熟（shou）"，听起来怪怪的。"防守"的英语发音是 defense（底范思），开口呼"范"，"思"轻声，只起隔离作用，呼叫起来底气足，还上口，抑扬顿挫，强烈的节奏感，而且英语语境中，"defense"有防守中进攻的意思，进攻的意思更重些，积极状态大于消极状态。defense，汉语没有对应词，直译成"防守"，译得拘谨小气，本意已丢失大半。

在汉语词库找几个有活性又上口的词，有那么困难吗？比如可以让全场观众山呼海啸："防死他！防死他！"气势磅礴泰山压顶。或者，直接音译"底范思"，有先例的。武术决胜"一分得胜"的 KO，汉语叫"一分"，日语没有相应词，直接使用汉语，也叫"一分"，转音为"一本"。日语"本"发音不是汉语的上声，近似汉语去声的"笨"，爆破音，比汉语原音更传神。defense 如果音译"底范思"，CBA 人气上升，因此比肩 NBA 也说不定。同样道理，日本把中国的"加油"改成"顽张"，顽张，虽然还是个汉语词，意思是拼死力气往前冲，却直接得多，很有现场感。但"顽张"如果用汉语发音，仍然不适合做口号，但这没关系，这个词在日语中是"训读"，发音"甘巴赖"，就上口，并且富有节奏感，对奔跑的一伙人整齐节奏地喊："甘巴赖！甘巴赖！""甘"字后有一个拨音，是"甘恩"的合读，等于停顿一下，造成节奏，现场感油然沛然。至于那个恐怖指示"掉头"，日语写作"折返"，很有人文关怀的味道，至少含义明确——原路返回吧，没人要你的性命。奥运会就采用日语的"折返"，不用汉语的"掉头"。

中国人对口号用词有一种"脸盲症"，从古到今，几乎没有一个用作口号的词真正适宜用作口号，打倒、学习、致敬、万岁等等，有一个算一个，都不行。"万岁"，在帝制时期是使用频率最高的口号词，专门献给皇帝，皇帝无处不在，"万岁"无处不喊，还得比较谁喊得响亮。后来皇帝没了，"万岁"的口号沉寂了许多年。按理说，这个词应该最豁亮，最有力度的，但恰恰汉语中这个词最是软绵绵的没有力气。"万"是入声字，仄声，发音要拐弯，河流拐弯力度减弱，语言拐弯也一样。"岁"也是仄声，唇音，唇音是最没有力道的，而且还是撮口呼，加倍的乏力。为了使"岁"字喊起来有力量，人们把这个字的发音做了改造，"万岁"，喊起来发音却是"wàn suài"，添加一个元音 a，响亮一点点了，万岁才稍稍像个"万岁"的样子。

万岁如此，别的口号也差不多，脸盲症么。与"万岁"相近的"万寿无疆"，不但太文不适合当口号，"无"字本身就不吉利，就像"万字不到头"的图案，我不知道中国人为什么喜欢它，不到头不到头，怎么听都别扭。还有民间倒着贴的"福"字，据说谐音"福到了"。汉字有"谐音"，但同时也有"反义"，"福"字颠倒的反义是"祸"，我觉得，倒着贴的福字的反义比谐音更重些，被解读为"福倒了"或者"祸到了"。发音呢，"疆"后鼻音，不响亮，这还不算，它还是喉音字，很难发出的，就像西亚人说话喉音重，听着总像喉咙里堵着一个茄子。汉语那么多响亮的元音字，千挑万选，却选出这么一个最不适合做口号的"万寿无疆"！我对中国人溜须拍马的智慧产生了严重的怀疑。另一个拍马词"皇上吉祥"，也差不多。

东亚各国都喜欢颂圣，颂圣的祝词无例外都是汉语的"万岁"，不过各国早就发现汉语"万岁"发音问题，不约而同对它做了改造，日语的"万岁"直接用汉字，发音也用汉语音读，但日本人对万岁的音读进行了革命性的改造，读出来是"班赛"，一个爆破音，一个塞擦音，居然有响遏云天的效果。朝鲜语也采用汉语，发音改造成"满赛",跟日语的效果差不多。俄罗斯算是东方国家,也喜欢颂圣,不过俄罗斯颂圣词没有汉语的佶屈聱牙张不开嘴跟不上溜的尴尬,他们喊的是:"乌拉!"气吞山河的"乌拉",与这个野蛮的战斗民族十分般配。再往西,英国德国法兰西……哦,这些地方实行民主,不颂圣,人们也就没有"万岁"可以喊。"万岁"这类词,是东方国家的专利。

万岁是个好词,圣上喜欢,我也喜欢。帝制废除,它沉寂了三十八年,1950 年五一节游行队伍口号呼喊一系列的"万岁",它这才满血复活。特别提醒一下颂圣的引导者:"万岁"这个词的发音,实在不适合颂圣,从效果考虑,借鉴一下朝鲜和日本,变音。他们把"万岁"喊作"满赛"和"班赛",就挺好。大家鄙视日本,不学他,我们自己给它变音,我建议喊成:"豌杂!"虽然听上去像是重庆"豌杂面",但是写,照样还是"万岁"两个字,绝对不会降低对圣上的尊敬。

臭烘烘的学问

庚子年盛夏，八国联军在朝阳门开了几炮，守城正规军和义和团逃散，联军顺利进入北京城。进城的联军被京城的气氛惊呆了：帝国首都到处是粪便，联军士兵跑遍全城找不到一处公共厕所！

这是近年一些索隐人士根据钩玄材料勾勒的二十世纪初北京城的图景。这幅图景告诉今人，一百二十年前，北京是臭烘烘的北京，八国联军本来想瓜分中国的，可是忍受不了北京的臭，熬了大半年，都纷纷撤退。军队撤退了，根据联军统帅指令建造的厕所却留下来，从此北京有了公厕。

这份材料说对了一半，另一半却是延伸演绎的，就是瞎编的啦：1900 年，北京的确没有公厕，但是北京城里很干净，没有粪便，无论是人粪还是猪狗牛马骆驼粪，都没有。

北京城没有公共厕所，但是各家都有自己的茅房，不论如何简陋，总能承担"五谷轮回"的责任。这些私家厕所，可以做公厕用的，这倒不是北京居民风格高尚，只是因为有利可图。北京周边的农户种庄稼，需要大量的肥料，庞大的北京城就是一座日夜不休止的肥料制造大工厂，四郊的农民都来北京挨家挨户淘厕所。有人给北京九门分工，说西直门是水门，德胜门是兵门，而安定门，则是一座粪门，专门往城外运送人粪尿，其实没那么多讲究，大兴县的农民要进城淘粪，放着宣武门不走，还得绕到城北进出安定门？淘粪要给钱的，论质论量，所以北京居民出门办事，无论多远多久，也要回家解手，拉屎就是拉钱呢。既然粪便就是钱，把洗衣水等等倒进厕所不行吗？还真不行，淘粪的要观察粪缸内容物的黏稠度，太稀了，农民不要，这一缸粪便就等于砸在手里。他总不能半夜偷偷泼洒在街道上吧，臭了自己不说，邻里街坊的，丢不起这人。

这时候一直到二十世纪，北京的厕所大都是旱厕，需要人工淘粪的那种，不但北京，全国范围，旱厕也是绝对的主导势力。1991年的时候我还是"文青"，与另一个"文青"宇文成华，在成都浆洗街的一座室内茶馆纵论海子顾城，面向大海春暖花开，关心粮食和蔬菜。忽然从后厨（后厨？）出来两桶大粪，人担着的，忽忽悠悠从身边走过，那颜色！那酸腐！我真切地看见粪便的大分子成群扑向我的茶碗，在茶水上凝结厚厚的一层。既然向往田园生活，粪肥一定是相伴的，我和宇文成华决定"文青"到底，茶是不能喝了，但是打熬着不动，还做出谈笑自若的样子。第二担又过来了，忍；第三担，撑；可是——第四担集合了前几担布下的天罗地网阵，大分子变成打冲锋的集团军，我们被冲击得七零八落，打了茶碗碎了茶船，火箭冲出茶馆……唉，我的"文青梦"就此破碎。

京城居民的私家厕所都在胡同里，外地人不太好找，况且，随地大小便本来就是国人的积习。1929 年，国民政府推动"新生活运动"，其中最重要的两条，一是不随地大小便，二是不要随地吐痰。五十年后的"五讲四美三热爱"运动，核心也还是这两条，可见这是个顽疾，国人几十年不想改的。往前推，1900 年的北京城，也少不了大街上撅起屁股方便的家伙，而且不用避人，因为那时候大街上都是男人，女人很少。至于撒尿，更是三三两两随意飘洒，但是，联军和北京市民都不用担心尿臊粪臭，一阵大雨，万事皆空。地上也不至于屎尿横流，因为在这之前，屎的部分已经被狗完美处理了：狗就是当时北京的义务环卫工人。

当下，狗是家里的宠儿，"儿砸，亲一个！"狗儿子扑到怀里就一阵狂舔。这情景在 1900 年代绝对不可想象，那时候的狗嘴永远臭烘烘，它们不是刚吃完屎，就是正在吃屎，或者准备吃屎。中国最通俗的谚语，"是狼走遍天下吃肉，是狗走遍天下吃屎"，说得再明白不过：是不是狗？是狗。是狗就得去吃屎！狗吃屎也有选择，只吃人屎，因为人屎可利用成分比较多些。帝制时代，中国人穷得穿不上裤子，肚子总是空空如也，一家人围着桌子吃饭，狗蹲在旁边看着每一张嘴，最后一滴汤也被喝下去了，狗绝望起身离去，到大街找屎吃。找屎吃的狗也分等级，强壮的狗欺行霸市："这一片的屎都归我！"弱些的狗小声嘀咕："狗揽八泡屎，你吃得完吗！"除了狗，猪也参与街道净化。当时的北京城，猪狗成群，至于猪狗的粪便，也不用担心，城里的居民勤快得很，人人背着一个畚箕，通称"粪箕子"，畚箕的标配还有三齿粪叉子，成年人如果背上没有粪箕，手里没有粪叉，都不好意思跟人打招呼：游手好闲，哪像过日子的正经人呐！

很不幸，外国人带来了化肥，中国城市乡村活性有机循环被打破。虽然直到二十一世纪前十年，还有人像"老通宝"一样坚持说化肥是毒药，可是化肥的方便清洁，却有不可抗拒的诱惑力，于是进北京城花钱买肥料的农户渐渐绝迹，城里各家各户的厕所纷纷告急，不可抑制地冒出来啦，粪水淌出胡同，流满大街，这回，北京城真的臭烘烘了。中国其他大城市不这么臭气熏天，因为那里有洋人指导市政建设。北京是帝国首都，不允许外国人在这里瞎鼓捣。终于熬到了民国时候，轰轰烈烈地开展市政建设工程，铺设上下水管道，北京人这才开始使用自来水，因为有了下水管道，北京人的洗菜水洗脚水不再往院子里泼。公共厕所遍布四九城，虽然是"旱厕"，但有人管，满了就来一辆车，突突突地抽出去运走，到1998年，北京的公厕还是这样的旱厕。气味是有一些的，这种味道还被带到国外，那年我在西德的波恩，到中国大使馆取文件，走啊走啊，忽然，一种熟悉的气味，北京牌的，果然，大使馆到了。由于有了公厕，各家各户的茅房和厕所退出历史，原址栽种一株郎家园枣树，因为长期的粪水浸泡，土壤分外肥沃，郎家园枣肉厚多汁，香甜异常。这是因为，枣树吸收人粪中的特殊成分"粪臭素"，这种粪臭素微量添加的话，是又香又甜的。

但是，城市边缘和郊区县继续没有公共厕所，人们继续随地大小便，狗却不再吃屎，猪也不再散养，于是臭气弥漫，各家自用的厕所常年有"存量过剩"的危机。1995年，我带着弟子在大兴县高米店采风，那时候高米店村一律低矮的平房。各家大门外有一个简陋的厕所，没有顶盖，叠式的半身高围墙而已，厕所的"门"上钉着一个木牌，工整地写着七个楷体字："我家厕所不对外"。

"民科"

　　二十年前，"神医"胡万林以芒硝为主料制成"五味汤"，拎半桶药汤子给"病人"灌，让病人无休无止强烈呕吐，胡万林称之为"运动疗法"。运动疗法致死者比比，胡万林昂然无所见，直到"运动"死了河南省的一位市长，才被收监入狱。

　　最先为胡万林摇旗呐喊，之后又为他鸣冤叫屈的吹鼓手们，比如柯云路有说辞："各大医院治不了的病人才来终南山找胡万林，死马当活马医的勾当，几万人吃胡万林的药，死亡的只有几百人，百分之几的死亡率，而你们那些大医院，哪天不死人！"这些人习惯瞒和骗，制造几个极端病例作说辞，比如某患者快死了被抬到终南山，一顿猛灌竟活过来了。活过来了不假，活了几天？结果第二天第三天还是死了，这算什么？其实到终南山医院的所谓"患者"，大多活蹦乱跳，听说有神医，一窝蜂奔来讨便宜沾点仙气罢了。结果，喝芒硝水又拉又吐导致脱水死亡好几百。周星驰的电影说，这些人相信牛鬼蛇神，上当受骗死了也是活该啦！

　　这几天，"中医"李跃华人气旺盛，某媒体还隔空喊话湖北卫生部门和武汉大学的教授们，呼吁要给中医"留一条生路"。这家媒体对国内医疗好像不很了解，我们国家每个城市都有中医院，各级各类中医学校遍布全国，中医从业者几时发生了"生路"危机？至于李跃华，他是中医吗？把他归于"中医"，实在委屈了他，他的学历是"西医"的临床，从事的职业是"游医"，行为则略近"巫医"。

李跃华的经历和业务十分诡异。他自称第三军医大学中医系毕业，但根据他自己提供的入学时间，那年第三军医大学还没有开设中医专业。他曾供职莆田系，因为业务生疏"被离职"。莆田医院对业务一向大而化之，连莆田都认为他业务不合格，可见他不合格到什么程度。据他自己说，他看不惯莆田医院唯利是图才离开的。莆田医院爱钱，这需要成为"莆田人"亲历其中才知道。他自称"中医"，所谓的"从业执照"的门类却写作"西医"，这"西医"二字暴露了他对医学的无知："西医"是民间的习惯叫法，正规医院的业务门类并没有"西医"这个名词，国人所说西医，医院叫作"临床"。从业执照上连常规名称都写错，这份"执照"的含金量，我们和李跃华都心知肚明。

李跃华的突出"贡献"是给人的"一种穴位"注射苯酚消毒液，据说这种药物经肌肉注射，可以有效"预防"新型冠状肺炎。"一种穴位"是什么穴位，世人无不纳罕。苯酚有毒性，外观与芒硝（硫酸钠）相似。芒硝功能是造成腹泻，苯酚干脆，直接毒死人。李跃华说，我用微量，万分之七到万分之十四，不会毒死人的。不会毒死人，这个我信，可是，我们注射这个东西有啥用呢？李跃华说，不是告诉你了吗，预防新冠呀！预防？我忽然想到张悟本，决定回家煮绿豆汤去。绿豆汤不一定管用，但至少安全。

不过李跃华的"宣传文案"不是这么说的，它斩钉截铁说"治愈"，这么说，才有点像中医了，中医习惯说"治愈"，而临床医学不说"治愈"，只统计几年内的"存活率"。最有说服力的文案来自武汉某陈姓厅官，这位厅官说，他一家三口的"新冠"都被李跃华治愈了。李跃华自己也说，他治疗有一百多例，几乎全部治愈——传说中的"治愈系"啊！

听到治愈厅官一家，我又想起了张宝胜。那几年，张宝胜如日中天，走马灯似的奔走于权贵之门。辽宁省副省长林某患肝癌，请张宝胜来林家治疗，张决定在林家对副省长实行开刀手术。开刀这么大的事情，无菌房一定要有吧，手术刀、止血钳、缝合线等等，张宝胜小手一挥：统统不用！他徒手开刀，不留痕迹。经过几个小时悠闲的"手术"，"癌肿瘤"取出来了，分明是张宝胜从林家厨房冰箱偷出的一块解冻猪肝。林副省长跳下床，拍着肚皮对小张感激涕零："活神仙哪！"那肚皮完好如旧，没有一丝刀痕。副省长的病治好了吗？当时确实"好"了，还能说"活神仙"几个字呢，但不久就死于肝癌。湖北陈厅官的"新冠"治好了吗？他很可能当时患的就不是"新冠"，或者真是"新冠"，幸亏陈厅官和他家人身体免疫力好，自然痊愈，令人恐惧的新冠肺炎其实也是一种自限性的疾病，厅官不负责任地让李跃华贪天之功、贪免疫力之功。

上点年纪的，都记得 1966 年发生的那件荒唐事：全民打鸡血。鸡血能打进身体吗？不能。但是人们竟然打进去了！苯酚能打进身体吗？不能，可是李跃华竟然给别人打进去了！鸡血打进肌肉，肌肉组织集体发愣：这是啥东西啊怪得很！齐心协力清除剿灭这个野路子的家伙。因为肌肉组织集体发力，人的身体竟然感到亢奋，面色潮红，精力突然旺盛了。卫生部觉得这事太荒唐，发文紧急叫停，不幸遭到更大权威的痛骂，卫生部顶不住，悄悄收回文件，于是注射鸡血运动开展得如火如荼。面色潮红原是发烧，精力旺盛之后就是严重的精神萎靡，然后就是皮肤感染、伤口溃烂、过敏等恶性反应，病例如山积。一年后，打鸡血运动悄然落幕。

古语说，老实常在，脱空常败。喝芒硝、打鸡血、注射苯酚等伪中医伪西医，终究经不起事实的检验。胡万林入狱，"运动疗法"成为街头笑谈；"一种穴位"苯酚注射的妖孽疗法能维持多久呢？"我看好你哟！"这话是邢育森说的，大家都知道，老邢这么说，就是不看好的意思。

李跃华曾供职莆田系，他的医疗资格证都是莆田颁发的，应该很熟悉莆田的发财路径。从莆田单飞，也是很不错的选择，可是他异想天开，无限扩展莆田模式，开启了自己"民科"之旅。民科，对绝大多数人来说都是不归路，李跃华也不例外。

他的"民科"之旅当然不顺利，谁都不理他，但他矢志不渝，不忘初心。这是他自己写的宣传文案：

我有可能防治埃博拉，谁能给我递个话。

去年春，美国流感肆虐，我曾给美国方面写信，说我可以防治流感。

去年中，中国暴发禽流感，我曾给钟南山及有关部门写信，说我可以防治禽流感。

今年春节，我曾经跑到浙医一院，找到李兰娟院士，说我可以防治禽流感。

当然，没有回信，没人理我。

今年，西非暴发埃博拉病毒流行，我又跳出来，大声宣布，我可以防治埃博拉病毒。

我是谁，凭什么宣布可以防治这些病毒性疾病，有什么根据？

我，李跃华，今年50岁，1987年毕业于第三军医大学，现在武汉市开办了一家门诊部兼疑难病研究所。

递话给谁？人虽然不咋地，野心却勃勃：他想得到最高层的认可，皇帝颁旨，骑马夸官，光宗耀祖——几百年不变的"民科梦"。

"民科"志大才疏，总想一口吃天，吃不成，反倒怨天尤人。我要是"天"，也不待见他：他要吃我呢。

先看看他的"志"：防治美国大流感；防治禽流感；防治埃博拉病毒；穴位注射治疗冠状病毒性肺炎。这几项，实现任何一项，都能拿到诺贝尔医学奖。

再看看他的才：据说是第三军医大学毕业，毕业后就是一连串的坎坷，在部队医院实习结束被复员，做了几年的药品推销，当了几年的莆田医生，然后就是几年的坐诊"游医"。

其志何其大，其才何其小。

志大才疏的人总把自己的"怀才不遇"归罪于社会的阴暗面。他被复员，连起码的饭碗医师资格证都没得到，他说因为看不惯医院的腐败才被复员的。同期毕业实习的学生有许多，分配到医院的也不会少，只有他一个人火眼金睛，发现司务长给领导送米面油？再说，米面油也许是医院的福利呢，他是实习生，当然不发给他，为这事举报，与坚持原则没啥关系，借此往自己脸上贴金，只说明他情商智商都很低。就算他真是因为举报领导被穿小鞋，而医师资格证却是另一个系统的事情，医院小小领导干预不到的。为什么说是"小小领导"呢？司务长用以行贿的是米面油这种极平常的东西，更平常的还被一个小实习生给发现了，这领导多么小家子气！

他没有证，一定别有原因，主要还是水平不行，包括文字水平，看他自己写的"宣传文案"："西非暴发埃博拉病毒流行"，"我又跳出来，大声宣布"。不能想象这是大学本科毕业生写出来的文字。语言尚且不通，他的专业水平可想而知。不过"民科"善于选择性健忘，李跃华可能真的忘记到底为什么没有领到资格证。久而久之，就以为自己医术极其高明才受到打击，准确说是受到压制。有旁证，网上传说韩国已经邀请李跃华去治疗"新冠"，韩国虽然是小邦，却也是国王邀请的荣耀，"民科"李跃华是不是正准备手持邀请函当圣旨，骑马夸官，一扫阴霾？

"民科"不要紧，做梦也是常态；"民科"不可怕，只要不害人。但可怕的是"民科"背后汹涌的"民意"。李跃华被调查，支持"民科"李跃华的发言几乎霸占了网络，分不清这些人是傻子，还是骗子。或者，他们既是傻子，又是骗子。傻子还能当骗子？这有啥奇怪，有些人不但既是傻子，又是骗子，而且还是疯子呢！

西医、中医和巫医（上）

那年，我患"脑梗死"……

——你能不能缓和一点说，脑梗死，听着多吓人哪！

——没办法，西医就是这么冷酷。就说动脉粥样硬化吧，都粥样了，还能活几天？可是他"粥样"了十几年，仍然跟驴一样活泼。肝硬化也是，给人感觉那片肝硬硬的已经拒绝工作，可是肝硬化十年二十年的并不少见。最惨的是宫颈糜烂，丈夫说，你都糜烂了，离婚！吃了几片阿司匹林，不烂了。之后她想起来就骂，骂得成套在本：夫妻本是同林鸟，大难来时各自飞，我还没大难呢，几片阿司匹林的开销，刀砍的天杀的你就丧良心！离婚！

还说我的"脑梗死"。住进复兴医院一个多月，脑袋没死，当然我也没死，"核磁"显示颞部三处白斑，说明那里血管已经堵塞，为什么叫"脑梗死"呢，原来是说那一个区域被堵死了，再也疏通不开。我去找主治大夫薛宁兰，询问怎么才能打通这片区域，让血液跟从前一样畅通无阻。大夫觉得有必要给我科普关于脑血管的知识，她说脑血管丰富得很，那一片堵死了就堵死吧，血液会从别的渠道流过去，这叫"代偿"，相当于拆迁补偿吧，运气好的话还能发财呢。可我不要补偿，我要原来的旧房子，请您给我恢复了吧！大夫被我折磨得够呛，终于发火："死了就是死了，不能要了，我给你恢复了有啥用处？再说也没办法恢复！"她看我冥顽不化还有些鬼鬼祟祟，就说，"你打算吃中药是不是？告诉你，不怕把胃吃坏掉，你就吃吧！"

出院后，果然有人介绍一位"老中医"，据说擅长治疗脑血栓中风之类，我单刀直入："能把我脑壳里堵塞的血管重新打通吗？"老中医斩钉截铁："能！""打通多少？""全部！""成交！"耗资累巨万，半年后再去"核磁"，仍然是三处白斑，而且两幅核磁片的影像丝毫不差。不吃药了，去责备那个"有人"，"有人"先生说："那么，你的病好了没有呢？"言下之意，我还活着，就是中药的胜利。为了我的病，王氏家族分成两派，一派说医院治好的，跟中医没关系；一派说正是吃了中药，才恢复得这般好。

中医有什么用处吗？当然有，中医的用处是对患者"同情用药"：缓冲病人对疾病的畏惧心理，让他们觉得自己正在吃药，总会有效果的。经过这样的心理暗示，病人的自身免疫力也许就调动起来，病情好转。如果不吃药待着等死，没几天，吓也吓死了，愁也愁死了。就算那病真的没救了，医生也开几服药，对病人进行"临终关怀"，但中医不说得这么直接，它说这叫"带病延年"。有"药"做精神支柱，他能再多苟延残喘几天。

中医中药历史悠久，所以人们对它很有好感，说它代表优秀民族文化传统。需要搞清楚的是，历史悠久就是好的就有价值吗？一部《黄帝内经》，核心内容是指导炼金丹，吃死了多少皇帝和王公贵族。《伤寒论》等所谓药方是种种匪夷所思"配伍"的记录，误诊了多少平民百姓。至于《本草纲目》的各种沙雕记载，简直可以收进《笑林广记》。

平心而论，原初"西医"的沙雕指数比中医还高些，西方人重逻辑，不如中国人机敏精巧，善于发散思维。他们不知道动植物和人的生命体之间存在相生相克的关系，也就是不知道世上还有"药材"这一说，不知道人的身体需要取材广泛的药材"固本扶元"。他们认为人生病就是血液出了问题，所以发明"放血"疗法，根据部位和病情，决定给人放血的部位和放血量。放血疗法在中国也有，但都是乡间不入流的土大夫使用，也不像西方人那样凶猛，鲜红的血液哗哗流。中国人不舍得血液外流，他们让血液在体内凝结，农村常见额头和脖颈规则红肿的大妈，就是中国式"放血"的成果：揪和捏。中国式放血还有"刮痧""拔火罐"，现在只保留在低端澡堂子里。美国大统领华盛顿也迷信放血，他的病有些严重，根据病情，医生决定放血1600毫升，三斤二两啊，半个脸盆子的血！结果这一放就放飞了华老的生命。不是华盛顿愚昧，迷信放血，因为当时美国就没有别的疗法。如果华盛顿身边有中医医生，他可能还有救，因为中医讲究望闻问切，还有琳琅满目的中药材，更有千千万华丽丽的药方，总有一款适合华盛顿。

进入十九世纪，西方的医疗技术大跃进，果断分出内科外科，更细分到耳鼻喉精神骨内分泌变态疼痛等等，诊断和治疗精密到数字化，各种医疗器械喊哩喀喳。说中医辨证治疗，一人一病，一病一方，其实西医才是真正的辨证治疗，岂止辨证，它是精准的靶向"对症"治疗。比如患者盲肠坏死，就开刀，割除坏死的盲肠，缝合，不涉及其他部位。待伤口愈合，她或他又是一个健康的"密斯"或"密斯陀"。如果是中医，不管你患什么病，一律药汤，走口腔、胃、小肠、大肠，然后排出体外，至于它怎么到达病患部位发挥作用，只有天知道。盲肠已经坏死，给胃灌药汤，就能让死肠子起死回生？盲肠继续坏死，连带其他器官，结果一个盲肠炎就要了他的命。至于脑梗死的人，给他吃汤药，上病下治，南辕北辙嘛！但中医说，不懂不要乱讲话，人的身体是一个整体啊，一枝动百枝摇。可是你得给那汤药多大的动力，才能让它汇成强大的血流，冲破堵塞的脑路？

在西方诊疗技术手段发生大革命的时候，中医仍然在《黄帝内经》《伤寒论》中徘徊。吃核桃补脑，因为核桃仁的结构形状极似大脑两半球；吃大枣补血，因为大枣呈血色；吃蝉治嗓子哑，因为蝉的叫声响亮；吃蝙蝠治白内障，因为蝙蝠的视力最佳；骨折了用接骨草外敷，因为接骨草一节一节的，扯下来还能接上，严丝合缝。我本家哥哥患足疾，脚萎缩，医生开的药方是捉整条的"钱串子"煮了吃，因为它们的脚最多。"钱串子"是一种中型的昆虫，在我们乡下很好找，可是它很难抓，抓它倒也不难，关键是它们的腿非常脆弱，一碰就掉好几条，药方说的"整条"的意思是全须全尾。我们王氏家族全体出动抓"钱串子"，竟铩羽而归，几百条无一完璧。医生给我们出主意，用笼子引诱它钻进去。用这法"钱串子"俘获不少，可是稍一惊动，它们纷纷折腿断腰。看鲁迅谈中医的文章，我十分理解鲁迅"抓药"时的抓狂绝望：一对蟋蟀，必须原配，再婚的不行。这比我们王家大小捉完整的"钱串子"还艰难。

　　鲁迅捉蟋蟀在十九世纪末。我抓"钱串子"是在"文革"时期的六十年代，当今已是二十一世纪，中医的荒诞减少一点了吗？很遗憾。"新冠"肆虐，妖孽也钻出洞穴，种种奇葩"中医"纷纷出笼，一些很有身份的人还呼吁中医救人，中医怎么救人？我不知道中医除了给病愈出院的"新冠"患者开几服"同情药"，还能做些什么。这些人已经脱离危险，正在逐步康复，没有中医的"同情药"，他们也能康复，或许，还能康复得更快些。

　　那位"有人"先生觉得我花了很多钱给老中医，没有取得预期的效果，颇有不忍，于是动用更高层的关系，替我请来一位"德高望重"更老的中医，大有不打通我的"大脑交通线"誓不罢休的意思。老中医仙风道骨，长须飘然，简单询问病情，便端坐不动，他带来的青年与我交流。这青年是他的儿子，预备子承父业的，特健谈。青年讲完，望着老者，老中医不看我，缓缓说出两个字："泥鳅。"青年又打开了话匣子："我父亲说让你吃泥鳅，最好吃活的。知道为什么让你吃泥鳅吗？你的脑血管不是堵了吗，泥鳅习性，体滑善钻——它到处钻哪！"

西医、中医和巫医（下）

　　我家与三大伯四大伯住一个院，三大伯的孙子，也就是我的侄子，长我两岁，叫"五魁"。五魁妈，我的嫂子，那简直就是大力神，她凡做事必须出人意料，我们家大院每天"鸡飞狗跳"，鸡狗们如此活跃的动力全部来自我这个叔伯嫂嫂。这天，她风风火火来找我妈："六婶儿，你帮我看一下五魁，我去供销社，找他们去！"我妈问为啥，她说："夜儿个（昨天）刚买的窗户纸，今儿早上我糊上的，我们五魁，那小手多大一点呀？一捅一个窟窿，一捅一个窟窿！"我妈极力劝说她别去，窗户纸可不就是一捅一个窟窿嘛。左劝右劝，五魁妈心情焦躁，把六婶当成可恶的"供销社"，跳脚大骂："啊——呸！"这一声"呸"实在剧烈，枪弹般的唾沫星子砸向并排躺在炕上的大黄和一岁多的小孩儿，大黄惊慌跳下炕，夹着尾巴一溜烟去了，小孩还不怎么会走路，这一惊吓更忘记了怎么翻身，直挺挺地发抖，西医叫"惊厥"。这小孩就是我了，闹到半夜，转为沉睡，叫不醒，呼吸脉搏渐渐微弱，眼见得活不成了。我爸我妈"夫妻向隅，茅舍无烟，默然相对，不复聊赖"，悄悄地准备后事。

家乡习俗，小儿死了不能装棺材，也不能埋，因为他还不成形，是"它"不算"他"，装进棺材埋进墓地正式下葬，那就等于占有阳间一个活人的名额，如果我爸妈命中只有一子，阎王这老爷子形式主义，一查户口簿，上面记录王家有儿子，就不再给王家分配新的投生名额，我爸就绝户啦！于是一截破烂席子摆在我的身边，等我咽气。

大伯来了，摸摸手，又摸摸鼻子，耳朵贴着胸口听了一会儿，指示我爸："这孩子还有气，你去上滴答水吧，看看香。""上滴答水"是一个小山村，村里有一位巫婆。东北流行萨满教，这位萨满巫婆很有名，人们大事小情都请教她，求巫医的仪式叫"看香"。我爸连夜翻过两座山，向萨满大仙诉说缘由，大仙顾不上吃早饭，登时作法，立刻有神上身，又唱又跳，舞弄了好一会儿，说："你回去吧，孩子已经好了！"斩钉截铁，不容置疑的口气。果然，待我爸往回翻过第二座山头的时候，我已经睁开眼睛找吃的了。家族高兴，大伯说："这小子，大难不死，必有后福！老六，你这孩子阎王爷都不收，将来的前程不可限量啊！"大伯远见卓识，很有先祖的遗风。大饥荒时候全村半数人家逃荒远窜黑龙江，大伯撅着山羊胡子，以"推背图"的语气告诉我："小子你记着，这些人家过几年挨个儿都得回来！"不出五年，流窜的乡亲陆续回归，一户也没少。

大难不死，我果然有后福，以至紧接着的三年大饥荒我都扛过来了，至于前程，我大伯却没说对。但我想，这很可能是大饥荒折了我的福分，大约我命中该当院士的，阎王老爷说："没饿死，多大的幸运！还要啥自行车……还要当什么院士！"爸妈经常向我讲儿童时的这次非常历险，教导我不能忘本，时常去看望那位萨满巫师。翻过两座山，巫婆的坟上荒草离离，我献上祭品，念念有词，感激之情油然，我甚至真的相信是这位巫师把我从死神手里解救出来，放归我爸妈的。

在上世纪五十年代，中国农村基本无医无药，大人小孩有病痛危难，都寻求巫医的援手。"看香""跳大神"等是治病救命的基本方式。巫医能治病吗？当然能，我本人就是例证，直到今天，我还能想象出萨满巫师的音容笑貌："你回去吧，孩子已经好了！"她对我的恩情超过观世音菩萨，观世音菩萨虽然伟大，但菩萨先生与我没有交集，而凭这位巫师或巫医的一句话，我现在还活着。

1950 年后的中国，出生率奇高，死亡率也奇高，婴幼儿死亡率达 30%，那时候的乡间地头和山沟，时常可见丢弃的死婴。这些婴儿的父母求过当地的萨满巫师吗？巫师是不是也对他们说过这样的话："你回去吧，孩子已经好了！"

巫医在中国，其实是心灵慰藉师，人们在为难遭窄之际，听人几句宽慰的话，这位发言者又具有几分权威，能够与神交流，算是神的代言人，效果自然好。如果危难者转危为安，当然是巫医的功劳，如果无力回天，那也是神的意志。而且，巫医几乎是免费的，我父亲求巫师"看香"时带了什么，老人家一直没有说，因为礼金微薄得不值一说。肯定不是钱，大饥荒正在迫近，家家户户没有一分钱，我父亲给巫师的酬劳可能只是一斤米或两棵白菜。

那么，巫医的地位作用，就是无神论中国的"宗教"牧师。巫医牧师无疑是医疗沙漠中的一片绿洲，给人们希望，尽管这"希望"虚无缥缈。但在希望中挣扎，与在绝望中等死，两者的差别如霄壤。上世纪八十年代，我焦头烂额等待大学录取通知书时就是这样的心情：如果没录取，也别一下子告诉我，容我缓一缓。

"文革"后期，医疗渐渐普及，村村建卫生院，层层设医疗机构，但收费也急剧攀升，小病找卫生院，大病往大城市，现在而今眼目下，一场手术，往往举债几十年，西医明码标价的昂贵收费令人望而却步，医患关系于是紧张。消耗巨资，人却死了，家属对医生挥拳动刀。不是家属不理智，是他们对重大损失的报复性反应。医院救死扶伤，但总会有病人救不活扶不起，医生尽力了，为什么还被伤害？原来家属因钱财迁怒于医生、医院。反例：巫医"治疗"就是不治疗，小病拖成大病，大病拖成死病，病人家属却从不会问罪巫师，从来没有。

中医源出巫医，西医引入，中医又借助西医自神其术。所以中医的治病形式近巫医，而用药近西医。"文革"时"赤脚医生"最擅长的就是针灸，北京妇产医院还用针灸代替麻醉药做剖腹产手术，这台手术因载入安东尼奥尼纪录片《中国》而名声大噪。可是针灸有那么神奇吗？其实那台手术就是一次巫术表演，安东尼老头被做局了。中国的巫术与武术都是表演，局外人看得眼花缭乱，门里人清醒得很。还有所谓"悬丝诊脉"，它的根据是打捞井里的水桶，通过绳索可以感觉钩子碰到物体是不是木桶，可是打捞水桶是物理学，悬丝诊脉却是玄学。

中药被掺入西药，这几乎是公开的秘密，为的是增加疗效。但不掺入西药的中药更危险，如关木通的提取物马兜铃酸，西药严禁使用，中药却大张旗鼓，因为它药效强烈，而副作用更强烈，结果导致国内大面积暴发尿毒症。

西药的原材料与中药一样，也来自动植物和矿物，西药还有一些化学合成的材料，但主要成分还是天然物。中药类同"中餐"，没有标准，一人一个配方，剂量和配伍极为随意，说到底中药没有经过严格的药理实验过程，是一门不成熟的技术。于是这几年有中医界人士主张中药数字化，这个设想是很好的，可是步履缓慢，多年不见数字化中药的成品，只有一款"丹参滴液"在撑门面。

我在北京英雄坛医院住院手术，术后滴注丹参滴液，那个疼啊，一动不动的话还好，稍一抬手，就刮骨疗毒，于是忍，忍，等护士拔了针头，我以近似刘翔的速度冲进卫生间……一百八十三秒！同志们哪，你们谁愿意试一试交水费持续一百八十三秒，此前忍受的煎熬？"丹参滴液"消炎啊，避免后遗症啊，痛苦也是值得的吧。可是，万万没想到，出院后一打听，北京各三甲医院，除了英雄坛，全都不使用"丹参滴液"，因为，它基本无效！

门外说戏（一）
——京剧的前世今生

杂剧四折一楔子（过场），舞台演出一个下午或一个晚上；明传奇五十出，每天下午和晚上连续演出，演出三天共计六场，场间有一刻钟的歇场。如以当代影视作喻，元杂剧是电影，明传奇是电视连续剧。

规模悬殊，但两者的艺术品位一致：唱词典雅、优美，是中国悠久诗词文化的"梅斯布"化。它们的唱词实际是词的变形，平仄通押，有衬词。杂剧《西厢记》"端正好"、《汉宫秋》"梅花酒"和传奇《牡丹亭》"皂罗袍"：

　　碧云天，黄花地，西风紧，北雁南飞。晓来谁染霜林醉？总是离人泪。（正宫·端正好）

　　俺向着这迥野悲凉：草已添黄，兔早迎霜；犬褪得毛苍，人搠起缨枪；马负着行装，车运着粮粮，打猎起围场。他、他、他伤心辞汉主，我、我、我携手上河梁。他部从入穷荒，我銮舆返咸阳。返咸阳，过宫墙；过宫墙，绕回廊；绕回廊，近椒房；近椒房，月昏黄；月昏黄，夜生凉；夜生凉，泣寒螀，绿纱窗；绿纱窗，不思量。（双调·梅花酒）

原来姹紫嫣红开遍，似这般都付与断井颓垣。良辰美景奈何天，赏心乐事谁家院？朝飞暮卷，云霞翠轩，雨丝风片，烟波画船。锦屏人忒看的这韶光贱！（皂罗袍）

传奇之后，戏曲进入"战国"时代，地方剧种的"花部"崛起，小宗夺嫡，成为大宗，主流剧种萎缩。昆腔接续杂剧和传奇，继续雅，但势力远不及花部。昆腔也叫昆山腔，民国以后称"昆曲"，它在全民崇尚低俗的娱乐时代保持中国戏曲的本色。昆曲《玉簪记》"琴挑"：

粉墙花影自重重，帘卷残荷水殿风，抱琴弹向月明中。香袅金猊动，人在蓬莱第几宫。步虚声度许飞琼，乍听还疑别院风。凄凄楚楚那声中。谁家夜月琴三弄，细数离情曲未终。

唱词典雅灵动，读来清心，听着悦耳，于是昆腔有所谓"案头剧"，专供阅读欣赏的，性质等同于诗或词。昆曲剧本难写，写一部剧本就等于创作一部词的专集，当代人没有这样的闲心绪，所以当下成熟的昆曲剧目全部来自传统剧。周恩来说"一出剧救活一个剧种"的《十五贯》，也还是传统剧目，而且《十五贯》并没有真的救活昆曲，因为昆曲曲高和寡，现代人普遍"三俗"，很难从容欣赏昆曲。好在昆曲有传承，二十世纪初开始活跃的越剧，就与昆曲有深厚的亲缘关系。越剧《五女拜寿》"怀亲"：

> 朔风阵阵叩柴门，
> 大雪层层压屋顶。
> 草堂寂寂多惆怅，
> 愁绪缕缕挂在心。
> 思夫君立志赴试上京城，
> 却为何秋去冬来无音讯。
> 念双亲蒙冤漂泊去何方，
> 盼只盼苍天保佑身康宁。

《红楼梦》"劝黛"：

> 与姑娘情似手足长厮守，
> 这模样叫我紫鹃怎不愁？
> 端药给你推开手，
> 水米未曾入咽喉。
> 镜子里只见你容颜瘦，
> 枕头边只觉你泪湿透。
> 姑娘啊，想你眼中能有多少泪啊，

怎经得冬流到春，夏流到秋？

《沙漠王子》"算命"：

> 这真是爱河之中起波浪，
> 鸳鸯偏遭无情棒。
> 王子他复国重返旧王宫，
> 人面桃花心悲伤。
> 夜里做着相思梦，
> 日间倚着宫门望。
> 一觉醒来无人影，
> 唯有冷月照寒窗。
> 他只有一曲古琴悲往事，
> 只落得琴声凄切响叮当。

　　杂剧和传奇的唱词是舞台上的"纯艺术"，剧情由道白交代，唱词及唱腔才是本剧和本剧场的看家本领，艺术家在唱词唱腔上下大力气，使杂剧和传奇异彩纷呈。在杂剧，一个角色包揽全剧唱腔，除了短暂的幕间休息，一个人主唱一个下午或一个晚上，有时候日场和夜场连续进行。杂剧没有 AB 角的设置，这个演员的功力自不待言，唱词唱腔的设计更需要十分用心，这才能聚拢观众，形成本剧场和演员团队的"粉丝团"。

　　杂剧和传奇崇尚唯美主义，美，服装、道具、音乐固然重要，但更重要的却是唱词唱腔，杂剧的每折一个"套数"，一个套数由若干曲牌组成，这些套数属于不同的"宫调"，那么一部杂剧可能用四种宫调演唱。大型套数的演唱长达四分之一个时辰，作为缓冲，道白穿插其间，间或插科打诨。这浩大的唱腔实际是各种曲调的集锦，上引"正宫·端正好"，就是《西厢记》"长亭送别"一折的正宫调，这个套数包含了"端正好""滚绣球""叨叨令""脱布衫""小梁州""幺篇"六个曲牌。演唱中六种风格的曲调变换，避免观众产生听觉疲劳。

传奇改变了一个角色主唱的传统规则，其他角色都可以有唱词。但是，这时的唱词也承担了交代剧情的功能。昆曲和越剧也接受了这项改革，道白的分量加重，《五女拜寿》，"唱"和"白"平分秋色，更晚的北方评剧《杨三姐告状》，由于道白精彩，唱腔反倒成了点缀，接近话剧了，是一个特例。

杂剧的基本功是"唱"和"念（道白）"，辅之以"做"，传奇增加了"打"，叫做"无打不成戏"，以致《牡丹亭》《拜月亭》这样纯粹的才子佳人戏，也安排大量的武打戏，凭空设置武装的男二号或女二号，在台上施展他们的"十年功"。杂剧《拜月亭》故事线单一，蒋世隆和王瑞兰的离合情缘，情节紧凑。传奇《拜月记》为了武打，增加武士陀满兴福这条人物线。搬演一场传奇五十多出，演员无力连续演唱三天三夜，就用武打串场，更多的情况是武打戏独立成出。京剧继承这个做法，每部京剧五六场，其中必定有一场纯武打，无戏词或寥寥几句，现代戏《红灯记》的武打场只有两句话四个字："站住！""带走！"

昆曲和越剧复古，恢复纯粹文戏"唱念做"的杂剧风格，特别是越剧，它如果有武打，观众反倒不习惯。周恩来就对越剧《追鱼》不以为然，直言不喜欢它，说它太热闹，因为有武打戏。做、打使戏剧更有观赏性，但它的剧场意义只在拉长剧的节奏，相应地可以减少唱的部分。唱念做打，减少艺术，增加技术，剧情不改变，而剧场更活跃，因为这时候的观众喜欢热闹。

京剧是花部的后裔，它的唱词充满俚语、俗语、口语，唐宋以来雅化的文艺表达在京剧剧本中消失，戏曲艺术整体进入低俗化时代。南方的花部原本已经世俗化、庸俗化了，移植到北方，受到粗野蛮横的梆子戏的影响，世俗、庸俗的程度更彻底。比较杂剧和京剧的曲目，文雅和粗俗立判。

杂剧：

破幽梦孤雁汉宫秋

唐明皇秋夜梧桐雨

迷青琐倩女离魂

望江亭中秋切脍

醉思乡王粲登楼

梁山泊李逵负荆

裴少俊墙头马上

感天动地窦娥冤

江州司马青衫泪

闺怨佳人拜月亭

京剧：

骂王朝

骂王朗

骂杨广

骂阎罗

贺后骂殿

徐母骂曹

击鼓骂曹

胡迪骂阎

蒯彻装疯

打渔杀家

坐楼杀惜

寇准背靴

徐策跑城

陈三两爬堂

打金枝

打瓜园

打督邮

打龙袍

打銮驾

打乾隆

打严嵩

打孟良

打焦赞

打城隍

京剧源于南方的"徽班"，徽班是花部的一种。徽班进京，原本也带来一点"雅"的，可惜被它的继承者京剧果断摒弃，如今只剩一些"上口字（尖团音）"证明它来自南方。至于唱词，京剧堕落到市井小调的程度，大体是《探清水河》"在其位的明公细听我来言"的档次。"我这里抬头用目观望"，抬头、用目、观、望，说的是一个事：看。为了凑字数和押韵，不惜割裂语言。"翻身跨上能行马，转身又下了马能行"，能行马，马能行，这不是中国话了也。京剧为了迎合民间说唱，大批量出现这样的唱词："城头上乌鸦声声叫，声声只叫雷宝童：去着好来不去好，去着不中不去中。进府走的阳关道，出了进了枉死城。"到底是让雷宝童去呢还是不去？《空城计》司马懿的一段"西皮"，代表了京剧唱词的一般水准和基本风格：

> 有本督在马上用目观定，
> 诸葛亮在城楼饮酒抚琴。
> 左右琴童人两个，
> 打扫街道俱都是那老弱残兵。
> 我本当传将令杀进城，
> 又恐怕中了巧计行。
> 回头我对侍从论，
> 老夫言来听分明：
> 城里设下这千条计，
> 棋逢对手一盘平。

"巧记行"，仿照"马能行"，"论"是"说"，"一盘平"则不知所云，即使俚俗的花部，也不至于如此胡乱堆垒文字冒充唱词。说京剧"迎合"民间说唱也不很准确，其实，早期写京剧剧本的人大多文盲，唱而优则写，在阿甲、翁偶虹之前，京剧二百年，唱词一直停留在低俗庸俗媚俗恶俗（不止"三俗"了）的层面，京剧剧本几百种（有人说五千八百种，虚张声势的），唱来唱去，只有《贵妃醉酒》"海岛冰轮初转成"一句，约略近似杂剧和传奇，与地方戏越剧相比也不逊色，可是它再好，也只有一句。有说京剧《贵妃醉酒》移植自昆曲，那么京剧唯一的好词的成就"海岛冰轮初转成"也化作乌有。

旧京剧的唱念做打四科，"念"和"做"极度程式化，"打"流于杂耍，上世纪六十年代，经"旗手"改良后京剧的"打"差强人意了，比如《龙江颂》，用"堵决口"代替武打，那一组"鹞子翻身"也算爽心悦目。旧京剧的打简直不能卒视：《岳母刺字》，主角作势，四个龙套为他搭架子：四支红缨枪一起扔向他，他手脚并用，红缨枪一起弹出，台下一片好。但这有什么好？至于《徐策跑城》的晃动帽翅，单晃，双晃，左右交错晃，的确有功夫，可这功夫分明属于杂技。

京剧也不是一无可取。繁复的京剧唱腔，是京剧，也是中国戏剧的一支清流。徽班进京之前，北方戏曲主流是"梆子"，梆子腔声调高亢，全部小嗓（假嗓）演唱，京剧则引入本嗓。京剧的小生和正旦继续使用小嗓，其他角色则用本嗓，更加上"花脸"的本嗓壮阔豪迈，唱着听着都提神。民国以来，小生也抛弃小嗓，改用本嗓，正旦则本嗓小嗓兼有，整台剧的唱腔更艺术化，也更人性化。京剧唱腔取梆子腔的高亢，同时也吸纳昆曲的婉转，糅合南北，推陈出新，京剧成为中国戏曲的龙头老大，仅从唱腔来说，实至名归。某年春晚，一个串场的丑角说越剧："你唱的可真好听——可我一句没听懂！"北方人当然听不懂越剧，但京剧，各地人都能听得懂，更重要的它是真好听。京剧的唱腔理所当然是世界非物质文化遗产，还是持续活跃的文化遗产。

京剧的"唱"一枝独秀，所以懂行的人们到剧场不是"看"戏，而是"听"戏。行家守着茶桌，闭目凝神，念做打时他"闭关"，唱腔"过门"的京胡响起，他立刻正襟危坐，一只手在膝上打着拍子，全部身心进入京剧唱腔的规定情境，如果演员有一处拗折或走板倒字，他立刻睁开眼睛："嗯？"

这些人，前生的前生的前生，一定是杂剧传奇的忠实拥趸。

门外说戏（二）：曲折《锁麟囊》

1940 年，翁偶虹为程砚秋先生编剧的《锁麟囊》在上海京剧院演出。登州富户薛家女儿湘灵出嫁，在春秋亭避雨，遇到贫家女赵守贞的花轿。赵守贞没有妆奁，看到薛湘灵的奢华排场，伤心痛哭，薛湘灵慨然赠送锁麟囊。六年后，登州水灾，薛湘灵流落到莱州，受雇于卢员外家，偶然发现卢家供奉一只锁麟囊，正是她当年所赠之物，睹物感伤，原来卢夫人正是当年的贫女赵守贞，夫妻得"锁麟囊"帮助，如今富甲一方。赵守贞得知当年恩人来到眼前，"三让座"请薛湘灵坐上主位，自己屈身下拜。

《锁麟囊》戏剧情节感人，唱词优雅，近似杂剧传奇的艺术风格。而京剧特别重视、流于程式化的武打，《锁麟囊》只用三个龙套的站立旋转草草带过，时长不到十秒钟。特别是它的唱词，在二百多年的京剧历史上堪称划时代，不但"能行马""去着不中不去中"之类的唱词远远遁去，即或京剧名句"海岛冰轮初转成"也相形见绌。人们终于发现，京剧固然俗，但它也可以雅，雅得清新脱俗。如"春秋亭外风雨暴"：

春秋亭外风雨暴，

何处悲声破寂寥。

隔帘只见一花轿，

想必是新婚渡鹊桥。

吉日良辰当欢笑，

为什么鲛珠化泪抛？

此时却又明白了，

世上何尝尽富豪。

也有饥寒悲怀抱，

也有失意痛哭嚎啕。

轿内的人儿弹别调，

必有隐情在心潮。

耳听得悲声惨心中如捣，

同遇人为什么这样嚎啕？

莫不是夫郎丑难谐女貌？

强婚配鸦占鸾巢？

听薛良一语来相告，

满腹骄矜顿雪消。

人情冷暖凭天造，

谁能移动它半分毫。

我正富足她正少，

她为饥寒我为娇。

分我一枝珊瑚宝，

安她半世凤凰巢。

忙把梅香低声叫，

莫把姓名信口哓。

这都是神话凭空造，

自把珠玉夸富豪。

麟儿哪有神送到？

积德才生玉树苗。

小小囊儿何足道，

救她饥渴胜琼瑶。

这段唱词太精彩，以致翁偶虹发生严重的"文学自恋"，在"认囊"一场继续逞才，造就《锁麟囊》的唱词奇观，可比肩杂剧传奇：

那一日风光好忽然转变，

霎时间日色淡似坠西山。

在轿中只觉得天昏地暗，

耳边厢，风雨断，雨声喧，雷声乱，乐声阑珊，人声呐喊，都道是大雨倾天。

那花轿必定是因陋就简，

隔帘儿我也曾侧目偷观；

虽然是古青庐以朴为俭，

哪有这短花帘，旧花幔，参差流苏，残破不全。

轿中人必定有一腔幽怨，

她泪自弹，声积断，似杜鹃，啼别院，巴峡哀猿，

动人心弦，好不惨然。

于归日理应当喜形于面，

为什么悲切切哭得可怜！

那时节奴妆奁不下百万，

怎奈我在轿中赤手空拳。

急切里想起了锁麟囊一件，

囊虽小却能作积命泉源。

有金珠和珍宝光华灿烂，

红珊瑚碧翡翠样样俱全；

还有那夜明珠粒粒成串，

还有那赤金练、紫瑛簪、白玉环、双凤鳌、八宝钗

钏，一个个宝孕光含。

这囊儿虽非是千古罕见，

换衣食也够她生活几年。

大珠小珠落玉盘，谁人闻听不愀然。

京剧大师程砚秋一出《锁麟囊》，在京津沪多地演出数百场，场场爆满，很多人追看《锁麟囊》不知道多少场，从"赠囊"开始就泪光莹莹，到"让座"一场，赵守贞说"薛妈，随我来呀——你看什么？""锁麟囊。""你看什么？""锁——麟——囊！"他们已经泪落潸然如雨。观众的泪在剧场飞，而《锁麟囊》却不是悲

剧，这是一个施恩报恩的故事，剧中人物命运的转换与悲欢离合牵动观众，到"三让座"的桥段，无不动容。狄德罗说，好的戏剧，观众走出剧场时，比他们进入剧场时更高尚。《锁麟囊》就是这样一出悄悄使观众高尚起来的优秀戏剧。

斗转星移，上世纪五十年代崇尚"革命"，官方指示，《锁麟囊》这么受欢迎，一定有问题。还具体指出问题所在：《锁麟囊》鼓吹阶级调和，反对阶级斗争，是一株大毒草。"指示"说，广大人民群众的美好生活是打倒剥夺封建地主资本家得来的，《锁麟囊》却说富家女赠送贫女财物，然后贫女暴富，而赠囊的富女因为意外变故变成贫女，转身成为贫女的仆人。这就根本否定人民革命战争和土地改革，让人们坐等地主资本家施舍，通过接受施舍发家致富。财富是我们从地主手里夺来的，不夺，富人哪有那么好心，给你钱，给你粮，给你珍珠宝贝？"指示"说，《锁麟囊》的反动还不止此，富女薛湘灵赵守贞互敬互爱，肝胆心照，后来还义结金兰，根本原因在薛赵之间有钱财交往，难道贫下中农就这样容易被收买吗？这样反动透顶的一出剧，必须打倒！但本着"给出路"的政策，官方责令程老板修改《锁麟囊》，让毒草铲变成肥料。集体讨论，七嘴八舌，攒成了1954年的程砚秋演出本：

赵禄寒登场就声明，我亲家很有钱哎，给了我家很多很多聘礼。但他又说，我家很穷很穷哎，姑娘出嫁连一件像样的衣服都没有。所以东跑西颠地张罗，到底为女儿买了一件红布衫。这个桥段来自《白毛女》，杨白劳过年给女儿买一条红头绳。人们的疑问，难道赵家聘礼陪嫁妆各收支两条线不交叉，不能用聘礼为女儿买一份像样的嫁妆？或者赵禄寒吝啬，留下聘礼自己花，不能用在女儿身上一分毫？改编本说，赵守贞在轿内啼哭，是因为父亲无人奉养，并非因为没有妆奁，却被薛湘灵误会，赠送赵守贞锁麟囊，赵守贞退还财物，留下锁麟囊的外包装，说是作友谊的见证。两个人并没见面，姓名都不知道，这种"友谊"所从何来？六年后，洪水淹没登州，薛湘灵被洪水冲到莱州地界，被卢员外家聘为家庭教师，于是满台"薛老师""薛老师"，仿佛穿越到社会主义新中国。在中国古代，家庭教师称"先生"，"老师"一词，专指德高望重的学者，如荀卿"最为老师"。薛湘灵在卢家角楼发现被供奉的锁麟囊，薛赵两家大团圆。

集体改编《锁麟囊》，人人都是专家，这些专家、行家凑成"四不像"的《锁麟囊》。原本一部完整的剧本，被这些人东割西裂，筋伤骨断，肌肤凌迟。登州洪水，突然冒出两个积极分子，带领左邻右舍修筑堤坝。这是剧团支部书记的鬼点子，加这场戏，突出人民群众的光辉形象。卢员外搭粥棚舍粥救济灾民，工会主席说，那时候逢灾荒年月，富户的确捐钱捐粮救济灾民，那是他们剥削得太多，装装样子给人看的，"我们不理睬他！"坚决主张删去。不舍粥，薛赵怎么会合？也简单，让胡妈的侄女碧玉在卢员外家做使唤丫头，"穷不帮穷谁照应，两颗苦瓜一根藤"。可是这样一来，胡妈、薛湘灵早就该知道卢员外一家的根底，后边的戏无法展开。他们不管这样的硬伤，集体改编从来都是顾头不顾腚的。薛湘灵结婚六年，丫鬟梅香告诉大家，周家少爷整天在外浪荡，薛小姐终日啼哭，姑爷一回来，俩人就吵架。这是剧团团长的馊主意，他认为富人家从来都家庭不和睦，富人家的公子一定是花花太岁，到处拈花惹草。妇联主任也附议，赞成加上这条，为受气的妇女伸张正义。可是他们改了前边，照例不顾后边，"大团圆"一场，薛湘灵唱"莽官人羞得我脸似海棠"，明明夫妻恩爱，何曾有吵架的影子？

戏剧主线。赵守贞没有接收薛湘灵的馈赠，那么以后的一切事情都没了根基，赵守贞为什么把"路人甲"送给的红布口袋高高供奉在角楼，友谊（这个词也很新潮）？这女人的心思旁人猜不着。1940 年版的《锁麟囊》，薛湘灵认出了锁麟囊，但她不知道赵守贞的身份和心思，更怕错认，于是才有捧囊痛哭与恋恋不舍："锁——麟——囊！"如果她当初赠给赵守贞的只是一个空布袋，就不会有这些顾虑，她会直言相告："哎呀俺的那个亲娘哎！这个锁麟囊是那年我送给你的，你还留着啊，谢谢你了老姐妹儿！"剧终。既然这就剧终了，后边的大量情节重头戏也就不存在，前头的种种铺垫所为何来？退票退票吧！

可是中国观众忍受度高，他们不退票，从 1954 年首演，直到 1965 年高层明令禁止才子佳人戏，先是程砚秋，程老板过世后，程派弟子接续演出这出新版的《锁麟囊》，又是数百场。时至今日，这一版的音配像《锁麟囊》仍然活跃，观者木木然，心里与程派的"疙瘩腔"一样疙疙瘩瘩。说原版有阶级调和的错误，但赵薛相认后结为姐妹，也还是阶级调和。赵守贞已经退还锁麟囊中的珍宝，薛湘灵还在絮絮叨叨地列举里面都有什么宝贝，这近乎荒诞。请人吃饭，比划说请你吃这么长的龙虾，这么大的鲍鱼，虚伪加炫耀。锁麟囊里面的珍宝谁也没见过，薛湘灵虚伪呢，还是炫耀？

1983 年，李世济领衔北京京剧院排演《锁麟囊》，果断采用

1940 年翁偶虹原本，书记、团长、工会主席、妇联主任的意见统统灰飞烟灭，《锁麟囊》拨开云雾终于见了青天。翁老和程老板在天之灵，可以从容安歇了。

2004 年，迟小秋领衔沈阳京剧院演出改编版《锁麟囊》。改编基本沿用 1940 年原本，但在"大团圆"一场加上"还囊"桥段：赵守贞把锁麟囊郑重交还薛湘灵，完成赠囊——认囊——还囊的循环。改编者说，这样剧情更为周延。可是这样安排，很容易引起观众的"杠精"情绪：已经赠送了，为什么要归还？还囊，是还空囊呢，还是装入珍宝，装多少，成色分量，都得计较。再杠下去，六年的利息，给不给？改编本无故设定"还囊"桥段，画蛇添足。改编者或许与旧京剧的编剧一样出身低微，终身贫寒，凡事斤斤计较，始终不能摆脱穷人心态，把一个延展性无边的情节压缩为"借与还"俗套段子。李世济版的《锁麟囊》结尾，设置为赵家分一半家产给薛家，还是小家子气，就是把全部家产让给薛湘灵，赵守贞一家离家出走了，仍然小家子气。这时候，纠结于珠宝、家产之多寡，多么形而下！

演出之后，专家们又开研讨会，会上专家赵锡寰的发言使人震惊，他居然坚持 1954 年版本，说赵守贞哭不是为妆奁，赵守贞穷而有志，且深明大义、孝顺知理，梅香浅见笑贫，赵禄寒愤世嫉俗。守贞心疼老父，才情急痛哭。这人中"样板戏"的毒太深，一定要树立一个高大全的人物。赵守贞一个小姑娘，为妆奁哭才合情理。迟小秋版《锁麟囊》刻意拔高赵守贞，险些重蹈 1954 年集体改编本的覆辙。一位演员出身的专家说："薛家的花轿轿面很精致，但当演员一转身，就给观众看到了后背，舞台画面不太好看。我想起当年我演此剧时，新艳秋先生曾对我提议，可否在轿帐后再加个帘子。"梅斯布啊，斯坦尼强调演员的代入体验，布莱希特主张演员与舞台与观众的感觉间离，中国的梅兰芳，在舞台实践最完整的象征主义，这才叫"梅、斯、布"。如果在帘子后边再加一个布帘，这个布帘与前帘多大距离？结果一定搞成一部真的花轿，说好的象征主义呢？好在这些所谓"专家"的意见多数没被采纳。

2007 年，张火丁出演薛湘灵，她的扮相，她的身段，她的声腔，她的台上台下为人，完整一个薛湘灵，说翁偶虹专为张火丁创作的《锁麟囊》也不为过。这么说没有设定程砚秋和张火丁孰为高下的意思，张火丁程派传人，在丰富程派唱腔方面，居功至伟，当前京剧旦角，程派最为抢眼，最耀眼的当然是张火丁。

张火丁版《锁麟囊》，"大团圆"一场，回归翁偶虹原作李世济演出版，果断摒弃还囊、囊中装珠宝的关节，薛赵二人义结金兰，薛湘灵感慨"愧我当年赠木桃"，戛然而止。赵守贞下拜，薛湘灵谦让，二人亮相，剧终。这个细节显出编剧和张火丁缜密的心思。赵守贞说："我意愿与薛娘子结为姐妹，不知薛娘子意下如何？"迟小秋版的薛湘灵回答说："我也正有此意。"这就显得"托大"。薛湘灵虽然已经家庭团圆，且明白面前这个夫人就是当年那个因无妆奁哭泣的小女孩儿，可是她自己的身份一时不能转变，还是卢府上的一个女佣。张火丁遵从李世济版的薛湘灵，她说："就依夫人。"这才大方得体。

门外说戏（三）：回望"样板戏"

"男怕入错行，女怕嫁错郎"，但是女的嫁对郎，万一入错了行，闹到归齐也是个白扯。

云鹤小姐试嫁了几次之后，终于发现了真龙天子，攀龙成功，几年后晋升为皇后，成为人生大赢家。但是此后，她入的"行"却偏离了正轨。其实，"皇后"本身就是一种行，不必再入别的什么行的。在欧洲，皇后或王后随皇帝出国访问，皇帝忙正事，皇后到幼儿园、养老院看一看，送点小礼物，以示亲民。中国皇帝超级尊贵，从不出国访问，皇后呢，不但不出国，还不出皇家的大院子，她只负责生小皇帝。皇后自己生不出的话，就花一百五十个"匹亚斯"苦心孤诣在民间买肉墩墩的胖女人，让她们为皇帝生小皇帝，这是《牡丹亭》陈最良对《诗经·关雎》的解说。陈最良也并非自出机杼，汉代以来解读《关雎》，都这么说。云鹤小姐既然是人生大赢家，从此可以、而且应该、也必须童话般过生孩子的日子，可是云鹤小姐不满足于此，她偏要再入一道"行"：主管文艺，主持京剧改革。

坊间说"八个样板戏"标志云鹤皇后垄断文艺，其实贬低了这位"旗手"。早在五十年代，云鹤就开始干预文艺活动，强制戏剧转向"革命化"，程砚秋修改的《锁麟囊》就是实例，京剧剧本的公式化、概念化那时候就已经病入膏肓。早年，云鹤不出面，向他的夫君渗透自己的意思，夫君觉得有理，不经意的只言片语，宣示自己的、其实是云鹤对文艺的见解。但这种宣示多数在闲谈，文艺又无关宏旨，人们还可以表示不同意见。1961年陈毅就对当时的京剧改编潮提出批评，基本否定了大部分新编京剧剧本，比如《红梅阁》说李慧娘没有死，但这样一来，裴生和谁结婚？李慧娘还是卢昭容？新编京剧总是这样首尾不相顾。《窦娥冤》，窦娥也没死，既然没死，"窦娥冤"之"冤"也就不成立了。薛湘灵过门就夫妻分居，她那五岁的儿子从何而来？《锁麟囊》一出家庭伦理悲喜剧，整一伙子乡民筑堤抗洪是什么鬼？

但1965年前后成型的"样板戏"确实标志着云鹤文艺思想的修炼完成。简单总结，是四个方面：党的绝对化领导、群众路线、民族矛盾就是阶级矛盾、女权主义。除了第四点，前三点都是夫君的思想，云鹤以"学生"的身份，把夫君的思想移植到艺术特别是京剧改革上。

第一，党的绝对化领导。在"样板戏"中，党居于矛盾冲突的最高端。《龙江颂》，龙江大队党支部书记江水英说了算，《海港》，上海港党委书记方海珍说了算，《杜鹃山》，杜鹃山自卫军党代表柯湘说了算，《红色娘子军》，娘子军连党代表洪常青说了算。《沙家浜》里的阿庆嫂不是党委书记，但是她的所有行动都是没出场的"程书记"指挥操控的，程书记说了算。各出剧中，"政府"

系统的官员如主任、厂长、大队长等永远跟不上书记的思想，在后边跌跌撞撞，动辄得咎，一步错步步错，经过重复打击，"主任"等只好放下思考，在书记身后亦步亦趋，从此万事大吉。《杜鹃山》的自卫军大队长雷刚，下山救人，错了，不下山，又错了，再下山，还是错了。究竟怎样才不错？很简单，一切听柯湘指挥就对了。《龙江颂》，大队长李志田保三百亩，不对，保三千亩，也不对，好不容易出了一个对的主意，烧窑，却因为堵塌方被搬走了全部柴草，一窑砖全部报废，两千块钱打水漂，结果还是一个错。人们总是低估云鹤的价值地位，殊不知她领会夫君的思想最为全面，把夫君的思想贯彻在戏剧舞台，更能入脑入心，她"好学生"的自我定性很准确、很走心。

第二，群众路线。领袖深得"发动群众"战略决策的恩惠，各种运动，全都发动群众，让群众打头阵，所以直到现在，还有六七十岁的老人深切怀念当年曾经被领袖"发动"的荣耀，尽管那时候很穷很苦，但是领袖说"你们很重要"，如此信任，完全可以抵销他们对饥饿的痛苦记忆。1954 年改编本《锁麟囊》异想天开发动乡民筑堤抗洪，"样板戏"继续这个路线，每一部戏都有"群众"集体显魂。《红色娘子军》，一帮女战士讨论攻破椰林寨的作战方案："这里搁上一个排，往下一冲，解决问题！"《沙家浜》，群众集体违抗刁德一"下湖捕鱼捉蟹"的命令："大家不要怕，每条船上派两个弟兄保护你们——那也不去，不敢去！"《智取威虎山》，有一场"深山问苦"，就是发动群众攻打威虎山："首长，老乡们来看你们来啦！"《平原作战》，鬼子把群众集中起来，威逼他们交出游击队，当然鬼子不会得逞。"我看你是白披了一张人皮！"《奇袭白虎团》，更把"发动群众"运动扩展到朝鲜，志愿军和朝鲜民众并肩作战，朝鲜革命群众与中国志愿军共同"奇袭"了白虎团。所以，"样板戏，样板戏，没有群众不成戏"。

第三，民族矛盾就是阶级矛盾。《红灯记》，翁偶虹、阿甲创作，云鹤多次参加修改。剧本的底子好，云鹤对剧本和表演精雕细刻，使这部戏成为京剧样板中的样板，云鹤的意见很细很生活，她说李铁梅衣服上的补丁，必须打在肩、肘、膝、臀部位，打在前襟，那算什么？云鹤的这个意见非常好，反观当前影视剧的服装道具极不用心。《地下交通站》，可称精品了，在日本也取得了很漂亮的收视纪录（续集不行），艺术无国界，日本观众看"自己人"野尻和黑藤出糗，也开心大笑。可是杨宝禄身上胡乱的补丁，却令人作呕。《红灯记》的情节、唱词、唱腔、表演，都可夸可赞，由于剧本的煽情效果，人们忽略了剧本的缺陷：双主题。《红灯记》表现中国工人祖孙三代抗击日本侵略者的感人事迹，可是在"痛说革命家史"一场突然加入中国军阀吴佩孚镇压工人运动的第二个主题即阶级斗争主题。二七大罢工，1923 年发生在汉口、郑州、芦台一线，《红灯记》的故事背景却是四十年代东北地区一个三等火车站，李玉和一家怎么来到"满洲国"的？云鹤可能也想到这是个漏洞，试图说服翁偶虹把故事设置在华北，可是全剧的气氛是东北不是华北，作罢。即使改在华北，日寇侵略和二七罢工相隔二十年，这个时间的跨度怎么办？更重要的是，日本侵略军与中国军阀有啥亲缘关系，使得李玉和先反军阀后抗击日本？实际情况却是，军阀吴佩孚坚决抵制日本人的诱惑，拒绝出任伪职，把吴佩孚与侵略军相提并论实在欠妥。

云鹤对《红灯记》演出的服装道具见解独到，但她对《红灯记》剧本修改却越改越糟，原本鸠山有一段"新水令"："铁蹄踏遍松花江，好把骷髅盛酒浆，一声皮鞭一声嚷，敲骨弹筋当乐章，哪怕他铁嘴钢牙不肯讲，严刑拷打叫他投降！"宴请李玉和，鸠山也有一段"拨子散板"："这个人的心思好难猜，几个钉子碰回来……"这时期，云鹤就有了"三突出"思想："在所有人物中突出正面人物，在正面人物中突出主要英雄人物，在主要英雄人物中突出最主要的即中心人物。"既然"三突出"，反面人物鸠山的戏份就得压缩再压缩，于是李玉和增加两大段唱词，"狱警传，似狼嗥，我迈步出监……"鸠山的唱本来就少，砍去两段，只剩下对王连举的四句"西皮原板"："只要你忠心为帝国卖力气，飞黄腾达有时机。有道是苦海无边回头是岸，就看你知趣不知趣！"还有访问李家时的一句："李玉和已讲明岂能将我诓。"一个首席大反派，全剧只有五句唱词。这还算好的，《龙江颂》的黄国忠，《海港》的钱守维，《红色娘子军》的"南霸天"，《杜鹃山》的"毒蛇胆"等等，全剧不见一句唱，完全沦为"龙套"，《沙家浜》那样反派人物反复大段唱腔和对唱的设置，再也见不到了。《审椅子》，1962年演出本，大反派王老五（黄三槐）有大段独唱和对唱，俨然主角，到1976年李炳淑演出本，却只保留简单几句对唱，也由"主角"沦为"准龙套"。

第四，女权主义。云鹤主持京剧改革，她自己懂表演，更重要的她知人善任，择取的几位艺术家都是一代英才，不必说百戏之祖翁偶虹，云鹤从芸芸众生中简拔的于会泳，竟是不世出的天才，京剧音乐在于会泳这里开启一个时代。王树元根据云鹤"把京剧搞成韵白剧"的指示，创作"韵白剧"《杜鹃山》，无疑是现代京剧创作的巅峰之作。人们可以不喜欢"样板戏"甚至全盘否定它，但是肯定绕不过《杜鹃山》，《杜鹃山》是 20 世纪现代京剧最值得保留的剧目，没有"之一"。云鹤在京剧服装道具的改革上也算苦心孤诣，要知道，从宽袍大袖的古代服装到短打扮的现代服装，克服这种落差原来极难，但现代京剧做到了。李少春、袁世海、童祥苓、谭元寿、马长礼、洪雪飞、刘长瑜，京剧表演大家穿上现代服装，举手投足，"起范"自然，并不见任何失范，云鹤指导完成古代京剧向现代京剧的从容过渡。

京剧舞台音乐方面，云鹤的改革尤其值得大书一笔。京剧起源于"三面剧场"即露天剧场，不具备收音条件，为了聚拢观众、提示剧情，有"文武场"的设置，"文场"乐器为丝弦，京胡、二胡、月琴三大件领衔，管抒情；"武场"乐器为锣鼓，唢呐、大锣、铙、钹、镲五大件，管造势，追求声音的无限制巨大。随着京剧走入封闭剧场，"武场"的尖锐和高分贝就成了噪音，于会泳果断取消唢呐等五大件，改用西洋乐器作"武场"。西洋乐器音量宏大，但低频，层次感强烈，《智取威虎山》"打虎上山"一场，圆号独奏杨子荣的主题音乐："索米索多——多拉多米来——米米来多来、来、多拉多——"圆润、雄壮、悦耳，成为《智》剧的大亮点。由于使用西洋乐器，人物的主题音乐成为可能，代替了从前千篇一律的"过门"。过门是京剧音乐的精华，京胡独奏，声音高亢，却总显得单薄。《杜鹃山》柯湘的主题音乐"索索索米来多米来多，索拉索米，多——"的交响乐响起，观众心头一震，眼前一亮，于是柯湘亮相。

云鹤的特殊地位，使她对自己入的"行"具有广阔的选择余地，她渐渐有了"跨界"的雄心壮志。1966 年，她成为"文革"小组事实上的"组长"，这种雄壮之心如虎添翼，1971 年以来，文艺作品包括戏剧小说等，主人公大多是女性，她们一律任党委书记，浩然小说的男性"高大全"悄然引退，"女高大全"集群登台。这些"女主角"，有的出于云鹤的设计，如电影《春苗》，但更多出于作者的揣摸，他们以艺术家敏锐的感觉，知道云鹤喜欢什么。1975 年 11 月，云鹤召集在北京参加"打招呼会议"的领导干部开会，讲了三个小时，无聊无趣加八卦，把这些大员听得东倒西歪。最后点题："有人造谣说我是武则天，我说，在阶级问题上，我比她先进，但在才干上，我不及她，她们（吕后、武则天）比男人厉害。吕后是没有戴帽子的皇帝，实际上政权掌握在她手里。武则天，一个女的，在封建社会里当皇帝啊，同志们，不简单啊。她那个丈夫也是很厉害，就是有病，她协助丈夫办理国事，就这样锻炼了才干。"这样的暗示，等于明白指示了，听者再糊涂，也知道云鹤想干啥。

云鹤嫁对了郎，但是两次入错了行，第一次小错，第二次大错，小错犹可恕，大错不可挽。由于贪大，不知餍足，结果"小东大东，杼轴其空"，小功大功，身后清零。

文正公讲课实录（文字版）

中国传统文化专题课，今天讲两个假传统文化之名，行蒙骗之实的物种：武术和中医。

得胜头回。北京的一个老人被同一个人用同一种方法，两次骗去二十几万元。原来他是养生达人，家里存放了巨量保健品，吃剩下过期的。向他推销这些保健品的年轻人说，可以给他退货，不过要交保证金，保证金十万元。感慨，他家存了多少保健品啊，光保证金就十万元！然后，就没有然后了。朝阳警方还真厉害，把那个年轻人找到了，可是那十万元已经被他挥霍得干干净净。保健品还得吃，老人搬了家，还换了电话。经过几年，再次存下巨量的保健品，电话很及时打进来了："您老的剩余保健品已经过期，本公司信誉至上，可以全数收回，现在上门清点货物。"打开门，还是那个年轻人，很慌乱，不过老人已经不认识他："你是谁，我不认识你呀？"年轻人轻松再骗他十几万。那位老人就是傻子，专供骗子骗的，他那么有钱，就负责养活骗子吧。（老师，那位老人是谁，在哪里住？门牌号码有吗？）吴杰同学也动心了？你没戏。他接受电视台记者采访时说了，不再把电话给不认识的人，他不认识你。（等着被同一个人骗第三回？）有可能，大概率！

今天讲的傻子和骗子与这个故事的人物有所不同，这里的傻子和骗子二位一体，傻子就是骗子，骗子就是傻子。

上个月，骗子马保国被一位武术教练三十秒 KO，这件事很有研究价值。我讲两个要点，第一，马保国的名声是怎么获得的，第二，他为什么晚年亲手打碎自己几十年树立的偶像。

中国武术在国际上美誉度很高。欧美人普遍觉得中国人全都是功夫高手，比李小龙、成龙差点也有限，所以见了中国人都躲开走。马保国为了好的卖相，把武术纳入国粹，蒙骗外国人，至于他的"马家功夫"怎么样，我这个外行也觉得挺好笑（内行更觉得好笑）。对了，史剑雄，你懂武术，他的那一套拳和刀，评价一下。（他那拳，活动范围限于肘部以下，双臂没有打开，身体半径展三，而标准的拳术，身体半径要展五的。这个人，不是练武的材料，他脚步飘忽，下盘不稳，台上，懂行的拳手是跃进步伐，他捯那小碎步，他根本就不会打拳！他的刀法，王夫子，能容我笑一会儿吗？）别说他的刀，明明是剑，刀劈剑刺，他用刀作剑刺，是"刀刺"（还不仅仅是这个，那把刀，在他手里就是一个多余的东西，没有反倒更好些）。老外只看过李小龙和成龙的电影，真的中国人和中国功夫没机会见到，忽然来了一个中国老汉，自己说"我很厉害的"。老外们傻实诚，就相信他真的很厉害。就这样，马保国在英国居留五年。看马大师教老外"接化发"的视频资料，老外们都是道具，慢悠悠地供大师任意摆放。马保国为了抬高知名度，请英国泰拳某项赛事的冠军皮特与他表演一段"接化发"，整个过程皮特一拳未出，唯一一次抬腿还是为了让马保国抱住摔倒，配合得不错。视频到抱腿。不能摔倒，摔倒的话要格外加钱的。马保国珍藏这段视频，成为他战胜 MMA 冠军的标志。（不要脸！）祝亚非，是不是给大师一点面子？（假大师，要啥面子？）要说不要脸，这些年武术界雨后春笋般的大师们，有几个是要脸的？不吐脏字就不会说话，被老汉邓勇打得直接崩溃的张麟，张麟体重、身高是邓勇的一倍，年龄是五十岁邓勇的三分之二；因"术高莫用"，十秒钟被"冬瓜"剜出月牙的雷雷，转身却要用对"冬瓜"不能用的"术"打记者；先被对手击倒，后被裁判"裸绞"的郑家宽；赛场上穿一身貂，装扮成座山雕模样的田野；以及余昌华、丁浩、武僧一龙，"冬瓜"说的"南帝北丐东邪西毒"，特别那个雷雷，被业余拳击手"冬瓜"打傻了，到处瞎哔哔（老师，请注意措辞）。哦，对不起，谢谢田华提醒。"传武"够垃圾了，雷雷那就是垃圾中的垃圾！

如果马保国只是个案，我们也不必开这个专题课了，我要说的是，整个传统武术界都笼罩着浓雾，伪科学的浓雾，伪科学把武术弄得阴阳怪气，玄虚谲怪，练功人差不多就要腾云驾雾的样子。

崇文宣武，中国人崇文是真的崇文，宣武却是假宣武，"宣武"，有两个目标，一为强身，二为御敌。练武健身强身，不拘用什么招数，这派那派，南拳北拳，鲁迅说，伸伸胳膊踢踢腿，总有些效验的。如果是御敌，就更简单了，所谓"武功"，其实是没有武功，打击敌人并取胜，只有两点：一是力道，二是速度，所谓天下武功，唯快不破。抗战时期，中日军队近身搏战，中方一直落下风，差距不是一星半点的大，而两国军人的身高差距也不是一星半点的大，中国人"高大帅"，日本人"矮矬穷"，被蔑称"小日本"。有人说日本侵华军都是精英，这纯粹扯淡，日本人口七千万，加上韩国共一亿，战线却铺到半个地球，哪里还有什么精英？日本军人战斗力强的原因是日本人不练那些花拳绣腿。中国人则不然，有意无意总是希望投机取巧，等于放弃了力道与速度两个制高点。1840 年以来与世界各国交战均告失败，还有抗战初期的失利，迷信"传武"，也是一个重要因素。

说武术，不能不说霍元甲，那是一尊神，传说他把俄国大力士扔到台下。天津霍元甲墓的塑像，霍元甲胸前两坨凸起，看不出那是什么东西，经指点，说那是两块胸大肌！长点脑子没有？做雕塑，至少得懂一点人体解剖吧？谁见过四四方方立体直角的胸大肌？大家知道，那场吹嘘得很厉害的比武并没有发生，不知道是俄国大力士不敢比还是不屑于比，电影中最激动人心把俄国人摔下擂台的场面，是中国武林集体意淫出来的，中国人用李元霸、裴元庆、杨七郎、燕青摔死对手的情景脑补霍元甲。更远了说，中华与北方蛮族契丹、金、蒙古、后金的几次重大失败，除了骑兵步兵的差距，单兵的力道和速度不如蛮兵，这点可能更重要。花拳绣腿，是中国人自己对中国武术的定评，好看，但不实用，真正的战斗，中国武术就是"送死之术"，所以跟北方蛮族打仗，每次都是亡国甚至灭种，而国人仍然沉浸在"传武"之梦而不醒。

2008 年，中国人可以举办奥运会了，中国奥委会想借助地利，让武术挤进比赛项目，这是复制 1990 年北京亚运会故事，那一年也是借助地利，取消了韩国人擅长的跆拳道项目，增设武术。所谓"武术"，一个人在台上舞刀弄棒，上来两个人，也是各自在那里舞刀弄棒，上来一群人，也还是每人各自在那里舞刀弄棒，没有对抗，没有比较，如何评定成绩？有对抗也是假对抗，跟京剧的武打一样，预设的程式，而体育比赛的看点是结局不可预知。国际奥组委否决了中国方面的建议，又为了照顾东道主的面子，武术作为表演项目进入奥运会（老师您记错了，表演项目也不是）。祝亚非不给大师面子，郑郁同学不给老师面子（国际奥组委也没给北京面子）……呃，郑郁，好啦好啦，同学们看看，设表演项目都没成功，可见国际奥组委"慧眼识 zhu"，注意我说的这个 zhu 啊，哼，哼，zhu。

不但国际奥组委看到了中国武术的底细，外国人不论傻的不傻的，也都明白了电影中的中国人与现实中的中国人不是一个路子。王小波说，中国人不知道藏拙，不晓得韬光养晦，看洋鬼子怕中国人，就以为洋鬼子真的好欺负，对着差不多要发抖的老外就是一顿咏春拳太极拳形意拳，不管什么拳吧，老外被揍，"唉呀妈呀！"（老师，那老外是东北人吧？）赵敏你别管他是不是东北人，总之他觉得这下完了，这"李小龙"一拳就会打出他的七代先灵，他决定暂时昏死过去，可是他醒过来，伸伸胳膊抖抖腿，啥事也没有，身上部件齐全，刚才只是被简单甚至温柔地拍打一下而已，那个中国人还在怒目圆睁摆太极造型呢。老外才不讲什么招式，拳打脚踢，这回轮到中国人昏死过去。不过，他是真的昏死过去了。从此，中国功夫的神话破灭，老外特别是人高马大的黑人少年，专挑中国人下手，因为袭击中国人安全，中国人打仗先摆造型，自己先巫师般地抟弄一番，胸前抱个球啥的。所以我说，"传武"大师的名声，全部都是蒙骗来的，拉出来遛遛，立刻原形毕露。

这就是第二个问题了：骗子马保国等中国功夫大师，为什么在晚年亲手打破苦心孤诣树立的偶像。

先说我自己吧。我出身农民，家里一本书没有，上学了，除了课本没有别的书。可是后来我教书，却被尊为当地读书最多的人。我信不信呢？当然信啊，见到皇帝，每个人包括皇后都称颂他万岁，你说他信不信？整天说他万岁，搁谁谁都得信，真的以为自己可以万寿无疆。大家都说我读书最多，我自己也有点迷糊，心想这可能是真的吧？糊涂这事一定是渐进的，不可逆，小说戏曲的糊涂人物，被男主女主一番开导，幡然悔悟，恢复正常，那是小说戏曲，如果真有幡然悔悟这一说，世界上就不会有那么多的脑残了！你们观察一下，你们身边有脑残从糊涂变成不糊涂的吗？没有，绝对不会有！脑残，只可能从糊涂渐变为更糊涂，不可能由糊涂突变为不糊涂，绝对不可能！哦哦，跑题了哈，说我读书多这事。在我读书多这件事上，我坚持糊涂，你可能说我知道自己糊涂，这就是不糊涂。不不，不是这样的，知道自己是坏人，他就变成好人了？知道自己傻，他就成了聪明人了？我虽然糊涂，但是我读书确实很多呀，我读过莎士比亚全集、福楼拜的《平凡人》、司汤达的《红与黑》、但丁的《神曲》、拜伦的《唐璜》、塞万提斯的《唐·吉诃德》、卡夫卡的《变形记》、雨果的《九三年》……（读书少的才炫耀，真正读书多的人，从来不开什么读书单）——就是，鲁迅就坚决反对开书单子。刘威、老毕，你俩嘀咕什么？（我们说，您读书真多耶！）可是你们笑得那么内涵。不相信我读过《九三年》，我马上就给你们九三级背诵一段《九三年》："巴黎的人们过上了露天的生活，人们就在路边摆上桌子用餐，妇女们在教堂的台阶上织布，一边唱着《马赛曲》……"安静！安静！课堂纪律！

同学们，什么叫极致型的糊涂？极致型的糊涂，就是把自己的糊涂当作不糊涂，这句话有点拗口，换一种表述就是：最成功的骗子，就是成功地欺骗了自己。这在心理学上叫"强化说服"，说服，包括说服他自己。

说服，有两个辅助材料，一个是外部的，民间传说和金庸小说；一个是内部的，弟子的吹捧和练功时的配合。下面分别说。

民间传说中的大侠，个个身怀绝技，飞檐走壁，劫富济贫，军队和警察伤不到他一根毫毛，全是打不死的小强。他们相信这是真的。金庸小说一部分来自这些传说，大部分是老先生临纸杜撰，明天的报纸要叫得响，卖得好，他就必须写得离奇，于是一个下肢瘫痪的裘千尺被他安置在无人迹的山涧十几年，练就一手"绝活"：嘴炮发射枣核杀人。写完一部不行，还得写第二部，写着写着就写了十四部。十四部还不能重复吧，于是"绝活"也越发离奇。周伯通在黑暗中与多人对打，每一掌都不打空，欧阳锋走火入魔，竟倒立着走路。"传武"人士以假作真，认为金庸写的这些在历史上都出现过，后来失传了，那么我练的这一手，是不是失传已久的"降龙十八掌"呢？越想越像，越像越想，什么想什么像，明明就是降龙十八掌！

这是外部的，内部的呢。大家看过阎女士的视频，阎大师隔山打牛，轻轻一挥手，弟子倒了满地，倒在地下不算，还必须翻滚几周才能化解师父打在他身上的巨大力道。这比当年的气功大师还厉害，还神奇。马保国开武馆，招学徒，一大帮学徒跟着他练"浑元形意太极门"即"马家功夫"，这功夫独特之处是在自己舞蹈和想象中的对手对抗时，全身关节都要活动，所以人们看到他的门徒跟他一起手动脚动，肚子还波浪式的一鼓一鼓，非常滑稽。他宣示的"接化发""三鞭倒""闪电五连鞭"，马保国的门徒与阎女士的门徒一样无师自通，心领神会。马保国随心所欲，门徒们纷纷倒地，然后诡谀之言洋洋乎盈耳，今天大师明天大师，而且周围只有"大师"这一种声音。皇帝总听见"万岁"就以为自己真的万岁，马保国每天听"大师"，就自以为真是无所不能的大师。徒弟们未必是故意欺骗师父，师傅的自我吹嘘和师兄弟的互相暗示，就能取得这样的效果。很难说马保国和阎芳跟徒弟们商量好了，师徒联合骗人，他们还不至于如此卑污。更可能的情况，师徒互相鼓励，水涨船高，徒弟都盼望师父的名气大，所以练习时卖力夸张地表演，渐渐地师父也觉得自己的武功十分了得，而且步步高。史剑雄，你曾经拜师学武，我说的可对？（我没有拜过师，老师别听误传）史剑雄没拜师，他在武校学的自由搏击，我断言，一定必定以及肯定，任何学"传武"的人都不是史剑雄的对手，而史剑雄，他的武校只是业余，如果专业的呢，"传武"方面用脚指头想想也不敢出面挑战或接战。为什么用脚指头想呢，学"传武"，就是无脑人干的勾当，就算曾经有过脑子，被马保国阎芳等人每天折腾，脑壳也空了。

"传武"，是长期吹嘘的肥皂泡，自己吹，普罗大众也帮着吹，吹成了中国传统文化。可是一个徐冬瓜，业余搏击手，就把"传武"打得七零八落。徐冬瓜当了一回说真话的"小男孩"，他不是说说拉倒，这家伙是真打呀！

马保国为什么敢于铤而走险？他是被自己欺骗了。在武侠小说中，大侠总是很老，看上去都像马保国似的弱不禁风，所以马保国逆向思维：我也很老，我也看上去很弱，所以我很厉害。被王庆民 KO 的马保国不服气，回家跟重二百斤的徒弟验证，结果徒弟完败，证明他真的"很厉害"。"传武"大师们都是一个思维路径，这个路径与九十年代的气功大师相同：先是谎言欺世，自我神化，成神之后就下不来了，自己向自己磕头。那个阎芳与徒弟们玩得久了，一定也认为自己真的能隔山打牛，所以她同意接受检验。高能场面来了！女大师隔着记者打徒弟，十几个徒弟人仰马翻，跟电视上一样；隔着徒弟打记者，白面书生纹丝未动，场面太尴尬。（阎的太极功夫，当地没人知道，突然就火起来了，借助电视）王卓勇说的这个现象有非常的研究价值，距离产生美，可谁知道这种"美"是不是谎言的架构？

电视剧《霍元甲》主题歌说："昏睡百年，国人渐已醒，睁开眼吧，小心看吧，哪个愿臣虏自认，因为畏缩与忍让，人家骄气日盛，开口叫吧，高声叫吧，这里是全国皆兵！"全国皆兵、全民皆兵是不错，可全民都练习些花拳绣腿，像王小波说的那个中国青年，再多也是废柴。

总之，"传武"，可以叫卖，可以混饭吃，还有可能靠"传武"

发财，但是如果"传武"与民粹两恶相济，国家被它们笼罩和绑架，就有可能再次发生义和团、红卫兵那样的暴民政治。

现在说中医。

说中医，首先想到鲁迅，他的《朝花夕拾》有一篇专说中医，因为父亲生病与中医周旋多年，我们由此知道中医的种种奇葩说："败鼓皮"治水肿，因为敲碎了鼓皮等于敲破了鼓症；用梧桐叶作药引子，因为时在秋天，桐叶最先知秋；蟋蟀药引子，一对蟋蟀必须是元配等等。中医神神秘秘，巫术的成分远远大于医术。

现代文明惠及中国，人们反观中医，种种荒唐怪诞，如蝙蝠屎叫"夜明砂"，治疗白内障，因蝙蝠视力极佳，夜里飞行不撞树；（刚才您说到蝙蝠了）雷剑锋，你抓关键啊！知了壳叫"蝉蜕"，治疗聋哑，因为蝉的叫声响亮；腰果补肾，因为腰果的形状模拟肾脏。按照中医这样的逻辑，如果人吃人，全方位地补，才最养生。事实上真的有这种"补药"，流行于某个特殊阶层，具体在这里就不展开讲了。总而言之，中医这种怪诞的医学理论，必然导致人吃人。（老师，我不想听了，吓死人。我现在就上食堂吃饭去，安慰我这颗破碎的心。）杨晓春，还有杨玲，你们别走，先别想吃饭，大家看PPT，就不想吃饭的事了。大家看PPT，这是《本草纲目》里的一小段，病症的名目我已经改成现代词。

抑郁症：男用童女便，女用童男便，斩头去尾，日进二次，干烧饼压之，月余痊愈。（饮服童子尿口感恶，吃个干烧饼压一压）

肺炎：用童便（去头尾）五合，取甘草一寸，炙令热，四破浸之，露一夜，去甘草，平旦服，一日一剂。（五合，一百毫升，一段甘草纵向切成四半，放进尿中露天放一夜，天亮时喝。一天喝一次）

肺癌：停久臭溺，日日温服之。（取贮存时间很久已经发酵变得很臭的尿，每天加温后饮服。没说用量，那就是越多越好）

肺癌晚期：人溺姜汁和匀，服一升。（一升，二百毫升。每天喝四两尿，用姜汁调和以增加疗效）

糖尿病晚期：众人溺坑中水，取一盏服之。勿令病患知。（取大型公共厕所小便池里的尿一盏，大约一百毫升，饮服。但是不能让病人知道这是啥东西——喝了还不让他知道是啥，这很难）

急性肠炎：童子小便服之，即止。（这个方子是最仁慈的了）

肠梗阻：令人骑其腹，溺脐中。（这操作有点滑稽，应该是一人骑，一人尿）

中暑：急移阴处，就掬道上热土拥脐上作窝，令人溺满，暖气透脐即苏，乃服地浆、蒜水等药。（把中暑者转移到阴凉地方，这很合理，但下面的操作就匪夷所思：就近取热土堆在病人的肚子上，再扒开土堆露出肚脐，然后往这个土围子里撒尿，一人尿不满就多人尿）

是不是很搞笑？是不是跟武术一样搞笑？是不是跟阎芳马保国一样，伪装神秘骨子只剩下搞笑所以很搞笑？更重要的，它恶心，跟"武林风"花钱请外国人来挨揍一样令人恶心！《本草纲目》还有更恶心的呢，请大家再看关于用"人中黄"治疗各种疾病的PPT。（哎呀，老师，发发慈悲吧！）邱泰然，那么激动？（我看过的，人中黄的各种制作使用，干燥的人中黄入药，听起来还不十分残酷，可怕的是新鲜……还拌饭——邱泰然，你想不想活了？）邱泰然，看你惹众怒了不是？你不要我讲，你自己还讲！

中医中药能治病吗？当然能治病，何祚庥也讲了，一些病，中医中药治疗有特效，但是必须清楚地认识到，中医中药治病的三个关节，这三个关节非常重要，不解决这些问题，中医早晚要被废除，前些年已经有学者提议废除中医，他们的根据就是这三项：第一，中医诊断主观，医者的个性介入过深，没有客观标准；第二，中医师近似巫医师；第三，中药不能标准化、数字化生产。

第一个问题，说中医的"治本"。你去看中医，十有七八给你这样的结论：虚，阴虚或阳虚。中医说的"虚"是身体缺少某些内容，阴阳这东西，中医搞得十分神秘，结果连他自己也说不清，但他要说你虚，这绝对不会错，正因为虚才来看病的，而中医把所有的疾病都归结为"虚"，这是有历史渊源的，《伤寒论》说一切疾病都源自伤寒。除非病人缺胳膊断了腿，铁定的实症了，他才不再说阴虚阳虚，可是这样严重的外伤谁会去看中医？一定到综合三甲医院救治。所以民间说，既然西医好，为什么医院总死人，因为看中医的病都不是会死人的病。

民间还说，中医治本，西医治标，截肢、换肾什么的，中医说那也还是治标。把肾脏都换掉了，这还叫治标，你说还有什么是"本"？中医吹嘘自己治本，不复发，但西医明确告知，某些病有很高的复发率，某些病有免疫性，愈后不再复发。原来复发不复发，在于它是什么病，而不在于谁来治这个病。北方老寒腿，成年治疗，中医反反复复治到死，还是个老寒腿，传说中的"治本"呢？

他们还说中药没有副作用，没有吗？那是它不知道，或者明明知道，故意隐瞒不说。龙胆泻肝丸，清热解毒，却导致一年十几万的肾衰竭死亡病例，因为其中有一味"关木通"，含"马兜铃酸"，马兜铃酸的毒不论剂量，微量也是剧毒，而且不可解，不可逆，是一种"完美"的广谱毒药。（老师您看）梁青，你发现什么了？（您看她）哦，你说孟广军啊，她没睡着，她在默念《论语》呢，上次的专题课上，我讲"古代建筑"，她就默念《商君书》。（夫子，您又读错字了，"论语"，读音是"轮"，不读"论"）梁青你听听，我没说错吧？不久前我在课上读《阿房宫赋》，"宾妃媵嫱"，也是她梦中给我纠正的，是吧孟广军？（……）梁青你看，她貌似又瞌睡了。

继续。第二个问题，中医和巫医的异同。医源出于巫，这可以做定论的，西医最早脱离巫，进入科学实证，而中医仍旧在巫的世界徘徊，比如经络学说。经络是什么，在人体的什么地方，迄今他也找不出来，这么一个莫须有的经络却是中医理论的基础，因此我说中医伪科学，很客气了。有人在国外学术杂志上发表论文，说已经拍摄到经络的照片了，这下中国中医界乐坏了，喜大普奔。可惜这是一个恶劣的笑话，这家杂志明码标价收费发论文，在学术界的影响因子为零，而且它寿命不足一年，发表这篇论文不久就停刊了。这种公然造假，是中医界的常态。

西方医学起步很晚，中世纪的西方没有真正意义上的医生，那时候的"医生"只会做一件事：放血。手里拎着一把刀，血淋淋地走来走去（放血，您也说过了），雷剑锋！——而同时期，中国医生早就"望闻问切"辨证治疗了，甩开西方不知道几条街。中国也有放血疗法，拔罐、刮痧、揪皮就是，现在的边远农村，妇女们的额头经常揪成青紫的规则的条或块，就是刚被放了血的。中国的放血，血在皮下结痂，不必流淌出来，不像西方那么生猛。

西医发展成熟之后，果断地废止放血疗法，用化学方法合成药物，所以西医中医是习惯叫法，准确说西医叫现代医学，标准叫法是临床，因为此前中医西医难兄难弟。中医没有根本性的革命，连改良都没有，刮痧、拔罐、针灸，亘古不变的老三件，三件宝。（老师，现在农村仍然流行这三样东西。）樊永强说的现象很值得研究，从前专家说农村缺医少药，才流行巫医，其实未必如此，这三样东西，治不死人，但也绝对治不好病！有效果？那是"放血"导致身体局部改变，发生的意识错位，你们打听一下，谁刮痧把病刮好了？如果有，那只能是两种可能，一是本来就不是什么了不得的病，"自限性"的疾病，不理会它，也能自行痊愈；二是他还有别的治疗，打针吃药啥的。电影《红雨》吹嘘针灸："一根银针治百病，一颗红心暖万家。""文革"期间缺医少药，管事的就用针灸糊弄人，那么长的一根针，扎进去，哎呀怎么没出血呢，而且不疼，太神奇啦！于是霍然病已。病真的好了？"上坟烧报纸"罢了。北京妇产医院针刺麻醉动手术，剖腹产，现场直播，孕妇说说笑笑，婴儿"哇"，众人"啊"，历史被创造出来了，其实这真的是在创造历史："针麻"造假的历史。

造假的戏码持续上演。这台针麻剖腹产手术发生在1972年，被意大利人拍成纪录片在全世界放映。2006年，英国BBC又被上海某医院骗了一道。一个姑娘心脏瓣膜手术，针刺麻醉，六根银针扎进内关、合谷、云门三个穴位，手术从容进行，最后圆满成功！BBC看得目瞪口呆，但BBC记者不知道的是，这个姑娘术前吃了抗剧痛的芬太尼、氟哌利多和咪达唑仑三种药，芬太尼的抗痛效力是吗啡的一百倍，还辅助了胸部的局部麻醉。这么多重的保护措施，麻醉的效果比全麻还好，还用什么针刺！（不要脸！）祝亚非，你又不冷静了。（老师，不是我说的——是我说的，王良。）哦，王良是你啊，你写诗挺有水平，说话咋这么粗俗？（许他不要脸，不许我粗俗？）嗯，霍海滨，你评价一下？（这两家医院的假针麻手术，丧失作为医生的基本人格尊严，全世界丢人。）遆存磊，你从上海来，知道是哪家医院吧？（心脏瓣膜手术我不知道是上海的哪家医院，可能是仁济医院？剖腹产手术，我知道是北京妇产医院。我看过安东尼奥尼的纪录片《中国》，那里面有。）对啊，我说了的，是北京妇产医院。（可是从前您写的文章，说针麻剖腹产手术是"上海某医院"。）哦，对不起，现在，请遆存磊同学向上海人民转达我的歉意，这一差错，就是一千三百多公里啦！针刺麻醉，那就是一个沉重的笑话，七十年代开始全国推行"针麻"，共进行二百万例手术，到九十年代完全停止，因为它耗资巨大，更重要的，太疼。说完全停止并不准确，目前上海还保留五家医院的针麻手术，我想这可能是用来糊弄洋鬼子的，比如再来一个BBC，就做给他看，吓吓他。

"治百病"的针灸，国外做过双盲实验，证明针灸就是一种高能的心理暗示。所以呢，医术高明的中医师，往往也是一个道术高超的神巫。在中国，"神医"两个字很流行，与其说神医，不如说他们是神巫。（针刺麻醉可能是中医为了显示神奇而作弊，跟"传武"大师一样，不过中医真的有绝活，脱臼，西医就没啥好办法，中医处理极其简单，一抻一拉，几秒钟的事。——郭良鹏说的我也有同感，有些小偏方真的治大病，皮肤肉瘤，西医用激光割除，割了又长，中医土方配制一种药剂，几块钱，根除）郭良鹏说的脱臼，何祚庥也说到了，在一些技术性的问题上，西医确实不如中医，至于高杰说的偏方药剂，多数偏方就像鲁迅说的，是巫术，但有些偏方确实有奇效。但这些技术上的优点，并不能掩盖中医医学理论上的整体的陈腐落后，以及由此而来的信口开河。

第三个问题，中药的标准化和现代化。现代医药用于临床，有严格的程序，药物成分分析，小白鼠实验，志愿者药理病理双盲实验，包括医者的双盲，以避免掺入人为主观因素。最重要的是医学观察，观察疗效，更观察药物的毒副作用。所以一种药物上市，要经过几年甚至十几年的时间。而中药，从来没有这样的过程，它一直在摸索实验，一个医生一套实验路径，每个患者都是医生的实验品。中医的医治过程其实是一个试错过程，实验完了没有总结，没有对比，即使对比，也是口传心授，然后，又有求医者上门啦！就再搞它一个新的"小白鼠"。结果，中国人当了几千年的小白鼠，现在还在当小白鼠。

中医固执地认为，世上人，一人一形，百人百态，同一种病，各人的表征不同，患病的程度不同，配方施药也应不同。即使同一个人，两次患同一种病，病因、表里、环境、心情等等改变，用药也应有差别。如此玄虚谲怪。我认为，世上人拥有共同的生理结构，某一部件出了问题，就是生病，不管谁的"部件"，出了同一问题，医疗处置方法也是共通相同的。某甲某乙同时患肺气肿，给他们一个输氧一个输氮吗？中医总说天人合一，天是同一的天，人却是千奇百怪的人？中医还把阴阳五行也扯进来，病了就是病了，却与天道运行勾连，未免把自己抬得太高了。

中医也意识到这个问题。它早就该意识到这个问题了！它应该抛弃那些虚头巴脑，老老实实承认中药从前没有做过严格的科学实验，然后从头做起，病和药一一对应，取消中间故弄玄虚的巫医成分，生产统一规格的中药。（可是这样一来，中医不就成西医了吗？）茶海山提的这个问题切中要害，既然中医一直进行没有正规的药理病理实验，中药没有数字化生产的前期准备，两千年来始终在黑暗中摸索和徘徊，而西医是成熟的完整的医疗医药体系，中医存在的基础无形瓦解，好比西医已经建造了宇宙飞船，中医还在琢磨冶炼青铜器，而且还不是统一规格的青铜器。所以何祚麻、方舟子等主张废除中医，包括废除中医系统的各分支的"医"。（这事，这几年好像没人再提了）刘春说得没错，反对的声音强烈，压力大。去年有一个什么提案，说反对中医要入刑，哈哈哈，所幸后来也不提了。我家乡有一所中医院，还有一所蒙医院，我就有一个疑惑，什么叫"蒙医"，是蒙古人生病跟汉族人不同吗？后来两家合并，叫"中蒙医院"，北京有一家藏医院，也叫人生疑。其实，蒙医、藏医、苗医、彝医，还有什么医，都是中医系统的"望闻问切"，一人一方，一病一方，巫的成分多过医。

中药的生产和投放数字化，这项工作很早就进行了，医院和药店琳琅满目的"中成药"就是成效。可是这些所谓"中成药"真的是中药吗？它们仍然在造假！就是把现成的西药掺入中药，比如速效救心丸加进硝酸甘油，消渴丸加进格列本脲。其实是假的真药，你叫它真的假药也行。为什么这么干？提高疗效啊，为什么要提高疗效？因为中成药它根本就无效啊！还有，中成药没有处方药，所有中成药在药店都能买到，直接点说，中药没有进入临床的资格，正规医院临床医生开出的药全部是处方药，是西药，住院的话，出院时开一点中成药，作为辅助治疗，其实是安慰剂。不错，中药只是用作辅助治疗或安慰剂，临床医生拒绝使用中药，因为在临床，中药实在用不上。（中药是安慰剂，这个意见听您介绍过的，好像反响很大）既然尹凌云说了，我就修改一下从前的结论，我以前说过中药全部是安慰剂，现在修正如下：中药全都是安慰剂。（还不是一样？）鲁广宇，仔细听啊，全部是，全都是。

在正规医院的各科室，中医差不多算是一个仆人，还是没有什么技术技能的仆人，在豪华的主人家无所措手足。为了摆脱这个尴尬，中药完全使用西医的方法制成了"丹参滴液"，用作辅助消炎药，可是，这种药滴注患者非常疼不说，更尴尬的是基本无效，所以正规甲级医院拒绝临床使用。据我所知，北京三甲医院，只有世纪坛医院把它列入处方药，临床使用。

中医，还没长成就垂垂老矣，修正，振兴，让它返老还童？恐怕来不及，还了童，也没有多大的价值，尸位素餐而已，该去就让它安静地去吧。何祚麻等提出废除中医，理由除了论证中医是伪科学之外，更提出日本废除中医，日本人民的身体健康水平不降反升，世卫组织公布全世界人均寿命排行，日本人为 87.3 岁，高居首位，中国人 76.1 岁，位居第 53。可是，何祚麻等"废中医"的倡议遭到大面积围攻，围攻的人说不出什么道理，翻来覆去就是一句话："中医是老祖宗留下来的宝贝，就是好，就是好！"我理解这些中医维护者的心情，老人将死，大家都舍不得："你别死啊，你千万不要死！"老人可以不要死，应该不要死，至于中医，该死就让它死去吧。"传武"也是一样，死了中医和"传武"，中国完全彻底摆脱撒谎造谣吹牛皮，文明程度会有大跃进、大提高。

借毛泽东的一联诗，送行中医和"传武"：借问瘟君欲何往，纸船明烛照天烧！下课！

故 事 新 编

农　夫

　　太阳老高了，大小伙子小姜还在屋子里睡觉，邻居来找小姜。爸爸妈妈说，俺家小姜啊，他没在家，大半夜就上山了。这么说，父母真的以为小姜已经在山上了，自欺欺人地趾高气扬起来。但回头一看，小兔崽子还赖在炕上没起来，自己先羞得脸通红。夫妻俩合作，拎起这不成器的小兔崽子，男拳女掌，噼噼啪啪，打得小姜眼前金星乱窜，差不多奄奄一息。这还是亲生儿子吗，下得如此狠手！

　　不怪父母这么凶狠，这小姜也实在不争气。村里的男人，超过十岁的，一律上山打猎，十岁以下跟着大人上山的，也不少，虽然不能打猎，见习么，给大人抬个弓递个箭。酋长说了，打猎很重要，要从娃娃抓起。可好说歹说，这小兔崽子坚决不肯上山，就在被窝里念念有词，屋子里坛坛罐罐装满了各式各样的草籽，不知道鼓捣些啥东西。远近乡亲谁不议论，都说老姜家祖坟冒青烟了，养了个不肯上山的小活祖宗。

　　谁也没问问，小姜为什么不肯上山。

　　小姜不上山的原因非常简单：去也白去。村里的大老爷们儿小老爷们儿还有奶气未脱婴儿级的老爷们儿，每天上山打猎，他们打来什么了吗？晚上大呼隆地"凯旋"，几十人上百人托举着一只乌鸦，这就是他们一天的战利品！还好意思山呼海啸打着旗帜唱着歌："日落西山红霞飞，勇士打猎把家归，把家归！胸前的红花……"有红花吗？谁献的？"……愉快的歌声满天飞。"上百人忙活一天只收获一只乌鸦，就算饮食不再讲究，只吃乌鸦炸酱面，可是全村人吃一只乌鸦的炸酱面，无论如何愉快不起来。

　　不是这些勇士武艺不精，更不是他们工作不勤，他们打不来猎物的原因是：野兽被打没了。

　　男人们都上山打猎，也不是问题，野兽从来打不完，你打得多，它生得更多。可那么多村落的那么多男人上山打猎，野兽们终于受不了：要我们生，你也得给我们一点时间啊。成千上万的人把山岭踏平了，一迭声催逼："快生，快生，我们等着打你们呢！"换成你，你试试能生得出来不？最后，野兽们被逼得无奈，男猪女猪男狐狸女狐狸纷纷迎着箭头往前冲，开展自杀式防御，跑不动的老袋獾老狗熊老梅花鹿，找到一根箭，挖个坑，箭头冲上埋得结实，然后扑上去……死了就算了，不再受这个罪！

　　小姜不打猎，他在收集各种草籽，他想把这些东西转换为永久食物。永久食物的根本点，在于它们能够再生，供给可靠。这些草每年都开花结籽，从不耽误。草籽收集虽然费时间，但它们老老实实在地里长着，今天不收明天收，明天不收后天收，不会像野兽那样一转眼就跑得无影无踪。这些草籽的大小不一，味道不同，小姜决定好中选优，人工栽培优良草籽，用作村落的长期食物供应。这叫"耕种"。耕种有两个环节，一个耕，一个种，耕就是把土地翻动得疏松，利于草的生长。既然这些草将来长成的籽要用做食物，它们就不叫草了，叫秧苗，这名称娇滴滴的十分可爱。种就是把草籽埋进土里，长出来后还要保护它，最后顺利结成籽。这一套行为，叫农业。人们还可以照样打猎。打来的狍子獐子等等，也挺好，食谱中当个点缀，叫做"副食"。

又一条爆炸性的新闻在村子里传来：姜家那个不打猎的小子，不但自己不打猎，还不让别人打猎，不但不让人们打猎，还强迫人们吃草！吃草，多么严重的羞辱啊，相当于当众脱掉衣服，相当于用鞋底子打人家的脸蛋子，相当于戴上高帽子游街，高帽子上写着这人是个大流氓罪大恶极罪不容诛下地狱阎王爷都不收等等顶级侮辱人的话。什么东西吃草？兔子老鼠蟑螂屎壳郎，小姜要我们大家都吃草，这是骂我们连畜生都不如，畜生都不吃草，它们只吃肉。人们传言，偷换了概念，小姜要吃的不是草，而是草籽。为了强调小姜建议的荒唐程度，把许多不吃草的动物也归并到吃草的行列里。比如蟑螂就不吃草，它吃人们吃饭剩下的肉骨头，在饿极了的时候才吃树皮草绳子，以及人们穿烂的鞋帮子。至于屎壳郎，它不吃草，它吃屎！"反吃草派"说，还不一样？吃草比吃屎还恶心！这条消息不久就传到整个部落，再不久，全天下人都知道姜水流域有一个鼓吹吃草的疯子。

村民集体拥向小姜的家，大批从外地来串联的反吃草派，也参加这项活动。他们手里拿着一个很高很高的帽子，桦树皮做的，很漂亮，骨针缝制得非常精巧，可以当作一件工艺品收藏，因为它一点实际价值也没有，唯一的功能是用来羞辱人。羞辱他还给他戴这么漂亮的帽子，怎么想的？这里的人真奇怪。

这些人来批斗小姜，高帽子上写着他的罪名：野心家、死不悔改的吃草派、懒鬼等。罪名不多，可能因为他年纪不大，没攒下许多罪名。这些人打算给小姜戴上这顶高帽子，还要绑起来，像狗似的用绳子牵着游街示众。游街之后怎么办，还没研究，那得看群众的意见，如果群众认为小姜罪大恶极，不杀不足以平民愤……

走近小姜家了，却闻到一种奇异的芳香，人们从来没有闻到过这个气味，太诱人了，引诱得每个人都想立刻扑上去，亲口尝一尝。走进小姜家的院子，进了正堂，香气越发浓烈，所有人都口水直流，那时候人们还不掩饰口水，觉得流口水是对人家的尊敬，于是从大街到小姜家，地面上湿漉漉的像下过一场雨。

在正堂门口，人们呆住了：小姜一家，父母带着七八个孩子包括小姜，十多口人，围着一口大陶釜，你一把我一把地抓什么东西往嘴里填，吃得津津有味热火朝天，他家那条狗也挤上去，从人的手里抢饭团。那弥天的香气，就从这尊大陶釜里飘逸而出。原来，小姜不但琢磨出耕种，把草籽脱壳做成草籽米，还发明了火，用水火煮成的草籽米饭，芳香四溢飘九州。

小姜指着陶釜，对站在门口滴滴答答流口水的群众说："乡亲们，远方的朋友们，尝尝？"

小姜创造了农业，还发明了用火，从此，人们叫他"神农"，尊称他为"炎帝"。

大发明家

公孙家的公子聪明俊秀，是一个发明家，他发明的东西多到数不过来，有人问公子："你发明的东西有多少了，给个统计数字，将来写地方志要用。"公子意气风发："你不能问我发明了什么，你要问什么不是我发明的。"这话的口气实在太大，但静下心来仔细想一想，人们眼前身边的一切，几乎都与公子的发明有关，再往远说，那什么什么，也都是公子发明的，这里的"什么"是个代入公式，可以填进任何发明创造。

但"交公粮"这事却难住了公子。每年秋天，村里打下的粮食，有一两成要交给酋长，酋长家那么远，村里的男人齐上阵，一根扁担两只筐，长途跋涉送粮忙。路途实在太遥远，一路就吃这两筐谷，运到酋长家，只剩下一筐。酋长才不管你出发时几斤几两，他只要每人这两筐谷！还得回去再运——这些大活人，回去就不吃饭吗？回去不担担子，吃饭可以少些，那也得吃啊。所以剩下这一筐还不能全交给酋长，留下一筐的四分之三做口粮，结果忙活一场，只有八分之一的粮食交公，另外那八分之七，还得再送来。这就意味着送公粮要折腾八个来回，一冬都在送公粮。公子要搞一个大项目，做一件大发明，使送公粮变得简单。

公孙有一个设计团队，相当于几千年后的设计院。这个设计院的发明成果都以公孙冠名，所以他才鼻孔朝天把话说得满满："还有什么东西不是我发明的吗？"公子给这个大项目划定大方向：一件能移动的装粮食的器具，还给这件器具定下技术参数，装的粮食要很多很多，运送的速度要很快很快，驱动这器具运动的人力物力要很少很少，这器具的结构外观和使用性能要很好很好，因为这是到酋长家的东西，好看第一重要啦。设计院的几个年轻工程师窃语："又多又少，又快又好，违反能量守恒定律，哪个混蛋派生的混蛋想法？"耳语被公子听到了："你别管混蛋不混蛋，先说说可行不可行。"不耳语了，直接批评："多就不能少，快就不能好，这四个字，排列组合，重重矛盾！"公子问什么叫矛盾，"矛盾，要设计发明最尖利的矛，就不能设计最坚固的盾。你现在还要把矛盾组合为一体，你让矛最厉害还是让盾最厉害？"公子说："人有多大的胆量，土地就有多高的产量，你没试过，怎么知道这东西做不出来？你们刚才讨论半天什么能量守恒问题，能量守不守恒我们不管，可你们怎么知道我要的东西违反能量守恒定律？你们怎么知道我不能同时发明最尖利的矛和最坚固的盾？"听公子这样极为矛盾的一番演讲，设计院庞大的会议室兼设计室刹那间空无一人，大家果断决定辞职不干，只有公子一个人坐在木头墩子上沉思入定。远远看去，像一尊雕塑，题名可以叫"思想者"。

思想者眼前反复闪现两组画面。第一组，冬天，大路上铺着冰，几十条绳子，几百人牵引，拉一块巨大的石料。酋长要建造一座宫殿，从远处运来石料，必须冰上运输。第二组，夏天，还是运送石料，绳子，几百人。但石料下面垫着圆木，圆木滚动着，巨石前进。如果没有圆木的滚动，那块巨石，上千人也拖不动它。

滚动！就像一道闪电，在公子的眼前爆炸，呼啦啦打开了公子的设计思路。用圆木铺路，就可以解决省力的问题，天下的道路，全都铺上圆木，运送任何大件都轻而易举。而且，用圆木铺路，拖拉重物用的人比在冰上拖运减少一半，符合他的设计要求，但圆木铺路的问题也不小——速度太慢，现在的"圆木路"是临时的，几十根圆木前后不断地倒腾，拆了后边铺前面，效率低，假设天下的大路全都铺上圆木就好了，可上哪儿找这么多的圆木？就算森林到处都是，可伐木就那么容易吗？现在这几十根圆木，费了九牛二虎的力气才砍下来的呢，就算砍下来也不难，几千年后的铁路，不就满天下铺圆木——方木吗？可那么多的圆木在路上摆着，难免丢失损毁。假设人们的觉悟极高，都主动维护——咋那么多的假设！公子对自己的假设都心烦，大路上二尺远摆一根圆木，这是铺路吗？这分明在设置路障！

重新回到"滚"上面来。假设——公子还得假设，不假设怎么能有发明呢。假设运送石料的圆木固定在石料上，或者石料放置在木板上，而圆木固定在木板下，就解决了圆木铺路的问题，但是滚动的优势又没了。公子叹息道："矛盾啊！"

矛盾！又一道闪电在公子眼前爆炸，呼啦啦再一次炸开了公子的设计思路。既要圆木固定，又要圆木滚动，矛和盾统一在一件器具上，那就让圆木一身兼二任，把它断开，一部分固定在木板上，一部分继续滚动，两部分似断实连，似连实断，形成松散的联合结构。后来，公子把这个结构叫轮轴，轴者，皱也，固定不动；轮者，滚也，滚动不停，一对矛盾的统一体。再后来，公子把轮的部分加高，轴的部分减细，于是几匹马牵着这件东西，装载着重物，在大路上风驰电掣，真实现了"多、少、快、好"，后来人们觉得这么说有点拗口，还会发生歧义，就改成"多、快、好、省"。

风驰电掣的东西叫什么呢？这件器具的特点是人可以安稳地居住在上面，不用迈步，不用费一点力气，到几十里外的亲戚家探望，大半天就到了，人坐在轮轴上头的木头框子了，不用迈步，在屋子里坐着就到了另一个屋。公子说，就叫它"居"吧。居是居了，这么大一个科研项目，这么重要的一个创造发明，字还得有一个专用的好，这也难不住公子：两轮一轴一厢，照猫画虎象形，写作"車"，读音还是"居"。

公子叫人搬来粮食装上这个"車"，一麻袋，两麻袋，数不清多少麻袋，反正进贡给酋长的粮食全都装在车上。公子打一个响鞭，这是向驾车的几匹马发信号，意思是可以走啦。他一个人，把全村男人一个冬天的事情一下子做完了，心情愉快唱起歌："长鞭一甩啪啪地响，赶起大车奔前方。劈开重重雾，穿过道道梁，要问大车哪里去，我为酋长送公粮！"

公子发明车，以车为基础，开发"车"系列，比如战车、指南车等，形成庞大的车系列家族，他的名字也相应地叫"公孙轩辕"。轩辕以战车这种超级无敌大杀器，战胜了当时的所有对手，被誉为新的华夏共主——黄帝。

帝尧刷"微博"

帝尧的政府简易，整个政府机关没有几个人，最重要的人好像有四个，叫"四岳"，帝尧要布置什么事情，就说："四岳，过来!"来了……一个人，听帝尧在那里嘟啵嘟，完了四岳就去执行。人们总听帝尧叫喊"四岳"，以为他有四个大臣，其实只有一个人，不过他也不纠正，就让他们那么以为吧，显得我的政府比较庞大。

帝尧的政府大门口有一面大鼓，鼓的质量一般。帝尧政府不但鼓的质量一般，他的任何东西都因陋就简。就说他的宫殿吧，几根原木柱子，支起一片茅草顶子，就算宫殿，柱子剥了皮显得光滑些，主要还在于剥了皮的木材不生虫。由于建筑工人偷懒或粗心，好几处树皮没剥干净，帝尧也不在乎，因为他根本看不见，他有很重要的工作要做，哪能注意到这些细枝末节。

重要的工作每天都有，那面大鼓就是信号。每当有鼓声响起，帝尧不管在做什么，都要立刻停下来，请击鼓人进来说话。击鼓人说话千奇百怪，归结为一点，却是一个字：我。原来那面鼓是鸣冤鼓。嗯，嚷嚷。告状人的一种特权，他都蒙受冤枉了，还不嚷嚷？其实也就这个时刻告状人才有特权，他可理直气壮敲鼓，直到把帝尧敲出来。

于是帝尧听政。听政其实就是听讼，部落里面各类人的七长八短，听得人头昏脑胀。但帝尧不，他越听越清醒，帝尧说：你们听讼不投入，所以听得糊涂，疲倦。人们问怎么才能听得投入，帝尧一席话使人茅塞顿开，但也更令人汗颜，他说："凡来告状的，我都把他当做我的父亲母亲看待，父母受了委屈，找谁诉去？找儿子啊。我们这些人，无缘无故地不干活，坐在宫殿里，要百姓们养活我们，他们不都是我们的父母吗？我们的职责，就是听他们诉委屈，帮他们解除委屈的。"

来告状的，多是鸡毛蒜皮，狗摇尾巴猫舔盘子的事情，但帝尧听得细致耐心："那狗咬你，可能你逗它，把它逗急眼了，不然你们互相都认识，它咋好就吭哧一口？""你说我跟它认识，这说法好像不妥吧？""对对，不该这么说，收回这句话，向你道歉！可它为什么咬你呢？""我也不知道啊，这畜生疯掉了，我要求帝尧判这狗东西死刑，它的主人韩二狗要连坐，赔我损失，医药费、误工费！"狗主人说："金三胖隐瞒事实！他喂狗吃榴莲！第一次喂，狗不知道是啥，吃了，结果呕吐了一下午。今天又喂，狗不吃，他就把榴莲往狗嘴里塞，狗哀求无效，才咬他的。""有证人吗？""有。"崔勇敢、朴正义都是证人，一致指证金三胖无缘无故挑逗韩二狗家的狗，狗抵制无效才奋起反抗的。金三胖在证人证言面前无言以对，只好认输。帝尧判决，这次诉讼事件韩二狗胜诉，他家的狗咬金三胖，属于正当防卫，无罪。金三胖医疗费自己承担，如果因此感染疯狗病，也后果自负。但出于人道主义考虑，韩二狗应该带着金三胖去太医院接种狂犬疫苗，费用由韩二狗承担。为了避免此类事件再度发生，帝尧还发布通告，制定法律，规定任何人不准给狗喂吃榴莲。

帝尧的另一件工作更繁忙，什么繁忙，其实就是烦琐。帝尧在人烟稠密的地方，桥头、码头、集市、议事堂等地方，设立一种设备，叫"谤木"。谤木的构造也简单，一根竖立的圆木，横着凿一些凹槽，然后在凹槽里安放木板。木板经过刨光，方便人们在上面书写。帝尧指示，不管谁，不管什么人，对政府有意见或建议，都可以在这些木板上留言。留言可以署名，也可以不署名，当然也可以化名，"渭水愚夫""笑里藏道"等光怪陆离的名字。提的意见可以是个人的，也可以批评政府的，当然也可以谁都不涉及，在上面写几句打油诗。因为没有任何限制，无遮大会大家谈，流言蜚语无所谓，谩骂打击也可以，所以才叫"谤木"。谤木无人值守，官府定期派人来取走木牌，这些木牌都集中到帝尧的宫殿，这里就是谤木网络的"根服务器"，处理这些木片。帝尧一条一条地看，看完了收存，留作档案，圆木柱子再换上一批新木板。

帝尧每天兴致勃勃地阅读谤木上的留言，一读就是大半夜。留言精彩纷呈，比告状的丰富。"强烈要求市场管理部门取缔无照经营！"这是有照商贩的抱怨，生意被无照贩子顶了。这要求合理。帝尧记在自己的记事板上，尽快派人去落实，要保护合法商贩的利益，也有利于维护政府的税收。"河西村的王姓豪强，操控选举，成地方一霸，请帝尧立刻调查处理。"帝尧想，基层选举经常出现霸选和贿选的情况，这个问题很严重，组织材料，派四岳办这件事。但这条下边紧接着就有一条评论："造谣！河西王家忠厚传家，绝无此事！"署名却是河东刘家，看似在打抱不平。帝尧想，这很可能是王家人自己穿着马甲题写的。果然紧跟着又是一条："穿上马甲就没人认识你吗？我知道你是王家雇佣的水军，不要脸！"忽然看到一条很另类："邱大花是大破鞋！"这么严肃的谤木写这么不严肃的话，也太不严肃了。但既然叫谤木，就得容忍低素质人的胡写乱画。这条很吸引眼球："放勋！帝这个职位你不合适，你应该禅让给我，我研究的'引力波'有国际影响，马上就要获得诺斯贝尔奖。"帝尧笑笑，你来干？你还未必赶得上我，看他这个话，就是一个"民间科学家"，民间科学家，一半疯儿一半傻。还有呢，"帝尧这几年偷懒耍滑，脱离人民，打倒帝尧！"对这条，许多人表示严重不满意，批判道："写这话的人得到部落外敌人的资助，制造混乱，把他揪出来示众！"帝尧不同意有人说他懒惰，懒惰的人看文件看到后半夜？你以为我想看民间这些乌七八糟的八卦消息吗？我这是勤政，你不懂。但帝尧更鄙视那些溜须拍马的帖子，这些家伙一向没头脑，自己啥事都干不好，有问题就往敌人身上推。

但是，民间科学家"禅让"那句话，却让帝尧动心：我当帝已经七十年了，我自己觉得朝气蓬勃正当年，旁人可能早看出我老态龙钟，应该考虑让年轻人来当这个帝，他说"禅让"，这挺好的。当然不能禅让给这位志大才疏的"民科"，帝尧决定明天就派四岳去寻访俊才。

好厨子

伊尹是一位厨师，而且是没有"身份证"的厨师——他是奴隶，专门给人做饭煮菜，做着煮着，就悟出了门道，不是说他做饭煮菜水平越来越高，他的"悟道"从形而下的饭菜，一下子跃进提升到形而上的治国理政。

伊尹的主人是个土豪，人挺好，对待奴隶也很和善。有人鼓吹奴隶和奴隶主一定你死我活，分别站在阴阳两界，伊尹说："那是胡说呢，我和我们老爷，都活得好好的。"鼓吹者说："你和主人，两个阶级，必定是两只斗鸡，见面就掐。"伊尹说："我做的饭，他说不好吃，我说不好吃你自己做，他就不说话。我做的饭能不好吃？笑话。""后来呢？""气哼哼地吃完了饭，临走还不忘找补我一句：你吃饭掉饭粒！我吃饭掉饭粒？更是笑话！没事找事么。""后来呢？""我说，嫌我吃饭掉饭粒，你别在我这里吃啊，拿回去吃好啦，眼不见心不烦。他真的就拿回去吃了。""后来呢？""后来，他又回到我这里吃饭，说一样的饭菜，挪个地方，味道就变了，不是一般的变，简直就是两种东西。"忽然，伊尹好像想起来什么，匆忙收拾东西，下班回家。

第二天，伊尹背着案板，提着刀具，一堆调味料的罐子。一身笨重地向主人辞行，也向主人申请临时身份证，说他去找汤，会有大惊喜给主人。土豪说："看你带着这些家什，给他当厨子去吗？""不当厨子，我要当汤的相。"土豪主人也不惊讶："你去吧，汤如果不要你，你回来继续当我的厨子。"

伊尹来到汤的宫殿，放下炊具，对汤说："我来给你做一顿饭，可好？"汤对来人十分好奇，见面就给人做饭，这份礼很厚重呢。不过伊尹还说："我做饭，你得给我做助手，添火。"汤愉快答应下来。

隆重的做饭开始了，伊尹支起鼎，布好案板，鱼、虾、獐、狍、羊、鹿、猪挂满临时厨房，盐、糖、蜜、醋、酱、葱、蒜、韭、茴香、莳萝、茱萸、花椒、丁香、桂皮等调味料琳琅满目，伊尹挥刀割肉，举手捣蒜，拿瓢添水，忙得眼花缭乱却富有节奏，看起来赏心悦目，汤看得呆了，伊尹在厨艺大秀的间隙不忘提醒汤添火，厨刀杵臼叮叮当当，伴奏着伊尹的厨房舞。

伊尹一边切割拍搅拌，一边对添柴续火的汤说："肉类食材，不外乎水陆空三种，水里的鱼类腥气重，地上兽类，吃肉的味骚，吃草的味膻，空中的鸟类普遍味鲜。这些肉品味各异，都能做出最美的菜肴，绝对没有腥臊恶臭，它原来的那些怪味恶味的一丝残留，反而成为特殊风味。鱼为什么腥，它身体两侧各有一条很细的线，我叫它腥线，抽取腥线，腥味去除大半，然后用姜葱蒜加酒浸泡若许时辰，腥味再去掉大半，用冷水渐渐煮开，腥味在水里又分解大半，现在残留在鱼肉里的腥味所剩无几，鱼固有的鲜嫩等水生品行，加以麻椒蔓菁等中和，给人们的口感就是鲜。食者感受到了鱼的鲜，他们却不知道这鲜从何而来。同样一条鱼，你交给一个不懂厨艺的人去做，能不能煮得熟置之不论，他做成的鱼一定腥臭不可食，甚至不可闻。"汤以一个烧火小伙计的身份，在灶下听伊尹的厨房理论，灶里火光熊熊，照得他脸上红彤彤，听着伊尹的演讲，汤的心里亮堂堂。

伊尹指示汤说，柴少添，现在不要大火，改小火。接着他的厨房演讲："即使我告诉他这些配料和程序，他按照我的步骤去做，那鱼还是腥。因为他不知道火候，火候不掌握，以前的所有工作都要归零。五味三材，九沸九变，不同的食材，用火有不同的要求，煮粗硬的肉，需要小火文火，最后用炭火烤，暗火煨，煮和煨的时间长；用急火快煮，这肉就煮死了，不能下咽；煮嫩肉或鱼，用急火大火，用时也短，用慢火慢炖的话，肉就炖散了。"汤把几块木柴从鼎下火堆中抽出来，火焰立刻转小，很快，原来咕嘟咕嘟冒大炮的大鼎改成冒小泡，鱼肉的鲜香也越发浓烈。汤几次抬头看鼎里的鱼和鱼汤。但是伊尹不动声色。看样子还不到摆上食案的时候。

伊尹指挥汤一会儿加柴，一会儿减柴，他自己一会儿就掀开鼎的木盖子看一看，看鱼汤的样态，看颜色和浓淡决定柴的增减，继续说："火候也掌握了，仍然不会做出一份鲜美的鱼汤和一条鲜嫩的鱼。在炖鱼煮肉的时候，这么大的鼎，就是一个完整的小世界，里面异彩纷呈，而且瞬息万变，我必须时刻掌握鼎里的动向，点一点，搅一搅，掌控全局。我说不出为什么，甚至我也说不出我为什么采取这样的措施，但是一物降一物，我的措施一定有效。"汤听得入迷，如此玄妙的演说，也只有汤这样的超级理论家才能听得懂，入乎其中，出乎其外。伊尹在厨房讲的是厨艺吗？汤一时间已经忘记自己身在厨房。

"得心应手，出神入化，超越厨艺，这样做出的菜肴，久而不弊，熟而不烂，甘而不浓，酸而不酷，咸而不减，辛而不烈，淡而不薄，肥而不腻。好啦，熄火，请品尝我的清炖大鲢鱼！"伊尹掀开盖子，一刹那鲜香充溢满屋，爆棚式地挤出大殿，殿外站岗的卫兵一起抽鼻子。

汤吃完了伊尹做的鱼，哎呀，从来没吃过这么好吃的清炖鱼啊，以前的鱼都白吃了！伊尹在旁边等着呢，问汤："您看，我的职位……"汤毫不犹疑："相，做我的相！好厨子不一定是好相，但好相一定是好厨子！"

始终在一旁观看的大太监彻底震惊了，一个厨子，还是一个只有暂住证的厨子，做了一顿饭，直接当太宰？忍不住悄悄跟汤说风凉话："没想到大王这么爱吃鱼啊。"汤说："我爱吃鱼，就应该把他留在身边当厨子，他当了太宰，还有工夫给我做清炖鲢鱼吗？他的厨房演讲，都是说政治，人主的用人之道。一个普通人，也能成为国家栋梁，全看人主的使用技巧。"

土豪来了，惊问惊天大惊喜的原因，伊尹说："厨房即天下，食材同人才。一个普通人，哪怕一个坏人、恶人，经过对应的处置，配置，火候，力度，时机，也能成为优秀的国家栋梁。人主要坚定，壁立千仞，但人主更要有雅量，海纳百川，国家才能富强。"

以后，相这个职位，就改称"太宰"：天下最大的厨子。

帅帅的然而坏坏的

辛成为商的新帝，殷都大骚动，外地闻风而起，周边原先拒绝进贡的国家也坐不住，纷纷来殷都打探消息，这一打探，他们也跟着疯狂起来，因为这帝辛：——太——帅——了！

帝辛的相貌——相貌最好别提，不要说那些小姑娘们见了会疯狂，一把年纪的妇女见了帝辛也慌忙走开，她们担心自己把持不住会爱上他。长得帅也不算什么，谁年轻没帅过几天呢。最不可容忍的，这帝辛就没有不知道的知识，这倒也罢了，最最叫人没法跟他同戴一片天的，是天底下没有他不会做的事情，还能给别人留一点活路吗？天文地理语言文学……学问到帝辛为止了。拿起一根指挥棒，乐团"崩崩崩，崩——崩崩崩，崩——"演奏出天籁般的曲子；放下指挥棒，"啊，我的太阳，多么辉煌……"颅胸腹腔齐共鸣，鸟雀们都听得呆了，人来抓它都忘了逃跑。帝国每个月有一次极刺激的娱乐项目，有点血腥：人兽搏斗，胜者大奖。人没有兽的力气大，比如黑熊，为了公平，人持有一件短兵器。一个角斗士手持青铜短剑，面对咄咄逼人的大熊，脚都迈不开，成为黑熊的午餐是不可避免的了。帝辛看得气闷：至于的吗！喝令：停！这一声停崩云裂日，黑熊也停下进攻的脚步向看台上张望。霎时间帝辛冲进围栏，叫武士退下去，武士把手里的短刀递给帝辛，帝辛却不理会，径直走向那头黑熊。黑熊发觉来者不善，抬起上半身，嘶吼着向帝辛扑过来，帝辛一套眼花缭乱的组合拳，打得黑熊晕头转向，瘫在地上起不来，帝辛也不追穷寇，等着它爬起来再战。黑熊果然爬起来了，但是灰溜溜钻进自己的笼子，还不忘伸开大巴掌关上笼子，现在它觉得还是笼子里安全些。另一个更大的笼子是一头更大的熊，棕熊，棕熊看帝辛暴打黑熊，自己的熊胆也吓得破碎了，见帝辛看它，它慌忙低下头，两只前腿抱住脑袋，不敢再看他一眼。

打探消息的人回国，纷纷向自己的国王建议，立刻恢复向商帝国的朝贡，不但恢复，还得格外多给，补上从前欠缺的部分。早先商帝国衰败，这些国家早就不向商朝贡了。国王说："为什么恢复朝贡，就因为他帅？"探子说："帝辛几乎是个完人，过几年就可能成为圣人，圣人治天下，我们早晚得宾服于他。"国王不信，说再等等。这一等就等出了祸端，帝辛发兵，摧枯拉朽地扫荡了那些不肯臣服的诸侯国，玩深沉的诸侯国进贡的份额无端地翻了好几倍。

圣人的位子越走越近，可是有一个问题困扰着帝辛：圣人都不食人间烟火，不苟言笑，正常人的生活乐趣一点也不能有的，有一点就俗，那圣人岂不很无聊？叔叔王子比干说："怎么能说无聊呢，圣人留名青史，万世瞻仰。"帝辛说："万世瞻仰不需要，后世不骂我就可以了。"心里已经打定了主意：圣人我当定了，不过在当圣人之前，我要好好享受一次平凡人的快乐。

平凡人的最大快乐不外乎吃喝，吃喝的最高境界是酒池肉林，夏桀玩过那玩意儿，模板就在夏代，于是，帝都建起了酒池和肉林。夏桀鼓捣这东西耗尽民力，以致夏民吃不上饭，帝辛却很轻松，旬日之间一切就绪。帝辛和他的后，以及嫔妃媵嫱，还有太监宫女，泛舟酒水湖上，徜徉肉树林中，通宵达旦。

但是帝辛发现一个不很严重但也必须解决的问题：这些酒和肉怎么处置？帝宫的人虽然不少，但要消耗掉那么庞大的生活资料也不容易，这些东西又不能存放。帝辛思考片刻，下令："明天继续！"后宫的声色犬马连续几天几夜，不见结束的日期，因为酒和肉实在太多，除非变质，不然永远吃喝不完。太多的原因是必须不断地添材料，酒少了，船漂不起来，那还能叫"酒池"吗？肉稀稀拉拉在树上挂那么几块，叫什么"肉林"？所以，帝辛的吃喝活动就没完没了啦！除了酒肉，就没有别的配菜吗？餐前酒，饭后甜点，酒席中间的佐餐果品，都不可少。光是酒肉那叫什么宴席，宴席的概念，就是必须有音乐舞蹈助兴，唱歌跳舞的一般都是少女，这些少女一个赛一个的美丽……

大事件终于被王叔比干获知，比干劝谏帝辛："从前夏桀搞什么酒池肉林……"帝辛连续几天喝酒，醉得不省人事，但对自己的打算还清楚，努力向叔父解释，快乐的放纵，仅仅一次，之后就正人君子，叔父放心。比干眼看帝辛醉醺醺的不像要收敛的样子，劝他立刻铲平那所谓酒池肉林，帝辛怒道："铲平！那么多好东西，说铲就铲，说平就平？不行，我必须把它利用完！"比干让步："那么，再有三天，不，五天，总该用完了吧？"帝辛愈加愤怒："你居然给我限定天数日期，你那三天、五天，我可以理解为最后通牒吗？"比干再度让步："帝喜欢就喜欢吧，不过最好别让外界知道，宫廷里的事情很容易成为民间谣言的材料。"比干步步后退，帝辛步步紧逼："我偏要让外界都知道！传令！"帝辛传令下去，明天，有官有爵或固定财产中式的人员，带着自己夫人前来帝宫参加超级豪华无敌大聚餐。帝辛还决定，以后酒池肉林成为常设机构，随时往湖里注酒，往树上添肉。

帝辛当然知道不应该胡乱搞，但他更愤恨比干等人的磨磨唧唧，借进谏博取名声，其实用心险恶。你们知识见识才能，跟我比差的不是一里地二里地，我超出你们多少里你们心中没数吗，哪有资格来劝我？你们不来劝，我自己就不干了，越劝，我越干！他知道，比干这样郑重其事的"正人君子"不少，让步一次，他们一定组团来进谏，让他们等着！在心爱的妲己的帮助下，他准备了各种刑罚，还发明一种"炮烙刑"，专门对付比干这样可恶的家伙。

写书的人大多很穷，写着写着就做开了白日梦，替夏桀搞一个"酒池肉林"，也就是吃不完的肉喝不完的酒啦！穷人想象力的极限。帝辛爱学习，崇尚古典，看古书，发现了这一条，他的实践能力又那么强……辩证法说，事物都是一分为二的……

战争游戏

晋国军队远征齐国。山西人要来山东打仗啦，山东人奔走相告，大明星紧着排练节目："我家大门常打开，开放怀抱等你。拥抱过了就有默契，你会爱上这里。不管远近都是客人，请不用拘礼。相约好了在一起，我们欢，迎，你！"有和声，"你"的拖长的乐音"哆"，混上和声"咪"，听着非常悦耳。一百多明星站在黄河边上深情款款地歌唱，迎接晋国的远征军。晋国人也不是好欺负的：打仗这么严肃的事情，你们还唱歌！你们唱歌，我摆阵！于是在华山脚下开始大型团体操表演，山西远征军的总指挥嗓门特别高，嗡嗡铮铮，阻遏了滔滔黄河水："第二套，擒击拳，开始——""吼！哈！轰——"看古书，经常有战场上"烟尘蔽天"之类的句子，以为那是打仗厮杀，其实那是在表演比赛。还有评委，中立国专家担任，表演得不好，举一个"无耻"的牌子。评委要是满意，就会举出"光荣"的牌子，一共五场比赛，要决出五荣或五耻。五场啊！中途累瘫累死的大大的有。不过古代的战争规则很人性化，它实行局点制，五局三胜，一方已经获得了"三荣"，点数够了，不管对方是几荣，战争结束。同样，一方如果提前把"三耻"收入囊中，他就得及早地扯白旗投降，割地赔款。

前两场比赛，第一场齐国的群星联唱，得牌"光荣"；第二场晋国擒击拳，因为士兵长途行军，没来得及休整，动作不整齐，得牌"无耻"；第三场齐国决心再接再厉，展示烹饪技巧"中华一绝"——油煎黄河刀鱼。齐顷公计划速战速胜速决，打完仗他好吃早饭。他的厨师已经把早饭准备好了，但是他说："放那儿，等我收拾了这些山西老棒子再吃！"

齐国一千个厨师一千只平底锅一千条刀鱼，点火，爆油，下锅，霎时间鱼香飘散，弥漫天空。他们知道现在正刮东风，煎鱼的香气会飘向晋军，晋国的军人一大早没吃饭，闻到煎刀鱼的香味，就会集体崩溃，彻底失去战斗力。但是齐国的情报工作实在太差，他们居然不知道晋国人是不吃鱼的，山东人闻着鱼香，山西人闻着是鱼腥！晋国人不但不吃鱼，还不允许别人吃鱼，不但不允许别人吃鱼，也不允许别人说鱼，谁要是不小心说个"鱼"字，他就跟人家拼个鱼死网破。不吃鱼不说鱼不看鱼，"鱼"成了晋国最大的禁忌，姓鱼也不行，连带着于、余等谐音字也必须改，一律改姓"缺"，以示惩罚——谁叫你们姓鱼，你们居然敢姓鱼！这么重要的情报，齐国上下居然一无所知。周天子几次组织宴会，晋侯都把鱼挑出来不吃，齐侯以为他学习颖考叔"食舍肉"，把天子赏赐的鱼肉拿回家去给老娘吃。现在晋国军队眼见这场大规模的煎鱼挑战，鼻孔里还灌满了浓厚的鱼腥，怒了。晋国人怒，也还是因为情报工作太差，对齐国风俗习惯两眼一抹黑，对齐国关于晋国风俗习惯的了解情况更是瞎子点灯。双方的情报不沟通，他们不知道齐国人并不知道晋国人关于鱼的忌讳，以为煎鱼就是挑衅。两国情报和反情报都太差劲，那时候还没有宗教，还没有把吃什么不吃什么上升到神圣层面的习惯，但对于吃什么不吃什么而产生的愤怒，却极有宗教色彩。大怒的晋国人不待指挥官号令，不由自主地发动了"圣战"，大军潮水般直冲过来，齐国军队一点防备没有，立刻被冲得七零八落，锅翻了，鱼碎了，厨师抱着脑袋在鱼阵里打滚。

齐顷公的车夫匆忙开动战车，四匹马拉着国王绕着华不注转了三圈，华山虽然不很大，但是绕着它跑上三圈，也不是闹着玩的，马儿们累得不行，决定也无耻一回，躺倒不干。战争规则局点制的补充规则是"一分制"，就是一分定胜负，一分可以抵消对方许多"点"。一分制原是中国的规则，日本人崇华媚外，竞技比赛全盘照搬中国规则，连发音也学中国："一分！"但日本语没有唇齿音，只有爆破音，把"一分"说成"一本"。战争中，只要捉住敌方主帅，就得一分，不管敌方得了几荣几耻，统统作废，这相当于拳击的击倒获胜制，之前的多少"有效"一律无效。齐侯就这样被捉到山西替煤老板挖煤去了。

四匹马躺倒不干，晋国的主将韩厥来到翻滚了几回的战车前，齐顷公已经从车里爬出来，忙着照镜子整理仪表，韩厥从怀里掏出一块煤矸石工艺雕刻，双手恭恭敬敬地奉献给齐侯，同时弯腰九十度。顷公接过煤精，看一眼，就有点急赤白脸："你侮辱我，说我像个女人吗？还是裸体的！"韩厥说："大王误会了，这是世界名作，有很好听的名字:《泉》。您想想，是不是很有创意啊？"两个人仔细研究了一番。韩厥告诉齐侯，晋国到处都是煤，煤不但可以做煮饭燃料，煤中的特殊矿物比如煤矸石还是雕塑的材料，作品黑黑亮亮的可值钱呢。齐侯觉得去山西挖煤也不是很坏的事情，相跟着来到晋国都城晋阳。

捷报俘虏了齐侯，晋侯大喜，大排筵宴庆功兼为齐顷公接风。两侯见面，"老朋友，好久不见啊！"他们在周王主持的会盟上见过面，当时洽谈甚欢。晋侯迎上去正要拥抱，忽然站住不动，惊讶非常：齐侯个头变矮了，脸盘变窄了，身子变瘦了，整个人变黑了，他整个就不是齐侯！"齐侯"大笑乐开怀："韩厥，你上当了，我是国王的车夫逢丑父，哈哈哈哈！"原来车子翻滚的时候，齐顷公从车左滚到了车右，逢丑父从车子中间滚到车左，韩厥一眼看到车左的逢丑父，就直勾勾盯着他看，生怕他跑了，逢丑父就有了主意，指示齐侯："我大概得跟随韩将军往晋阳访问几天了，你去给我打一瓦罐水来，路上渴了喝。"结果齐顷公一溜烟地跑走了，韩厥十分鄙视逃跑的车夫连带着也鄙视齐侯："你的车夫，逃跑得挺快呀！"

时光悄悄过了两千多年，法国人顾拜旦在书斋里翻阅中国古代典籍，在《左传》看到这个场景，心里一震：战争居然可以这样打！这不就是做游戏吗？以后大家别打仗了，有什么争执，就比照中国战争模式，举行世界"鳄鳞皮壳"竞技大会！

一毛不拔

　　杨子的哥哥大杨子一大早匆匆忙忙出门，去赶一个饭局，为什么赶早晨的饭局，不把饭局移到晚上？或者中午也好啊。请吃饭的人认为早晨吃饭是早点，省钱，中午或晚上就是正餐，费钱，而且价格差距巨大。"也是个小心眼的家伙。"大杨子想，"一顿饭，还这么算计，真没劲！"早上出门还有点冷，吃完早点回来，太阳两三竿子高，暖洋洋地晒得人懒洋洋，大杨子就把羊皮袄翻过来穿，露出白白的羊毛，整个大杨子肉肉的仿佛一个球球。刚进门，家里的"旺财"朝他直扑过来，汪汪汪叫个不停，本来是要咬他的大腿的，但扑到身边，忽然觉得这人的气味这么熟悉，是谁呢？有点懵圈，改成汪汪叫，表示自己忠于职守，至于这个家伙是敌是友，主人快点出来啊，由他去决定。

　　大杨子被旺财一顿狂吠整的心情焦躁，抄起一根木棍痛打旺财，旺财一下子明白了：这个不明物体就是主人啊！可是，它仍然不明白的是，早上主人出门，黑黑瘦瘦的样子，这半上午的，怎么就变成白白胖胖的了？

杨子听见哥哥院子里的狗杀猪似的叫，急急跑过来看看究竟，看见哥哥正在疯狂地毆打旺财，旺财求救似的看着杨子，杨子拦住哥哥说："为什么跟狗较劲？"哥哥怒气不息："这狗东西，竟然冲我叫，还要咬我！"杨子看着哥哥的皮袄忽然明白了："都是你皮袄反穿的毛病，假设说，你家旺财早上出去是黑的，回来时候成了白旺财，你还能认它吗？"

这是杨子的思想，他处处为他人着想，而且善于反向思维发散思维，把一件事情方方面面考虑分析到位，得出最切实际的结论。他接着狗的话题开导哥哥："很久以前，一个农家下地干活，把小孩子交给狗来照管，下晚回家，狗远远地迎过来，嘴上满是血，很恐怖，他张望院子，孩子躺在血泊中，死了。这人怒不可遏，挥起镢头朝狗的脑门砸过去，狗一声没吭，腿抖了几下，死了。主人奔向院子，看见一匹狼，倒在地上，喉咙已被咬断，再抱起孩子察看，只是受了轻伤，原来狗拼命与狼搏斗，而且战胜了狼，保护了孩子，一只狗的战斗力远远不如一匹狼，这只狗用了多么大的毅力，才打败狼的？可是主人一念之差，害了功臣。狗冲你叫，肯定有他叫的原因，一切搞清楚了，你可能发现，事情的本来面目与你原先猜想的完全不同。世人往往凭事物的表面现象贸然下结论，根据这样的结论采取行动，结果到处是冤案，人人都委屈。所以说话做事，一定要换位思考，从他方的角度想同一个问题，有人说我们不是鱼，不可能知道鱼的思想，但我们必须就是鱼，一定要理解鱼的思想，理解它们的喜怒哀乐。"

大杨子被弟弟教训了一顿，弟弟的话虽然在理，可是作为哥哥，怎么好就这样俯首帖耳，听从弟弟的传道授业？他决定以攻为守，让这个讨厌的弟弟快点闭嘴："你也就是跟我夸夸其谈，你知道外面人说你什么吗？说你自私，没人性，灶坑打井，房顶开门，早晚得把自己憋死。连孟轲都这么说，他说拔你一根头发，用它拯救天下苍生，使天下人和平安乐，你都不同意，还反问人家：天下人得利，为什么浪费我一根毛？不行！有这事吧？还好意思教训我！"杨子有点生气，但是也不真的生气，为别人的议论自己生气，伤的是自己的肝和肺，他生气是因为哥哥居然曲解了他的话，亲哥哥都曲解，世上人就应该没有不曲解的了。他说："我是这样说的吗？拿书给你看看——哦，我没写书。我不写书，因为我不想跟墨翟似的，整天瞪着大眼珠子，看别人有没有什么困难啊，有没有老太太过马路啊。我写书，费笔费墨费竹片，一个词一个词地冥思苦想；他们看书，不费吹灰之力就拿走了几十年辛勤研究的成果，他们家的祖坟冒青烟了吗？我是说过这话：拔一毛而利天下，杨朱不为。但紧跟着还有一句：举天下以奉一人，杨朱不取。人们刚听得第一句，以为这话真刺激，就像得到宝贝似的跑走掉了，就不听我说第二句。这与那个打死保护孩子的狗的家伙，一路货色。第一句，是比喻句，第二句，才是本体句，这么多年，人们像发现新大陆似的传说我这半句话，我也懒得解释：他们家祖坟冒青烟了？现在你也这么说，我才告诉你这些，因为你是我哥哥。可是我现在也有点后悔，你是我哥哥，毕竟不是我，我说这么多，利他了不是？拔了这么多的毛给你，亏大发了。"

大杨子大怒："不忠不悌的家伙，跟我算细账，哪天我死了，我这几个孩子，你就不管了吗？他们是你的亲侄子！"杨子无奈地笑笑："你看看你看看，生什么气啊，太没有哲学头脑，总把家长里短跟逻辑推理混到一块儿，跟你讨论这些形而上的问题真是费劲。你死了，孩子们都归我养，行了吧？"大杨子这才心里有底，跟着弟弟"形而上"。

杨子继续说："墨翟一门心思为他人服务做事，可是他人真的需要墨翟吗？他人有需求，说出来，一定有文饰，墨翟替他想出来，一定有缺失，都是二手货，再经过墨翟去实现他们的需求，是对模仿的模仿的模仿。如果需求者自己为自己想，不假他人之手，就没有这个问题。所以，利他者给这个世界无缘无故地增加了许多中间行为，而中间行为不会产生任何效益，只是浪费社会资源，名义行善，实则渔利。另一方面，我不利他人，他人也不利我，天下减省一半的活动，减省一半的资源消耗。墨翟的说法看起来很美，人人为我，我为人人，结果会人人结怨。你想，我为人人了，肯定希望人人为我，而到了需要人人为我的时候，人人却不见了，我就很有挫败感，找不到怨恨的对象，就会把怨气撒向整个社会，无端地造成社会矛盾。这就是民间盛行但害人不浅的'老鼠会'呀！可是我很担心，后世人有可能按照墨翟的思想，塑造一批毫不利己专门利人的道德榜样，专门为别人做事。为别人做事，是'做好事'，给自己做事，就是'做不好事'、'做坏事'，于是人人放下自己的事不管，专为他人做事，二十四小时盯着他人，一张嘴就有人问：'你要吃饭吗？你要刷牙吗？你要跟女朋友接吻吗？'这世界该是多么恐怖！"

大杨子似懂非懂，旺财眨巴着眼睛，四腿分开趴在地上看着杨子，它是热的，借地气消暑。大杨子又怒起来："喜欢就喜欢，至于的吗？还五体投地！杨朱，这狗我不要了，让它跟你去！"

杨子说:"一席话讲来一条狗，举一狗以奉弟弟，杨朱不取。"大杨子说:"什么奉！你得管它吃饭，花销不小呢。"杨子说:"那就是养一狗以利哥哥，杨朱不为。"大杨子反唇相讥:"你说我把家长里短跟逻辑推理混到一块儿，不懂得形而上，你呢？"

杨子起身回家，后面颠颠地跟着旺财。

鼠世界

　　楚国上蔡地方的一个居民小区，一个细细幺幺的孩子叫李斯，他太细了，一个指头都能戳翻，小区的大人都嘱咐自己的孩子："别跟李斯玩啊，他被风吹走了咱们可找不回来，沾包。"李斯没有伙伴，只好跟猫啊狗啊的套近乎，可是狗见了李斯只是一声"汪"，表示不屑，猫见了李斯只是一声"喵"，拉开距离。等而下之，李斯只得与老鼠结盟。老鼠鬼头鬼脑，每次出门都抬起两只小手算账兼算卦，抖抖索索地算计半天，算定这个小孩子没有危险。老鼠算卦不算未知，只算已知，比方它们能算出猫曾经来过这里，算不出猫会不会还来这里。说没有危险，是因为它算出李斯被猫拒绝过。这就好，哲人说过，凡是敌人反对的，我们就要拥护，于是少年李斯和老鼠成了莫逆。他两个讨论了很严肃的社会学问题，老鼠给李斯以深刻的启发。多年以后，人们问李斯与老鼠交谈的事是否属实，李斯喟然而叹："成年人的思想和眼界，完全不能理解儿童世界的广阔伟大和不可思议！"等于默认了与老鼠的这段交情。

　　李斯和一位仓鼠过从甚密，无话不谈。这位仓先生皮毛光亮，体格壮健，没事就梳理毛发，涂油打蜡忙活个没完。见面时李斯习惯性地问候仓先生："吃饭了没？"仓先生前两次还礼貌地答应着，"吃过了"，"没吃呢"，到第三次就忍无可忍了："我们整天都在吃饭，你得用进行时态问我，不能用过去时态，你应该这样说：'吃着呢？'明白了吗？"被仓鼠抢白一顿，李斯很没面子，但是听仓鼠说整天都在吃饭，就由不满转成羡慕：仓鼠就是好啊，不为吃饭发愁。

　　仓先生说："既然说到吃饭，我就跟你说说吃饭，我们吃饭饮食品种丰富，花色齐全，美味佳肴，随要随到，身边就是大仓库，取之不竭呢。"李斯说："再多，也不过是豆麦稻粱，能吃出什么花样？"仓先生也是个吃货，说到吃就分外兴奋："豆分十几个部位，分割了上席，豆瓣是辅餐，助消化的，豆壳每次嚼一点点，帮助肠胃蠕动，豆胚芽是最好的下酒菜，一盘胚芽很贵的呢，原料不要钱，主要是费工夫。稻麦做主餐，麦皮最好吃，味道好极啦，从麦粒上把它们整下来很不容易。麦粒前段吃了发胖，后段吃了减肥，中段吃了不发胖也不见瘦，大家都爱吃中段，但是总有鼠身体变轻变重，所以整个麦粒都不会浪费。我们吃饭的餐桌，虽然是流水席，却总是干干净净的。仓库的主人一点看不出来。""看出来，你们就倒霉了是吧？""绝对不是，仓库主人知道我们一家，还给我们每个鼠取了名字。"李斯很奇怪，有这样的人鼠和谐的事？仓先生的话使他相信这是真的："人们为什么恨老鼠？不是我们吃饭太讲究了，让他们嫉妒，而是老鼠随便拉屎撒尿，把整仓的粮食都污染了，对吧？如果我们有固定的厕所，人们还在乎老鼠分吃他们几粒米吗？""固定厕所？你们有厕所？"仓先生得意洋洋："彩陶的，分男厕女厕。仓库主人每天来清洗打扫，还熏香呢。"

说到厕所，李斯有点内急，急忙找厕所。跨进门，一只老鼠慌忙逃窜，门被李斯挡着，老鼠急得爬墙，爬几下掉下来，才发现来人是李斯，仍然气喘吁吁，累的加上吓的："可吓死我了，这一阵有好几伙人来如厕，一顿饭也吃不消停。"李斯听它说吃饭，在厕所，胃里一阵恶心。看这只厕鼠，毛稀疏灰暗，几处皮肤裸露，四肢细弱，不停地发抖，躲闪畏葸，语音飘忽，目光游移不定，李斯说话的兴致一点也无："哦，厕先生，您请便。"

得到老鼠的启示，李斯收拾行李，远赴赵国，投到荀卿门下，成了荀子的门生。他远远来赵国读书，就是要解决老鼠问题：同样是老鼠，差距为什么如此之大。不仅仅是待遇，鼠的着装、体态、语言、表情，几乎是两个鼠世界。鼠如此，人的生存何尝不是这样。人的基础素质，其实差不多，同学少年，到后来天差地远，原因就在于占住的地方。仓鼠占住仓库，厕鼠委身厕所，如果仓鼠厕鼠换一下位置，不用几天，它们的一切也都会随之彻底改变。老鼠问题就是李斯自己的问题，他要找到自己占住的位置，跟仓鼠一样豪华尊贵，避免沦落为厕鼠。仓鼠厕鼠，谁规定？谁分配？李斯认为，没有谁规定和分配，完全是老鼠自己努力，我李斯，就是要当一只光辉灿烂的仓鼠！

荀卿断言人性本恶，这话说得直接些，就是认定世上都是恶人。人们出于恶的本性，损人利己，杀人越货，都是本性使然，偶尔表现的善良，肯定也是作伪，欺世盗名，借以获得更大的利益。因此，为政者必须以敌对的态度治理国民，核心任务是防止国民的作奸犯科，树立各种规矩，编制各种严密的法网，一旦违反规矩，就用严刑酷法镇压威慑。李斯后来伙同始皇帝搞焚书坑儒大屠杀，制定"挟书律"，无限制征用苦力，开展全国"督责"，都不是心理正常的政治家能做出来的，根本原因在于他认为他人不是人。即使算是人，也肯定都是坏人。

李斯带着从老鼠家里学得的选择学理论和从荀卿的学校练成的冷酷的心，来到秦国，成为秦王的心腹重臣。因为秦王的心思与李斯不谋而合，虽然秦王没有和老鼠对话，也没有见过荀子，但是善良之心五光十色，刻毒之心却只有一种颜色，就是灰暗阴霾，所以，几乎所有的暴君都有一样的思路历程：仇恨民众。所有的助纣恶臣的行为也极其相似：恶恶相济，唯利是从。

助纣臣李斯精明强干，秦成为大帝国，李斯居功至伟，于是位极人臣，做"仓鼠"的理想实现了。但是荀卿教导的话也时刻在耳边回响："物禁大盛。"李斯家的仓鼠能长治久安，因为它们不伤害别人，始皇帝和李斯，灭国害人，屠戮苍生，视生命如草芥，借此取得所谓"大盛"的成功，与败亡只有一线之隔。事实证明，他能做到仓鼠，但是不知道怎么做成仓鼠。

无心插柳

郑国不是国，他是一个人，水利专家，任职韩国水利工程师，专职水利设施建设。

韩昭侯号称精明，申不害为兄求职，被他一顿忽悠，说掌权者不可以利用权力谋私，他自己却滥用权力谋一己之利。昭侯二十五年，韩国大旱，饥荒严重，以致人相食，昭侯却想起来修建自己的大宫殿，还为自己建造许多别墅。韩国的强盛时期很短促，昭侯之后，韩国和燕国的国君互相尊称王，于是韩国有宣惠王。

宣惠王时，秦对六国的优势已经相当明显，六国中最恐慌的是韩国，因为韩最弱，又紧邻秦国，秦国要吞并六国，最先被害的一定是韩国。宣惠王每天像热锅上的蚂蚁，绞尽脑汁想办法。一只蚂蚁的脑汁能有多少，况且蚂蚁有没有脑子都不好结论。总之，宣惠王绞脑汁的结果出来了：拖住秦国，拖穷它，拖死它，叫它出不了函谷关！

似乎老天也青睐宣惠王，韩国的劲敌秦昭王死了，这是个好消息。秦昭王在位五十六年，可把人害苦了，六国人民切齿痛恨秦昭王，他这一死，各国都有了生机。韩国最高兴，宣惠王亲自来吊唁，穿上最高等级的丧服，痛哭于秦昭王的棺木前。嘴咧着，嗓子号着，眼泪流着，心里却狂喜。其他参加丧礼的各国代表，心情也都差不多，所以秦昭王的丧礼庄严隆重，还隐藏着热烈。

好事情接二连三，孝文王十月即位，第二年三月就死了，秦国连着死两个国王，上天要灭亡它的征兆啊，那时候要是有鞭炮，山东六国的鞭炮一定会制造三月不息的大雾霾。庄襄王即位，六国人静悄悄地等着，等着啥，心照不宣，因为天下人都知道，庄襄王身体极其虚弱……第三年，好消息到底来了：秦庄襄王死了！四年死三王，天不灭秦都不好意思吧？韩国彻底放心了，这要是有鞭炮……

但是，六国的兴奋很快就被冷水浇灭，虽然秦国连丧，对六国的攻势却没有减弱，庄襄王死，嬴政即位。秦王嬴政很年轻，但是野心勃勃，更智慧超常，身边又有老谋深算的宰相吕不韦，秦国对东方的攻势反倒越发凌厉。看来上天完全没有亡秦的意思，宣惠王叹息一声，天靠不住，要自保，还得人谋啊。

宣惠王被称为"惠"，也是有根据的。惠的含义，一是说无能，无能就不会给人制造麻烦，不制造麻烦不就等于施惠于人民了么；一是说有智慧，韩宣惠王的惠是第二种，他有智慧，而且是绕着弯弯的大智慧。他拖住秦国的谋略就是，游说秦国建设一项浩大的工程，这项工程一定是个无底洞，投多少钱下去都看不见，一旦开建就停不下来。这是什么工程？当然是水利工程了，他召来工程师郑国，如此这般，计议一番。

秦王嬴政即位不久，从韩国来了一位水利专家，叫郑国，自称曾在韩国中央任职，因为韩国穷，离职来秦国，想发点小财。这种情况极平常，各国间人才流动频繁，哪里待遇好就奔哪里，秦国最富庶，所以各国才能之士来秦如过江之鲫。秦王问郑国："先生能为我做点什么事情呢？"郑国说："开渠。"一听开渠，秦王眼睛一亮，秦国水旱严重，旱就旱死，涝就涝死，尤其泾河，水多时不见对岸，水少时一条细线，早就该变水害为水利，引泾河水浇灌渭北平原。渭北平原地势高高，渭水上不去，如果从泾河挖一条水渠，与渭水平行，等于在渭北平原顺势开挖无数的自流井，关中大地就旱涝保收。这个工程师来得太及时了，"在哪里开渠？"郑国道："在泾河瓠口，开挖一条渠，抵达洛水，与渭水平行，渭河谷地旱涝保收。"秦王心里一阵阵发抖，这是人吗？明明神仙啊，不但想的跟我一样，讲的话也跟我一样。哆哆嗦嗦地问："瓠口开挖引水口，泾河枯水期无水可引，怎么解决？"他心里很担心郑国说出"拦水坝"这个词，如果郑国连这个都和他一致，他就把郑国打出去：魔鬼就堂堂正正地承认魔鬼么，冒充什么水利专家呢。秦王听见自己的心脏在突突突地跳，要是没有衣服挡着，就跳出来在地上滚了。郑国郑重其事说三个字："拦水坝。"秦王带着自己的心脏——也许是心脏带着他呢，搞不清了——从席子上跳起来，手指郑国："你，你，你——"但他舍不得把这个"魔鬼"打出去，激动了好一会儿，说："你说得太好啦！"任用郑国为总设计师和总工程师，修筑拦水坝，同时开挖引水渠。水渠修成，就以"郑国"命名，等于为这个水利专家树立一座纪功碑。

现在郑国的心情很矛盾了。一方面，他是韩国的间谍，专职来破坏秦国的国民经济，以拖垮秦国为最后目标；另一方面，他是秦国的水利工程师，以完成一项工程为最高目标。"最高"和"最后"两个小人，在郑国的头脑里不断地打架，把郑国打得焦头烂额。就说拦水坝吧，郑国设计大坝长一百丈，这没问题，但他设计宽三十丈，就太夸张。助手说，不要这么宽吧，浪费，十五丈足够了。郑国斩钉截铁："夏季洪水，泾河两岸，不辨牛马，十五丈，泥捏的一样！"大坝的坝心黏土，就近取的不行，必须到几十里外的山上取五彩黏土，说那种土黏性更大，不含微生物，而且有一种特殊的味道，老鼠害怕这种味道，碰见就躲，不会在它旁边打洞，大坝永不会出现"管涌"。大坝护坡加固的石方，郑国要求长宽高统一规格，每一面都精雕细刻，每一块都是精美的工艺品。

　　郑国这些反常的举动终于引起秦王的注意。大坝护坡的石块，只起辅助作用，保护泥土不散，不被冲刷，统一规格，还在上面雕花纹，有必要吗？更玄的是六面都雕刻花纹，正面花纹还可以说为了美观，其他五面的花纹，你怎么解释？郑国说："我不解释。"不解释，就是承认，间谍大罪，处决是当然的了。郑国说："工程进行到一多半，我要死了，没人能完成，太可惜，让我完成它吧。"郑国说的是实话，他不怕死，他来时就没打算活着回韩国，所以才明目张胆肆无忌惮地消耗秦国的人力物力。但是手里的工程没完，就像生孩子生到一半，突然不让生了，这是工程师独有的痛苦，秦王体会不到。但是秦王知道利害关系，处死郑国，留下这个超级大烂尾？郑国继续当他的总设计师和总工程师。这回郑国只有一个身份，头脑里再没有两个小人打架，一心一意修他的"郑国渠"。

十年后，郑国渠工程告竣，水渠全长三百公里，灌溉面积一百三十万亩，关中平原顿成沃野，从此无凶年。"疲秦"的工程产生了"强秦"的结果，这是韩宣惠王、秦王和郑国都没有预料到的。

一人丧邦

鲁定公问孔子："一言而兴邦，有诸？一言而丧邦，有诸？"孔子说："话不可以这么说，但是也不能说不对。"然后就说了一番大道理。定公的问话如果换一个字，就更精彩了："一人而丧邦，有诸？"孔子一定毫不犹豫地告诉他："有啊，当然有！再过二百年，赵国有一个权臣郭开，就凭一己之力，把赵国送上绝路。"

战国七雄，赵、秦是强中之强，赵的强更早于秦，并且长期强于秦。秦国的将士战场勇猛，动力是晋级封爵。商鞅的政策，将士的功勋以斩获的人头计算，根据级别定指标，超额完成指标的重奖，达不到指标的斩首。在商鞅条例之下，秦军上下为指标完成了从人到丛林野兽的蜕变，楚大臣称秦是"虎狼之国"，这是十分准确的评价。赵国将士也勇猛，他们的勇猛却涵养着深厚的武士风，他们为赵国而战斗，殉身而不恤。长平惨败，赵国家家挂丧幡，村村哭声动天，但是赵国人绝不屈服。秦军乘胜包围邯郸，横扫赵国全境，但是赵国残存的十万丁壮全部武装为赵兵，在老将廉颇的率领下，击破围邯郸的秦军，联合韩魏楚，最后把秦军赶出三晋，历次战争中被秦军侵占的郡县也全部收复，垂垂将死的赵国居然起死回生。

如果赵国能保持这种态势，进一步巩固赵韩魏楚联盟，战略反攻秦国也完全可能。可是，一向英勇善战的赵国却在秦军的凌厉攻势下一败再败，最后国王被俘，全境为秦所有，在山东六国中第二个灭亡。因为，丧邦之人这时出现了，他不但丧了赵邦，更引发山东六国的多米诺效应，十年之内集体灰飞烟灭——他是郭开。

赵孝成王遭遇长平之战，心力交瘁，虽然廉颇挽救了败局，国家转危为安，但是秦国虎视眈眈，终为心病。孝成王抑郁而薨，子赵偃继位，为悼襄王。悼襄王身边有宠臣，史书说到"宠臣"，总有一丝暧昧，大多暗示着"断袖"。总而言之，郭开在悼襄王的朝廷很有发言权，官职不很大，势力很不小。《黑冰》，周诗万得意说："上帝？在江州，有时候我说话比他老人家管用。"郭开不像周诗万那么狂妄，但他私下很可能说过这样的话："在赵国，我说话比那个姓赵的管用。"

廉颇的眼睛不揉沙子，从前他管蔺相如叫太监的门客，讽刺蔺相如也跟太监一样蹲着尿尿。郭开这号货色，一个嬖臣，比太监还差得远，廉颇都不能忍蔺相如，他能忍郭开？结果郭开几次谗言，廉颇的军权被赵王剥夺，廉颇出逃魏国。

廉颇出逃，秦军得以持续攻赵，悼襄王有些后悔，跟郭开商量："或者，咱们把廉将军请回来？"郭开心里叫声苦，脸上却乐得像一朵绽放的花，花朵兴奋地说："好极啦，我也正琢磨请廉将军回国呢，听说廉将军也有回国效力的意愿。你看你看，二人同心，其利断金，我和大王，啥事都能想到一块儿！"下了班却直奔唐玖家。唐玖是请廉颇的专使。郭开给唐玖黄金五十斤作出差补贴，有钱做引子，说话就方便多了："我和那个二杆子，您知道的，不共戴天，赵国有我没他有他没我，唐先生您掂量。"唐玖说："敢不从命！"那五十斤黄金也不是郭开自掏腰包，它来自秦国发给郭开的三千斤黄金的特殊津贴，秦国允诺，灭赵之后，再给他黄金七千斤。唐玖成功地打消了悼襄王请廉颇回国的念头，郭开的官职也提升到丞相，权倾朝野。

这一对活宝主政，赵国综合国力江河日下，被秦国远远地抛在后头。照例有一些忧心忡忡的家伙进谏啊规劝啊讽刺挖苦，悼襄王说："打仗么，总有输有赢，着的什么急！"他有底气这样说，南方抵抗强秦，败多胜少，北方的李牧，对胡人作战却是百战百胜，加减乘除算起来，赵国对外战争的胜率还挺高。李牧，成了赵国防御的屏障、赵国人保家卫国挺身战斗的脊梁。悼襄王在位九年薨，遗嘱继任的赵王迁说："丞相郭开，为国事鞠躬尽瘁，谨记：国家有郭开，坚固如磐石！"赵王迁是个正常人，也是个好人，可也是个毫无主见的老实人，既然老爸这么说……于是郭开继续当丞相，从秦赵两国各领一份最高的薪俸。

可是从秦国发来一份斥责文书："郭开你个哈尿，弄啥咧？"郭开当然知道为啥事被主子训斥，看训令："李牧是咋回事哩？"原来，邯郸被秦军包围，赵王紧急调李牧驰援首都邯郸，郭开当时极力劝阻，说李牧镇守北方边塞，不能动，赵王说："顾不来了那么多，邯郸要紧！"李牧南下，迅速解除邯郸之围，秦军全面转入守势，眼看着要复制长平战后廉颇横扫秦军的历史画卷。申斥文书最后一句是"你看着耍弄",这句话今天也还在用,大领导说:"你看着办!"底下鬼哭狼嚎一通忙。文书还附带一份文件,写在羊皮纸上,是伪造的李牧写给秦王回信,说旬日之间就举赵国降秦。

郭开拿着"李牧"的信来见赵王:"李牧是赵奸,我们都被他卖了!"赵王惊愕之余有点迷惑:"李牧不会吧?"郭开说:"事实俱在。卖国贼,该斩!"赵王究竟不忍:"派赵葱领军,李牧,免了吧!"赵王真心不信,可他是老实人,从来不会坚持自己的意见。李牧被解职,回邯郸的途中被赵葱派人刺杀,这也是郭开计划的一部分:李牧必须死。

邯郸再度被围,郭开说:"投降吧,秦王答应给你一个侯爵。"赵王大惊:"你跟秦王有联系?廉颇?李牧?你——"原来真正的赵奸长期潜伏在身边!可是不投降又能怎样?秦王把投降的赵王迁贬为庶人,迁至房陵,一个月后庶人赵迁死在那里。

晦暗的故事倒有一个光明的尾巴。赵亡,郭开因功被秦王任为上卿,兴高采烈准备到咸阳履新职,浩浩荡荡的郭家车队,"长安大道连狭斜,青牛白马七香车",十四辆宝马……白马香车一字长蛇阵向咸阳进发。忽然,林间一声唿哨,四面八方的壮汉一拥而上:"此路是我开,此树是我栽,要想过此路,留下买路财!"郭开把几十年积攒的双薪和秦国的各项奖金全数奉献劫匪,用来买路兼买命,劫匪说:"规矩改了!"一刀毙命。有人说劫匪是李牧部下扮来报仇的,但更可能是秦王计划的一部分——赵国既灭,郭开就没啥用了。

鸿门宴

项羽知道沛公来了，他的心里转的念头与叔叔项伯一样：这不就是来认错投降的吗！要吃饭！好好招待沛公一行。砍头还让吃个饱饭呢，何况是来投降自降等级的，更要吃饭！范增拉住项羽："吃饭可以，但不能让刘老三在饭桌上溜了。根据我的情报专家分析，刘老三的危险不小于秦二世，他今天自投罗网，我们不能放虎归山。"项羽说："好，听你安排！"刘季极不情愿，但不知道这顿饭要吃到啥时候，身在项羽军营中，太危险。张良对这场饭局的判定比刘季悲观，虽是酒席，但局面瞬息万变，不知道到时候能不能全须全尾撤退到霸上。

项羽关心自己发布的命令，要有沛公的亲口承诺，不然军事行动不变。项羽问刘季："先敲定，再吃饭！沛公，你确定是来要求换防的吗？"刘季斩钉截铁："就是换防啊，我盼望项王来，已经望穿了双眼！"项王哈哈大笑："好，传我的命令：明天四更造饭，五更出发，接管沛公的防地。我军不准与沛公军发生冲突，违令者斩！沛公，喝酒！"一场剑拔弩张的对峙变成和平接管，项王为自己的英明部署沾沾自喜，喝得就有点高："刘老哥，当年咱俩在咸阳有誓言，谁的实现了？"刘季当然逢迎："当然是项王实现了啊，您现在是项王，我只是沛公，不久您就是大中国的大皇帝，我还是沛公。"项王越发得意："你也不错了，我当了皇帝，你也别当那什么沛公了，我封你当王……"忽然宴会厅一声炸响："上肘子！"原来范增看项王醉醺醺的完全忘了之前的约定，决定自己解决，可"上肘子"是什么意思？范增发觉自己说错了，急忙改口："上舞蹈！"这是范增杀刘季计划的一部分，项庄假装喝醉酒的样子，抽出宝剑，在席间做胡旋舞，剑法令人眼花缭乱，刘季左躲右躲，闪着寒光的剑总在他面前，毫厘之间就要取了他的性命。项羽想：二爸这个计划虽然不光彩，可只要杀了刘季，也是个好计划。范增着急：舞剑只是个由头，三下五除二，项庄这小子还磨叽个啥？项庄想：武士可以失误，不可以下黑手，一旦被发现我假借醉酒故意害人性命，我的名誉就全完了。项伯想：范增搞什么搞！你们要搞人，你自己去请，红烧清蒸随便，我请来的客人，我必须保护！项伯挺身而出，与侄子项庄来一场剑术双人舞，阻挡项庄刺杀刘季。这下子项庄彻底乱了方寸，他不知道叔叔是否参与这项计谋，也许范增改了主意，又不好明白说出，就来这一出？眼睛瞄着范增，范增也看着他，两个人没有约定这种情况该怎么办，事前没有眼光的编码程序，所以范增项庄互相从眼中啥也没看出来。项庄这下彻底蒙圈，杀还是不杀，这个问题不解决，他怎么能结束这场剑舞？叔侄俩在宴会厅里来来往往，乐队反复演奏那支剑舞曲子几十遍，几个年老的乐手瘫倒在乐池，项伯项庄还没有停下来的意思。几个核心人物各自沉浸在自己的计划中，没有觉察这支曲子的演奏严重地不正常。

座中最焦急的是张良，他开动计算机式的大脑，演练各种解救沛公的方案，最后全部推翻，决定不用计算机了，采取简单粗暴的解决办法，因为项羽这人简单粗暴，以毒攻毒，也许有效。他借口去卫生间，溜出宴会厅，樊哙在外边焦急等待，紧张询问："张先生，里面什么情况？沛公还活着？"张良说："就快活不成了，项庄那把剑，太危险了！你跟我来。"宴会厅的守卫拦住樊哙："张先生请进，这位武士不能进！"樊哙挥动盾牌，把卫士撞翻，一阵风似的冲进宴会厅，一声怒吼："停——"乐手一下子解放了，呼啦啦躺倒一大片，项伯和项庄也如释重负，各自拄着剑喘粗气，他们也想躺倒的，可他们是武士，武士只要不死，就不能倒下，于是苦撑到现在。

项羽最先反应过来，直起身子喝问："你是谁！"张良赶忙回话："项王恕罪，这是沛公的车夫，樊哙。"项王这才坐下去，语气缓和了不少："车夫啊。别饿着，上肘子！"这回上来的真是肘子，不过差点意思。厨房的肘子被这么多人吃得精光，生的倒还有些，既然项王叫上肘子，那就得上肘子。樊哙拎起肘子左看右看，不好下嘴，牙口再好也咬不动，他把盾牌放在地上，肘子"咚"的一声砸得盾牌跳了几跳，樊哙从小腿边拔出匕首，边切边吃，不嚼，整块吞，霎时肘子只剩下带血的骨头，众人目瞪口呆，项羽也似乎看到了从前生猛的自己："再来一只？"樊哙说："别整这小肘子，有本事说说中华大肘子！沛公把这么大的中华大肘子夺过来献给你，你不赏赐，反而强迫他吃这么难吃的肘子！吃不完还不让走，沛公没吃完的肘子在哪儿呢，拿来，我替他吃！"项羽尴尬地笑着说:"没有不让沛公走,我和沛公聊得开心,舍不得分手了都,沛公,你说是不是啊?"刘邦赶忙赔着笑脸:"那是,那是,项王对俺好着呢。"

樊哙这一闹,宴会的气氛倒和缓了很多,人们可以伸伸腰透透气,只有范增气哼哼的一脸冷冰冰,拿眼睛只瞪项羽。刘季说:"不好意思,方便一下。"张良说:"不好意思,我也。"相跟着来到卫生间,张良说:"快点走吧,后边的事我顶着。樊将军,护送沛公回霸上!"估摸刘季的快马已经跑出二十里地,距离霸上不远了,张良才磨磨蹭蹭回到宴会厅,项王问:"沛公呢?"张良答道:"回项王。刚才沛公的车夫闹会,沛公为自己管教不严深深惭愧,不敢面辞项王,悄悄地一个人走了,请大王莫要见怪。玉璧一双,委托我呈上项王,玉斗一对,转交范先生。"项羽接过玉璧,随手放在座位旁边,范增把玉斗扔在地上,竟然没碎,抽出剑又砍又剁:"二货!没用!等死吧!"站起身,冲出宴会厅。七十多岁的人了,他竟然跑得那么快。

首席文学家

　　日本国从全国选拔一流学者，派往中国大唐学习先进科学技术和文化，日本举国震动，选拔工作如火如荼。说如火如荼，指它的剧烈程度，日本选拔人才除了考核文化知识水平，还要比试武功，到中国学习科学技术和文化，跟武功有什么瓜葛？可能是日本人认为，中国人普遍高富帅，日本人相对矮矬穷，不会武功的话会加倍地被中国人看不起，剑道熟练，一上岸就来一套："吼！哈！"吓一吓中国人。比剑术，那是真的比，所谓真的比，就是杀了白杀，所以每次遣唐使，日本都会大地震，因为天怒人怨。这样的倒霉事为什么总是要做？道理很简单：科学技术是立国之本，日本国国小物贫，不靠科技就没前途。

　　来中国之前，还要为留学生开办预备学习班，主要学习汉语和中国礼仪。学习班结束这一天，日本天皇一定亲自来为留学生作报告，讲"伟大意义"之类的话。最后，天皇特别提出一条：你们这些留学生遣唐使，到中国这几年，一定要见到中国的首席文学家王维，这位王夫子诗书画佛学理论都是中国的顶尖水平，见他一面，胜过造八十六级浮屠。八十六级浮屠，谁见过？因为世上还没有造成这样的塔。天皇的意思，就是见王维这事，悠悠万事，唯此为大。

留学生到了长安。日本人理解，长安，不就是一座城么，比日本平城京大些，还能大到哪里去，那意思是在长安见到王维很容易。其实他们对长安太不了解，长安是一块巨大海绵，可以吸纳无数的东西和人，然后，长安城依然故我。千把人掉进长安，那就真是针投大海。况且，王维又不是一般人，他一年总有大半年在终南山参禅礼佛，这期间不见任何人。好不容易回到长安了吧，他又待在宫里陪皇帝谈诗论画说书闲聊天，大臣们都难得有机会约见王夫子，何况化外连蛮夷都够不上的日本人？所以，天皇交给留学生们的，几乎是不可能完成的任务。

日本人常说，功夫不负有心人；日本人还说，只要功夫深，铁杵磨成针；日本人又说，没有过不去的火焰山。中国人说，这是我们常说的，怎么成了你们日本人常说的呢？日本人恼羞成怒：你们中国人说过，就不许我们日本人说吗？你们总说"日出扶桑"，承认太阳是日本人的，你们中国人不总是把你们的领袖比成太阳吗，这怎么解释？中国人想想也是啊，就不计较。

日本人和中国人常说，功夫不负有心人，这功夫终于不白费，一个日本人拐弯抹角找到一位跟王维有一丝缕关系的中国人，这人承诺可以帮助他见到王夫子，当然，前提是……日本人赶紧说："我懂。"递上一锭雪花银。那人原是个职业捎客，专门投机拜见王维这个行当。见日本人出一锭银子想拜见王维，脸上都能拧出水般的难看："不知道行情啊？至少十个！"日本人没见过花钱这么豪迈的："看人家中国人，走关系都要这么大的花费！"顾不上心疼钱，急急忙忙凑足了银子，就等着王维的召见。

掮客也是讲信用的人，收了钱就要办事。于是拐弯抹角，托人向王维捎了话，王维其实不像传说的那样难见，要是见王维真的难如登天，也就不会产生"见王维掮客"这样的行当了。王维问："这个扶桑鬼子，会说汉语吗？""当然，在中国留学五六年了，HSK考试甲级甲等。""我的文集，他读过几本？""全都读过的啊，必须的！夫子您的诗，他也会背诵不少。草枯鹰眼疾，雪尽马蹄轻。忽过新丰市，还归细柳营。气蒸云梦泽，波撼岳阳城。欲济无舟楫，端居耻圣明。""不对吧，我记得后边几句是孟浩然先生的。""不好意思，我记串了。这位日本人记得牢实，就不会错。"王夫子有点高兴，同意见一见这位日本留学生，留学生激动得半个月睡不着觉，给在华留学生挨个写信："王维様私御见御驰走无料为替。""吮西！"所有的日本留学生都是一脸的羡慕嫉妒恨。

准备过程漫长，拜见却极简单。按照礼节，日本人应该执弟子礼，进献玉如意一柄。王维接受，询问起居："从哪来的啊，四国岛啊，那是好地方。在中国还过得惯吧？"日本人唯唯，除了开头说的"四国"两个字，已经说不出话，激动的。还是经纪人（掮客）场面见得多，代他请求："请夫子给写一个条幅？"日本人千恩万谢："是，是。"王维也不推辞，命人展开一幅宣纸，诗不用研究，现成的："人闲桂花落，夜静春山空。月出惊山鸟，时鸣春涧中。"然后，端茶送客。说御驰走是那日本人夸大其词，王夫子没有请他吃饭的意思。日本人恭恭敬敬收好卷轴，两只手伸着，着急地直眨眼睛，急得面红耳赤，王维说："哦。"伸出一只手，日本人把卷轴交给经纪人，两手紧紧握住王维的手，哇哇大哭不止，眼泪哗哗地流，好在有自己的手背挡着，没有流到王维的手上。日本人很熟悉中国的礼节，知道握手是很重的礼遇，所以哭。但也不能总握着，依依不舍地放开王夫子的手，重新接过画轴，告别而去。

离开王维府邸，日本人立刻叫上一辆出租车："哈亚库！哈亚库！"直奔福建泉州，那是日本船上岸的地方，官府出租车价格昂贵，几十公里就要换一匹马，日本人不在乎，火速赶到泉州，谢天谢地，有一艘商船趁夏季风返回日本，他搭上这艘船，颠簸二十几天，终于回到平城京。他站在船头大叫："米那桑！靠椅库赖！我的手被王维夫子握过，一路没洗手，大家快来握吧。"呼啦一大片，他被众人围个水泄不通，挣扎了大半天才摇摇晃晃来见天皇。

拜见天皇，天皇问，我交代你们的任务，完成得怎么样了？他振作精神答："托天皇洪福，我顺利见到王夫子了。"伸出一只手："我的手，被王夫子亲切地握过，我一路上没洗手，吃饭都是请人帮助往嘴里填的。刚才一上岸，被群众热情洋溢地握了个遍，请看，我的手。"天皇推开他的手："哼，别人都握过了，我才不握呢。"他伸出另一只手："这只手，一直藏在袖子里面，给陛下留着的。"

天皇上前，紧紧握住这位留学生的手，通过他的手，天皇与中国的首席文学家王维，相握了。

你却只能给我一个梦

李白祖籍甘肃，生在西域，长在四川，安家在湖北，游玩在河南，作官在长安，但是，他却自称"鲁人"。因为他在鲁，在济南，在匡山脚下，有一段刻骨铭心的情感经历。

这李太白是个官迷，年纪轻轻，便以"巴蜀仙才"自许，急匆匆赶到长安作官。他在四川算个奇才，而长安，如他那样的"奇才"多如过江之鲫，长安三十六坊，坊坊车载斗量，这是说上朝的笏板。"笏满堂"算什么，也不过几十根么。可是这么多"笏"却没有李白一根，于是李白大失望，稀里糊涂就到了山东济南。

那时候，济南有一千多大泉，小泉无数，所以济南是中国最早用上"自来水"的城市。自来水不用水塔和输水管道，它从各家的灶下咕嘟嘟地往外冒，绝对无污染，济南居民建造房屋也看风水，那还真得看"风水"：看看这地方是不是有泉水涌出，有好泉，才能建好屋。不过没泉眼也没关系，往地下挖掘一阵子，肯定有泉水冒出来。济南泉水煮出的米饭特别香。由于饭香，皇上便指令济南为皇宫专门输送稻米，称为"贡米"，可是到了长安，煮出的饭就差得远。其实不在米，而在于水，长安哪得济南这样的天然矿泉水煮饭呢？

一千多大泉加上无数小泉，都汇集到大明湖。大明湖烟波浩渺，水天相接，近处是荷与柳，远方是云与雁，平畴弥望，沃野千里。李太白在大明湖上就发了癫，又叫又跳，船上游客缩了脑袋，减了兴致，到下一个码头，全下了船，只剩下太白先生一人在船上手舞足蹈。船工怒道："小南蛮子！你啰啰个么啊？客银都拔腔跑了，一个大子儿莫给，意头高高地你点话银！"小南蛮子虽然不太听得懂济南话，但那意思还是清楚的：船上的人逃走了，要他一个人包赔损失。李白袖里的银子叮叮当当在响，便摸出一锭："这船我包了！"船工眼睛闪亮："杠——赛！"立即开船，出大明湖，划向小清河。

小清河其实不小，它河阔水深，两岸芦苇无际，正是芦花白稻谷黄，遍地野鸭菱藕时节。李白令船溯流而上，景随船移。华山迎面，李白说："哇——噻！啷个尖！"标山在左，李白说："锤——子！啷个小！"鹊山又在右边了，李白说："爬——呦！啥子'鹊华秋色'！"药山徐徐而来，李白说："龟儿子！多好的一座山山，咋个叫药山嘞？"一路上一个人吵吵闹闹，就到了匡山。

匡山离城市已经很远，天色向晚，牛羊下括，船工再不肯前行。李太白无奈，下船找宿处，横竖没有旅店，李白只好"望门投止"，结果却是"闭门投辖"：主人再不肯放他走——这主人是个女的，姑娘，二十多岁，父母兄弟俱无，誓言不嫁，说是"吹箫只待玉人来"，可不是？来了，还真是玉人，姓李名白，也罢了，还字"太白",那是白上加白,而且李白人又生得极白,皮肤白皙,像王夷甫和他的玉如意。

按安徒生的路子,现在该是"李太白和他的夫人过着安宁富足的生活,直到永远"。可实际情况并不如此,李太白和他的夫人有许多事情安徒生不知道,他们还有很多故事。

这李白是诗人,纯而又纯,也就是除了读书作诗,他别的什么也不肯做。作诗时三五天不出门,也不下床,围着棉被,眼睛直勾勾的,那是在构思,头发乱糟糟的,脸上满是灰土,还糊满了眼屎,忽然得了一句,抓过笔,蘸饱了墨,就画,画到纸上就纸上,画到被上就被上,结果屋里到处是鬼画符,连他的屁股上都印满了字。夫人断不敢进他的屋,连送饭都不敢,他会抓起碗和箸,冲夫人直劈过去。夫人额上腮上的伤疤可以作证。不作诗时,便上匡山顶上读诗,还邀夫人同去,夫人翻一页,他读一页。匡山不很高,却也十几丈,在稻田和稀疏的村落中很是显眼,一男一女坐在山顶上,一个朗朗地读,一个羞羞地翻,夫唱妇随,郎才女貌,引得未嫁姑娘十分羡慕。李夫人便哭:"咬得黄连装笑脸,自家苦楚自家知。你看着好,嫁他便是。"李夫人竟自动了离婚的念头。需要说明一下,李夫人会作诗,并不是受了李白的熏陶,她原本就是才女,前文引用过的"吹箫只待玉人来",就是她作的,上句是"剪烛添香小开扇"。诗写得玲珑剔透,不弱于山东另一位才女易安居士的词。后来李白把她比做"会稽愚妇",实在有失公道。

让李太太动离婚念头的,还不仅仅是李白的喜怒无常,今天齐眉举案,明天踢了案板,烫伤夫人玉花容,更多的还在于生计问题。李白把袖里的几锭银子花完以后，家里的汇款却迟迟不到。邮路不畅通，由川至鲁，邮差得走半年。李白虽然是神仙般人物，却也知道没有银钱是万万不能活的，掐指算时光，猛省道："糟啦，我家老汉不晓得我在山东，哪得什么银子寄来哟！"便哭起来，哭完了写信。夫人想，这一个来回，又得一年时光，我们俩还不早就进了枯鱼之肆？从前姑娘一个人时，度日还不算艰难，田里收成够吃的，余下一些还喂了一头小猪和几只鹅。李白一来，整天搅着她读诗写诗听诗，荒废了农事，不但饿跑了猪，饿瘦了鹅，夫妇俩的肚子也日渐瘪了下去。腹中无食，夫人心中焦躁，言语间就没了尊敬，再不肯随李白上匡山顶读诗。李白恨道："会稽愚妇，不晓得我当代苏秦朱买臣头上就要冒青烟！"

李白既是官迷，身处逆境也不曾弱了追求，在匡山顶上读诗，也是追求的一种方式：让更多的人知道我。浙江一位道士进京路过匡山，听得书声琅琅，询问路人，知道那是当代文豪李太白，默记在心，朝见皇上时，顺势就推荐了李太白。皇上大喜，一纸调令，星夜传到山东济南匡山脚下。其时四川的汇款刚刚出剑阁，在秦岭的山路上曲曲折折地往山东方向爬呢。

太太不肯上山，李太白自己在山顶倚着大石读《陶渊明集》，正读到"路远隔深辙，穷巷寡轮鞅"时，山下一匹马，马上一个人在叫："翰林院供奉李白，来接调令！"听得"翰林院供奉"五个字，李白从山上直滚下来，鲜血淋漓地抢过驿站长手里的皇上调令，看得明明白白，上面把李白称作"先生"，任命他为"供奉翰林"。翰林哪！梦中醒中，须臾未曾忘！今朝……他头脑有些乱，竟不顾招待驿站长，从袖里摸出碳素铅笔，在调令的背面写诗——每当头脑乱时，他的诗潮最为汹涌：

> 游说万乘苦不早，著鞭跨马涉远道，
>
> 会稽愚妇轻买臣，余亦辞家西入秦，
>
> 仰天大笑出门去，我辈岂是蓬蒿人！

捧给驿站长看，可是驿站长和马都不见了。原来驿站长看李白疯疯癫癫的，喜钱是没指望了，扔下他，自行往城中皇家办事处讨酒吃去了。

李白收拾行装，匆匆启程。夫人呆呆地在一边看，眼泪簌簌地在腮上流，早就没了主张。李白传皇上话：此次进京不准带家属，因为长安米贵，住房也难找，先把男的调过来再说。其实皇上并没有考虑这么周全，带不带家属，皇上才不管呢。可是李太太只得相信，遵守圣旨，只是扯着李白的衣袖不停地追问："几时回来啊？叫我等到什么时候？"李白却把手一挥，挣脱了夫人："哼！"骑上夫人用硕果仅存的五只鹅换来的一匹小毛驴，绝尘而去，口占诗歌一首：

> 出门妻子强牵衣，问我西行几日归。
>
> 来时倘佩黄金印，莫见苏秦不下机。

李白在长安一待就是三年，仕途并不如意，便喝酒，所以三年中醉眼陶然的时候居多。不喝酒和不陶然的时候，便遥望齐鲁掉眼泪：离得久了，倒记起了夫人的种种好处，忏悔自己太粗暴太绝情。但回想临行的自吹自擂，要像苏秦一样带六颗丞相金印回去，而如今半颗也无，连俸禄也难以领全，更是羞于回匡山。从此自称"鲁人"，权作寄托。

李夫人思念李白，日甚一日，不肯再嫁。把李白胡乱划的纸片片收集整理，抄下墙上被褥上床上以及桌柜灶台各处的鬼画符，熟读精研，发现它们竟都是绝妙好诗，震古烁今的。便将它们登录成册，捧着它们，就像捧着玉人李白，捧着无限的希望。她在山脚下（她担心自己以后年纪大时，登山困难）选定一块巨石，请人在上面刻了"太白读书处"五个字，还涂了丹漆。这以后，她每天倚着巨石，读自己整理的李白《草堂诗集》，直到白发苍苍。

过把瘾就死

中国内战正酣，多尔衮在沈阳的皇宫里唱昆曲："我坐在城楼观山景，只听得城外乱纷纷。"饱吹饿唱，越唱越饿，多尔衮王爷就守着炭火炉子烤地瓜，地瓜紧慢烤不熟，多王爷就还得唱，改评戏了："正闲走来用目观，来至在王怀大花园。高大墙壁青石把面，树木琅琳倒也威严。当中横挂一块匾，上写王怀老狗官！嘘！嘘！嘘！"那是手翻烤地瓜，烫着了。多王爷吃到七块半烤地瓜的时候，举着小旗的探子直闯进皇宫里，气喘得不行："报……报，摄政……王……王……王爷，李自成打下北京了！"多尔衮把手里的半块地瓜塞给探子，却把哨子塞进嘴里："嘟——开会！"

御前会议的决议是：速派特命全权大使入关，与北京新朝廷建立外交关系。

李自成正忙着筹备登基大典，指挥工人们这里挂标语，那里插彩旗，忽然报有满鞑子的使者求见，不由得心慌慌："听说东北人爱发火，几句话不合就动刀子，咱别见了吧？"谋士宋献策说："哪有那么邪乎？东北人傻实诚，实话实说，他们最高兴。"丞相牛金星笑嘻嘻："您是当今皇上，还怕二愣子发火吗？"李自成也尴尬，脸上挤出一点笑，算是答复。

从沈阳来的这位使者不是二愣子，他很是儒雅，对中国新皇帝跪拜如仪。礼仪之后，就提两国建交的事。李自成茫然："建交？什么建交？"使者立刻乱了方寸，以为杀人魔头李闯王要发火了，很是后悔这趟差事。要紧时候自己活命，请过世的皇帝老爷代罪抵挡一阵子吧。使者重又跪下去："陛下万勿动怒，想我满洲与中华交恶，是我太上皇帝用人不明，受小人拨乱，以致两国长期交战辽东。如今我大清摄政王英明，一改从前错误，愿与中华上国重修旧好，世代称臣，朝贡上国。愿陛下不计前嫌，准许边国小臣所请。"

李自成座位上直蹦起来："哈哈你奶奶个熊！我当是啥事呢，不就是你们满鞑子打辽东，杀杜松，把我们皇帝逼得整天哭？唉唉，你们太不了解我李闯王了！"宋献策在耳边说悄悄话："大顺皇帝。""——呃，大顺皇帝了。你们攻打大明朝，好事啊！你想想，你们满鞑子在关外打他，我李闯——我大顺皇帝在关里打他，他就是一只猫，能有几条命？腹背受敌，神仙也救不了他！"他忽然觉得这满鞑子软绵绵的挺好欺负，不，不是欺负，是挺值得亲近，便推心置腹："我跟你说啊，你别传出去，皇帝这人不坏，咱们得给他留点脸面。你们在关外打得他没招，他派人来跟我谈判，啥谈判，就是哀求，皇上的代表说，大敌当前，国难当头，中国人不打中国人，全国各路军马放弃对抗，一致对外，救亡图存。小样，我能上他那个当？内忧外患，千载难逢，不趁这个时候扩张势力，更待何时……"

多尔衮的使者一时反应不过来，木雕泥塑一般。打死他也想不到，中国居然还有这样丧心病狂借国难逞私欲的家伙！李自成忽然觉得自己怎么像个八婆呢，跟他说这些干什么，有点得意忘形失态了，匆匆地收了尾："总而言之，我非常感谢你们满鞑子长期在辽东的战斗，如果不是你们牵制了明朝的主力军队，我怎么能打到北京？所以，你转告多王爷，我要好好地感谢你们。"

使者回到沈阳，多尔衮详细听取了汇报，兴奋得脸上的麻子一颗颗放光芒，哨子又响起来："嘟——开会！"

无父无君无国无民的家伙当皇帝，天下能长久吗？大金帝国在满洲蛰伏了四百年了，如今天生妖魔，祸乱中华，此时不取，更待何时！

西元1644年4月，清兵浩浩荡荡，压向北京！

国家将亡，必有妖孽

　　刚进四月，北京城就燠热难耐，太后老佛爷郁闷："我小时候，五月节吃粽子，河里还有冰碴呢，哪像这工夫，热的，这小褂都穿不住了——给我挠挠后背。"贴身大丫头正忙着鼓捣冰箱，腾不出手："那是你们东北，一年四季啥时候不冷？用你那长指甲自己个挠挠就行啊。"太后便骂："小蹄子烂嘴的，叫你挠个痒还叫不动了，赶明儿扯起腿把你卖给义和团！"

　　正说着义和团，忽报毓贤觐见。这毓贤红脸膛浓眉大眼，一副正义派头，进门扑倒，磕头山响："太后吉祥，万万年！"太后说："起来吧，大热的天你穿的，像个烤地瓜似的，不怕焐出痱子来。"毓贤站起来，重又扑倒："老姐啊，您老是不几（知）道啊，义和团法术大了去咧，洋鬼子根本不敢照面，我在山东那地场，差不多把洋鬼子斩绝了，您老这一整，明明是给洋鬼子活路么，后患无穷啊我雪（说）伙计！"原来毓贤的老婆是太后的叔伯妹妹，论起来，太后是毓贤的大姨子，这第二次施礼是家礼，所以毓贤叫她老姐。

毓贤任山东巡抚，悬赏义和团杀洋人，杀一个男洋人赏大洋二十块，女洋人十块，小洋人五块，小洋娃娃两块。外国大使很是不爽："那些传教士么，杀了就杀了，我也不喜欢他们，中国人不信教，你们来死乞白赖地传教，找死么。可是来中国探亲访友组团观光的游客、暑期打工的学生、铁路技术员、扳道岔的工人招谁惹谁了？义和团见了长着黄毛的不分男女老幼都给咔嚓了。这得好好说道说道！"抗议照会雪片也似飞向北京的"总理各国事务衙门"，即外交部。朝廷也觉得毓贤闹得忒不像了，一纸调令，袁世凯出任山东巡抚，毓贤召来北京实行"双规"。通令取缔义和团邪教，为首者绞，从者杖一百，流三千里。

太后正恨义和团给她找事，听毓贤一场没头没脑的话，自己先没了头脑，便问："听你这么雪（说），义和团它还是好银（人）了？"她也被毓贤带得说开了山东话。"可不是咋的，好银（人）啊，自从盘古开天地，三皇五帝到于（如）今，从没有过的大好银（人）！人家那大旗，好家伙，你猜猜上头写的是啥，'扶清灭洋'啊我雪（说）伙计！"

扶清灭洋？太后心动了："那奏你雪（说）的是金（真）的？""那还能假吗伙计，我多咱骗过您哪？饶还是信不过，我带了一小队义和团，让他们给你表演表演。你赌好吧！"

先表演"耳朵听字"。太后不信，字正腔圆改说普通话了："胡扯！耳朵能听字？放个屁还能发电吗？"毓贤说："太后您先别不信，眼见为实么。"义和团大师兄一副短打扮，威风凛凛抱拳唱喏："太后——吉——啊祥！"京剧道白的腔调。却也不多话，递上一片纸："请太后在这纸上写几个字。"太后亲笔写字若干个，又折又揉整成一个团，交给大师兄。大师兄放在朵边"听"了一阵子，开口道："太后御笔是——扶清灭洋！"太后险些从椅子上掉下来，大呼小叫："猴兔崽子咋那神！你是怎么知道的，告诉我，告诉我，请你告——诉——我！"大师兄说："我能通神，通神的我刀枪不入，飞檐走壁，百万军中取上将首级，如探囊取物，那些个洋人，不够我一个上午收拾的！"太后高兴："还有什么本事，让我瞧瞧？"毓贤嗯哨一声，呼啦啦围上十几个武装士兵，每人腰间一挂盒子炮，清一色的"捷克造"。大师兄刷地甩掉上衣，要一路拳脚，毓贤递上一张黄表纸，上面画了一些奇奇怪怪的图画夹杂着疑似文字。大师兄点火烧成灰，冲水吞下，呀呀呀呀大叫一通："关老爷上神啦！"十几个义和团一起开枪，大师兄被烟雾缭绕看不见了，太后有点沮丧："这人长得挺不赖，怎么就打死了呢？可惜了的。"烟雾散尽，大师兄满场飞奔，一路喊"太后吉祥，万寿无疆"。太后一蹦老高，狠狠一个大耳刮子抽向毓贤："混账王八羔子！给我留后手是不？这么好的仙术，自己个儿藏着掖着，偷偷摸摸在山东搞，怎么就想不到孝敬我呢？义和团要是早进北京城，哪还有这些洋鬼子，整天晃得我闹心！"

有这么神奇的义和团作后盾，太后决定向世界各国宣战。

太后主持御前会议，商议跟洋人宣战的事。太后作主题报告，主要是说义和团法力无边，区区洋人不足杀，一国洋人也不足杀，要杀，就杀光了全部洋人，像在山东那么干，斩草除根。

光绪皇帝像是自言自语："宣战各国。一个小日本都打不过，这才几年的事啊，就忘了。"国防部长刚毅当即反驳皇帝："甲午战败，正是因为那时候没有义和团！"光绪皇帝说："义和团装神弄鬼，有什么真本事？我就不信念咒吞符能抵挡洋人的枪炮。"庄亲王载勋大怒，对皇帝拍桌子："保卫国家，不在于本事大不大，只在于心肝忠不忠！有的人本事倒是不小，跟洋人乱党穿一条裤子！"等于直接说皇帝是汉奸，光绪皇帝脸色煞白，低下头不再说话。端郡王载漪居然一副义和团打扮上朝来了，当场发功，口中念念有词："显灵显灵快显灵，骊山老母显神通，一请沙僧唐三藏，二请八戒孙悟空，三请哪吒三太子，四请红孩儿小顽童！神仙太多不细数啦，大家都来吧我不再点名！"外交部长联元脸上的汗哗哗地流，羞的。他心里默念：先皇帝努尔哈赤皇太极啊，我们满人堕落到这般地步了呢？

满人整体堕落，个别的不肯堕落绝对没有好果子吃，几天以后，联元因为反对向各国宣战，和另一个满大臣立山，以及一批反对开战的汉大臣，一起被押赴菜市口处斩。

大臣们决议支持太后向各国宣战。文化部长徐用仪（他后来也被处斩了）哭着说："各位大人，世界各国合起来比我们中国大许多许多倍，在中国的洋人是不多，但是各国都派军队来，我们打不过的啊！"太后很鄙夷汉人有点事就哭鼻子尿裤子，本不想理会他。不过她这几天跟大师兄学习了许多许多好东西，对于开战已经胸有成竹，现在徐用仪既然提出这个问题，不妨演讲几句："第一，我们攻打各国大使馆，各国一定很着急，一时半会的也调不来大军，洋人都是怕死的，他们一定急三火四地哀求投降。投降可以，答应我们提的条件才允许他们投降。第二，万一洋人顽固不化不投降，派大军侵入我国，我们也不怕，你们知道吗？义和团大师兄已经念咒，在大沽口外十里处咒起了一道土龙，土龙突出水面，把各国的全部兵舰都挡在外海了！所以呢，我们只要把留守在北京的各国大使馆攻下来，战事就结束了，等着各国上降书顺表吧。我大清从此一战定乾坤！大家没有不同意见吧？皇上，你说呢？"光绪皇帝眼泪在眼眶里打转，不敢掉下来，怕太后骂他像汉人不中用。但他还是想转圜："能不能，减少几个国家，比如，只跟法国、德国宣战……"太后不耐烦："皇帝还想替哪几个国家说情？行，你说不打谁，咱就不打谁，皇上的话谁敢不听啊。"皇帝双腿一软，就跪了下去："不不，一切都听太后的。"

向各国宣战诏书拟完，盖上皇帝玉玺，已是既成事实。皇帝拉住主管外交的国务委员许景澄（他后来也是太后的刀下冤魂）的手，已经无话可说，眼泪终于扑簌簌落下来，许景澄也只能陪着落泪。端郡王载漪大叫："许景澄失仪，大不敬！拖出去砍啦！"被邪教蛊惑了的满大臣已经无药可救。

开战。天津陷落，联军屠城七天，然后挥军北上。日军攻朝阳门，俄军攻东直门，英军攻东便门，法军攻广渠门。当天，各城门相继陷落。作乱京城烧杀抢掠两个多月的义和团，在联军到达之前就作鸟兽散了，大吵大闹要杀尽洋人的义和团，在全部战争过程中，只有两个人到了"前线"：两个"红灯照"少女登上东直门城楼试图作法阻止联军，正巧一颗炮弹炸响，俩女子直滚下城楼，一溜烟逃出永定门，又一口气跑到涿州。太后也仓皇出逃西安，在张家口下诏，再次宣布义和团为邪教，严加取缔。

北京城被各国军队分区占领，联军统帅瓦德西下令，允许各国军队在北京全城无限制自由抢掠三天，有敢阻挡者格杀勿论。

一年后，《辛丑条约》签订，联军撤退。条约规定：（1）赔偿各国白银本息合计九亿两；（2）拆除天津炮台；（3）各国得在中国境内驻军。

　　不过也有好消息：疯狂支持义和团邪教作乱的刚毅、毓贤、徐承煜等处死，载漪、载澜、载勋等赐死。被冤杀的联元、立山、徐用仪、许景澄、袁昶等恢复原职，平反昭雪，优礼安葬。